내 아버지 장욱진

내 아버지 장욱진

2020년 4월 30일 초판 1쇄 펴냄

펴낸곳 도서출판 **삼인**

지은이 장경수
펴낸이 신길순
진행 및 원고정리 김경후

등록 1996.9.16 제25100-2012-000046호
주소 03716 서울시 서대문구 성산로 312 북산빌딩 1층

전화 (02) 322-1845
팩스 (02) 322-1846
전자우편 saminbooks@naver.com

디자인 디자인 지폴리
인쇄 수이북스
제책 은정제책

ⓒ 2020, 장경수
ISBN 978-89-6436-171-9 03810

값 16,500원

내 아버지 장욱진

장경수 지음

삼인

| 차례 |

내 방에는 미소 띤 아버지 사진이 걸려 있다. 아침저녁 눈을 마주 치면서 같이 웃고 일이 있으면 아버지께 여쭈어보고 다짐도 한다.

아버지께서 돌아가시고 아버지에 관한 글을 한번은 써야 한다고 생각은 했지만 단편적인 글 몇 개를 쓴 채로 어느덧 아버지께서 가신 지 30년 가까이 되고 말았다. 지금 내 나이가 아버지께서 돌아가신 당시의 나이를 넘겼다. 모든 일이 희미해지고 내가 생각하고 있는 내용이 사실인지 확신하지 못할 나이가 되었다.

아버지와의 따뜻한 장면만 또렷하게 떠오른다. 우리 5남매는 각자 나름대로 아버지상을 마음속에 간직하고 있고, 가끔 아버지에 대한 이야기를 나누면 모두 아버지는 자기를 가장 사랑했다며 회상에 잠긴다. 우리 모두 아버지와의 얘기를 품고 있다.

일제강점기와 한국동란, 피난 생활 등 고단하고 힘든 시기에 화가로 일생을 보낸 아버지. 섬세하고 예민한 아버지에게는 너무 혹독한 세월의 연속이었다. 그 어려운 세월을 "나는 그림 그린 죄밖에 없다."라고 하시며 평생 붓 하나 들고 철저하게 외통수로 흔들림 없이 화가의 길을 가신 분이 우리 아버지시다.

아버지의 그림들 중에는 가족도가 많은데, 가족에 대한 미안함,

가족에 대한 그리움, 가족에 대한 사랑의 표현으로 보인다. 아버지는 "나는 가족을 사랑한다. 사랑하는 방식은 다르다." 하고 말씀을 하시곤 했다. 아버지와 나의 이야기를 쓰면서 줄곧 따라다니는 말은 '사랑'이었다. 아버지의 말없는 가족 사랑과 어머니의 헌신적 자식 사랑, 우리의 부모님 사랑이 그것이다.

늦었지만 출판사의 부탁이 있어 아버지와 큰딸인 나의 이야기를 쓰려 한다. 아버지와 나와의 지나간 이야기를 쓰면서 아침마다 쳐다보는 아버지에게 감히 "아버지, 이 내용 괜찮아요?" 하고 여쭤보지는 못했다. 너무 부족한 내용에 모자라는 글재주로 아버지께 누를 끼치는 것은 아닌지 괜한 이야기를 한 것은 아닌지 걱정이 됐다. 그림과 처신에는 단호했으나 가족 모두에게 말없는 사랑을 끊임없이 보내준 아버지에게 감사의 마음으로 이 책을 올린다.

끝으로 두서없는 글을 잘 정리해주신 김경후 님과 이 책이 나올 수 있게 기획을 제안해주신 김도언 님께 감사의 말씀을 드린다.

2020년 봄

장경수 張曔洙

1장

까치를 그리다

1. 아버지, 안녕하세요

1990년 12월 27일, 무척 추운 겨울날이었다.

오전에 어머니에게서 전화가 왔다.

"네 아버지가 화랑에 초대를 받으셔서 열두 시에 점심 식사를 하려고 해. 아버지가 너도 같이 가면 어떻겠냐고 물으시네."

오래 고민하지 않고 대답했다.

"화랑에서 아버지를 초대한 건데 나까지 같이 가면 실례가 될지도 모르잖아요. 게다가 이렇게 날도 추운데, 나는 안 나갈래요."

날씨도 날씨였지만 이틀 전 가족 식사 자리에서 아버지를 뵈었고 그날은 딸이 대학 입학시험 합격 통지를 받고 대학교 예비 소집에 가는 날이었다. 딸을 따라서 대학교에 갈 생각도 없었지만 아버지만 초대받은 자리에 나까지 끼는 것도 내키지는 않았다. 사실 특별한 이유는 없었다. 그날은 그냥 집에 있고 싶었다. 어머니와의 통화 중에 수화기를 통해서 아버지의 목소리가 들렸다.

"경수도 온대? 경수도 온대?"

아버지는 내가 간다고 하길 기대하며 같이 가자는 신호를 보내고 계셨다. 어머니 옆에 쪼그리고 앉아 은근하게 당신의 기대를 전하시는 아버지의 모습이 눈에 훤히 보이는 것 같았다.

"엄마랑 아버지만 다녀오세요. 날씨가 대단하네요. 따뜻하게 잘 두르고 가시고요."

나는 딸을 예비 소집에 보내고 집에서 친구의 전화를 받으며 한가하게 시간을 보내고 있었다.

'지금쯤이면 어머니와 아버지는 인사동에서 식사를 다 마치셨겠구나. 보통 추위가 아닌데 댁에 잘 돌아가셨을까. 아직 인사동에 계실지도 모르겠다.'

이런저런 생각을 했다. 오후 두세 시쯤이었다. 전화벨이 울렸다. 어머니였다.

"얘, 너희 아버지가 점심을 드시고 숨이 차다고 하시는구나. 성모병원에는 세 시나 되어야 의사를 볼 수 있다고 해서 그냥 가까이 있는 한국병원에 왔어. 여기에 잠시 입원을 하시면 될 것 같아."

우리 가족에게 아버지의 입원은 오래 전부터 일상적인 일이었다. 아버지는 천식을 앓고 계셨다. 가까운 한국병원에 자주 가셨고 평소에는 이모께서 아버지의 담당 주치의로 아버지를 돌봐주셨다. 만약의 일에 대비해 상비약도 있었다.

그리고 일 년 전부터는 크게 아프시거나 천식 발작이 일어나지 않아 어머니의 전화를 대수롭지 않게 넘겼다. 이번에도 잠시 병원에서 치료를 받으시면 곧 괜찮아지셔서 평상시처럼 지내실 것이라고 생각했다. 아버지의 입원에 대해 두렵거나 놀라진 않았다. 아마어머니도 그렇게 생각하셨을 것이다.

"아, 그럼 그렇게 하세요. 상비약은 드셨지요?"

"아니, 오늘따라 상비약도 없구나. 작년부터는 괜찮으셨잖아. 그동안은 상비약은 생각 안 하고 살았으니까. 아무튼 너한테 알리려고."

"네, 그런데 아버지 많이 안 좋으신 건 아니지요?" 하고 물었지만 아버지가 그날 유독 편찮으시다는 느낌을 받지 않아 근심이 되지는 않았다.

잠시 후에 어머니가 다시 전화를 하셨다.

"아무래도 하루 이틀은 더 입원하셔야 할 것 같다. 재동에 아는 분이 계시잖아. 거기에서 커피메이커를 가져올까 해."

물론 내가 병원에 가면 어머니가 재동에 가실 생각으로 연락을 하셨겠지만 나는 절대 아버지 혼자 병실에 두고 가시지 말라고 얘기했다.

"내가 가면 그때 출발하세요. 그 전에는 거기 아버지랑 같이 계시고요. 내가 지금 갈게요."

그리고 여의도에서 한국병원이 있는 종로를 향해 출발했다. 한 시간이면 충분히 도착하는 거리인데 길이 너무 막혔다. 대학교 신입생 예비 소집 때문인지 퇴근 시간과 맞물려서인지 병원까지 꽉막혀 있었다. 그 길이 지금까지도 참 길고 답답하게 느껴진다. 하지만 당시에 마음이 다급하지는 않았다. 아버지를 조금 빨리 보고싶고 어머니가 기다리실 걸 생각하니 지루할 뿐이었다.

병원 복도에 어머니가 나와 계셨다. 나는 아버지를 혼자 두지 마시라는 말을 했던 것 같은데 어머니가 나와 계셔서 무슨 일이 일어난 것 같다는 예감이 들었다. 어머니는 나를 보자마자 당황한 목소리로 말씀하셨다.

"그게 아니야, 그게, 네 아버지가 숨을 안 쉬는 것 같아."

무슨 일인지 여쭤도 그 말씀뿐이었고 나도 무슨 말인지 이해가 가지 않았다.

얼른 병실에 뛰어 들어갔다. 어머니와 가까이 지내시는 선생님 한 분이 어쩔 줄 몰라 하며 서 계셨다. 의사 선생님이 아버지에게 인공호흡을 했다. 아무 생각도 들지 않았다. 나는 대체 어떻게 된 거냐고 묻기만 했다. 어머니는 "아버지가 숨을 안 쉬어, 숨을 안 쉬어, 소리가 안 나."라는 말만 되풀이했다.

다리가 풀려 제대로 서 있지도 못했다. 오빠와 새언니를 찾았던 것 같다. 그때 오빠와 새언니가 나보다 먼저 와 있었는지 내가 온 다음에 왔는지 모르겠다. 무슨 말이냐는 나의 말이나 아버지가 숨을 쉬지 않으신다는 어머니의 말씀이 우리의 외마디 비명이었던 것처럼 오빠와 새언니를 찾는 말도 아무 의미 없이 내뱉은 소리였을 것이다. 사실 지금도 그때 누가 그곳에 와 있었고 누가 무엇을 하고 있었는지 상황을 정확하게 그릴 수가 없다.

"이러고 있을 게 아니라 큰 병원으로 모셔야 하는 거 아냐? 어떻게 된 거야? 이제 어떻게 해?"

이런 소리가 내가 할 수 있는 최선이었다. 그런데 의사가 갑자기 아버지가 돌아가신 것 같다고 했다. 아버지가 다른 때처럼 천식으로 잠시 병원에 들어오셨는데 느닷없이 돌아가셨다는 것은 무슨 말인가. 아버지가 아무 말씀을 못하고 계시지만 이렇게 내 앞에

누워 계시는데 무슨 소리인지 알 수 없었다. 의사가 말실수를 하고 있는 게 아닐까. 나는 얼른 아버지의 손을 만져봤다. 언제나처럼 아버지의 손은 따스하고 부드러웠다.

"아버지 돌아가신 거 아냐. 이렇게 따스하고 부드러운데 왜 돌아가셨다고 하는 거야?"

내가 아니라고 증거를 대며 되물었지만 돌아오는 대답은 똑같았다. 그사이 다른 사람들이 무언가 서로 이야기를 나눈 것 같다. 웅얼거리는 소음으로만 들렸다. 그러다 어머니가 아버지를 집으로 모시고 가야겠다고 하셨다. 어머니 말을 따랐다는 건 알겠는데 아버지를 먼저 신갈에 있는 댁(경기도 용인시 기흥구 마북동)에 모셨는지 어머니와 내가 먼저 집으로 갔는지조차 기억이 잘 나지 않는다.

아버지는 점심 식사를 잘 드신 후 평소보다 과식을 하셨는지 숨이 가쁘다고 하셨단다. 그 와중에도 손자의 입학 축하금과 운전기사 상여금을 줘야 한다며 안국동 근처의 은행에 들르셨다. 어머니께서 은행 일을 보고 나서 병원에서 주사나 한 대 맞아야겠다고 하고 한국병원에 들어가신 것이 마지막이 되어버린 것이었다.

나는 어머니와 함께 차를 탔지만 정신적 충격 때문에 몸을 제대로 가누지 못했다. 멀미가 났다. 몸도 마음도 아버지의 죽음을 받아들이지 못했다. 결국 고속도로에 차를 세우고 웅크려 앉아 한참 진정을 한 후에야 다시 차에 탈 수 있었다. 아버지가 돌아가셨다는 말만 온몸을 맴돌았다.

아버지를 신갈에 있는 댁에 모시고 사람들이 아버지를 저쪽 방에 모셨다는 둥 왔다 갔다 하고 병풍을 쳤다. 하지만 나는 울지도 못하고 멍하니 있었다. 아버지가 어떻게 돌아가실 수가 있지? 아버지가 돌아가셨다는 게 무슨 말이지? 아버지가 지금 여기에 있는데. 그냥 점심을 드시러 외출을 하신 건데, 잦은 천식이 다시 발작한 건데, 이렇게 일이 돌아갈 수는 없었다.

마침 그날은 홍콩에 살던 동생 혜수가 한국에 도착하기로 한 날이었다. 연말에 한국에 들어와서 아버지께 세배를 드리고 함께 새해를 맞이하자고 미리 가족 모임을 잔뜩 짜놓았었다. 내가 공항에 마중을 나가지 못해서 다른 누군가가 동생을 맞으러 나갔는데 혜수는 한국에 도착하자마자 아버지가 돌아가셨다는 소리를 들었다. 청천벽력이었다. 아버지가 편찮으시다고 해서 귀국하는 것이 아니라 아버지와 연말연시를 즐겁게 보낼 기대에 부풀어 귀국하자마자 공항에서 아버지께서 돌아가셨다는 말을 들었으니 이렇게 참혹한 일이 또 있을까.

동생 혜수가 울면서 집으로 들어왔다.

"이게 무슨 일이야? 아버지가 돌아가셔? 말이 돼? 아니야, 이건 아니지. 내가 아버지를 한번 봐야겠어. 안 그러고 어떻게 나보고 아버지가 돌아가셨다고 하는 거야."

나는 동생과 함께 아버지를 모셔둔 병풍 뒤로 가서 아버지의 손을 가만히 만져봤다. 병원에서 만졌을 때만 해도 손재주 많아 우리에게 이것저것 만들어주시던 부드럽고 따스한 그 손이었다. 그런데 동생과 같이 아버지의 손을 만졌을 때는 차갑고 조금 딱딱해져 있었다. 아버지 손의 변화에 나는 소스라쳤다.

갑자기 내 머릿속에 아버지가 돌아가셨다는 그 말이 들어왔다. 그때부터 눈물이 쏟아졌다. 동생을 부둥켜안고 울다가 다시 아버지의 얼굴을 봤다. 아버지 얼굴에 까만 점이 두 개가 있었다. 그리고 다시 아버지를 만져봤다. 싸늘했다. 굳은 감촉이 느껴졌다. 정말 돌아가셨구나, 이제는 아버지 손을 만져도 따스하지 않겠구나, 이런 생각들이 한순간에 쏟아져 내렸다.

정신없이 울기만 했다. 나는 그 순간부터 일 년 동안 눈을 떠도 울고 눈을 감아도 울었다. 어디선가 '아버지'라는 소리만 들어도 저절로 눈물이 났다. 아버지가 그토록 사랑한 우리 오 남매와 아버지를 그토록 사랑한 오 남매가 할 수 있는 건 우는 것밖에 없었다.

그날 저녁에 눈이 엄청 내렸다. 아침에 장례에 오시는 분들이 길이 보이지 않고 차들이 눈길에 빠지고 미끄러졌다고 했다. 나는 장례 절차에 대해 의논을 하거나 관심을 둘 여력이 없었다. 하지만 세상의 시간은 흐르고 의례가 지켜져야 하고 살아 있는 사람은 사는 곳에, 돌아가신 분은 당신의 세계에 가셔야 했다.

법당 사람들과 친지들이 의견을 모아 아버지를 화장을 한다는 말을 했다. 아버지의 막내아들이자 우리 막냇동생인 형구가 죽었을 때 화장해서 수안보에 있는 뒷산에 뿌렸다. 아버지는 생전에 늘 당신이 죽으면 태워서 거기에 같이 뿌려달라고 하셨다. 고인이 남기신 유언을 따르자고 결정을 했다.

오후 네 시에 의사가 병원에서 아버지께서 돌아가셨다고 하고 아버지를 병원에서 집으로 모신 게 저녁 여덟 시쯤이었다. 그날 밤에 식구들만 모여 멍하니 있다가 울다가 다음날이 되어서야 겨우 문상객을 받았다. 하룻밤을 지냈는데 벌써 화장을 하겠다니 무슨 영문인지 몰랐다. 정말 그래도 되는지 죄책감이 들었다. 아버지께서 불과 하루 이틀 전만 해도 잘 지내셨는데 그 생각 자체가 놀랍고 두려웠다. 멀쩡한 사람을 불에 태워서 보내는 것 같은 느낌이 들었다. 어떻게 아버지를 불에 태워서 보내냐고 했는데 어느새 아침이 온 것이었다.

12월 29일 열 시에 추도식을 갖고 열한 시 정도에 화장하기로 했다. 아버지의 유지대로 그리고 전날 밤에 결정했던 대로 우리는 수원시립장제장이라는 곳으로 가기로 했다. 그런데 집으로 오기로 한 장례차가 도착하지 않았다. 조금 전까지만 해도 어떻게 아버지를 화장하는 곳으로 모실 수 있을지 걱정이었는데 이젠 왜 이렇게 장례차가 빨리 안 오는지 모르겠다고 걱정하는 나 자신을 보니 이게 뭔가 싶었다.

핸드폰도 없던 시절이라 쉽게 연락이 되지 않았다. 안절부절못하다가 겨우 전화 연결이 되어 사정을 들었다. 장례차가 오다가 펑크가 났다는 것이다. 어쩐지 가시는 길도 참 아버지다웠다. 아버지가 마지막 가시는 길에 던지는 마지막 유머였다. 모두 길을 바라보면서 초조하게 차를 기다리고 있을 때였다. 경찰차 사이렌 소리가 들렸다. 경찰차를 앞세우고 장례차가 들어오고 있었다. 아버지께서 그냥 가실 리가 없었다. 우리는 잠깐 아버지의 화실이 있는 곳에 멈추어 예를 갖추고 수원의 화장터로 향했다.

그런데 막상 그곳에 도착하자 도저히 아버지를 그런 곳에서 보낼 수 없을 것 같았다. 지금은 화장 문화가 보편적이고 시설도 깨끗하게 잘 되어 있지만 당시만 해도 화장을 하는 게 익숙하지 않았다. 유교의 방식으로 선산에 모시는 게 일반적이었고 가족이나 연고가 없는 사람들이 주로 화장을 했다. 화장터가 유족들의 마음을 헤아려 고인을 잘 모실 시설이 되기 이전이었다. 겨울바람이 몰아치는 화장터는 황폐하고 스산했다. 기이한 분위기와 굴뚝과 연기, 알 수 없는 냄새에 몸이 굳었다.

아버지의 제자들과 아는 화가들은 이미 그곳에서 기다리고 있었다. 나는 장례식장의 모든 순간들과 모든 풍경들이 무서웠다. 마음이 무언가에 짓눌리는 것 같았다. 바로 옆에서 육개장이 부글대며 끓고 있는 것도 참 기괴했다. 선뜻 발걸음을 들여놓기가 어려웠다. 그래도 아버지가 마지막 가시는 길을 봐야지, 하고 몸을 떨며 장례식장에 들어갔다.

내가 상상한 것보다도 훨씬 무서운 일이 일어났다. 화장이라는 것이 커다란 불구덩이에 관을 휙 집어넣는 것이었다. 얼마 전까지 우리 곁에 계시던 분을 그렇게 무심하게 대하는 것에 소름이 끼쳤다. 고인을 순식간에 불 속에 밀어 넣는 것을 보고 심하게 충격을 받았다. 장례식장에서 받은 충격은 공포에 가까웠다. 그때 이후로 나는 화장장이라면 최근까지도 가지 못했다.

불 속에서 아버지의 관이 타는 것을 차마 지켜볼 수 없었다. 아버지와 우리가 이별하는 절차가 너무 가혹했다. 그런데 여기서 끝이 아니었다. 다 탄 유골을 가지고 가서 빻는다고 했다. 두렵고 서러웠다. 억울하고 분하기도 했다. 장손인 조카가 아버지의 유골을 들고 눈물을 흘리면서 오는 걸 보고 진정할 수 없었다. 너무 혹독한 절차를 다 밟고 아버지와 이별해야 했다.

아버지의 유해는 강남 쪽에 있는 '수안사'라는 절에 모셨다. 가족과 인연이 깊은 지관스님께서 일칠일, 이칠일, 삼칠일부터 사십구재까지 모두 지내주셨다. 칠 일마다 재가 진행되면서 마음이 조금씩 위안을 받고 진정이 되었지만 재를 지낼 때마다 울음을 쏟는 건 마찬가지였다. 내가 계속 울기만 하니까 어느 날은 스님께서 야단을 치셨다.

"그렇게 펑펑 울면 여기 미련이 남아. 좋은 데 못 가셔. 그만 울어."

맞는 말씀이긴 한데 그 말씀을 헤아리기 전에 이미 온몸이 북받쳐 통곡을 하고 있었다.

한번은 몰래 화장실에 가서 울기도 했다. 거기에서 마주친 사람이 대뜸 물었다.

"친정아버지시군요?"

그렇다고 했다.

"그렇게 울 정도면 친정아버지죠. 시아버지 돌아가시면 그렇게는 못 울어요."

아버지가 보고 싶고 아버지를 그렇게 떠나보내 죄송했다. 하지만 한편으로 참 야속하기도 했다. 천천히 우리와 이별을 할 시간을 전혀 주시지 않았다. 다른 분들은 떠나시더라도 가족에게 함께할 시간이나 이별을 준비할 시간을 주시던데 어떻게 이렇게 가실 수 있나 싶었다.

재에 오신 아버지의 지인들은 "오래 병 끌지 않고 아버님 성미처럼 깨끗하게 가셨구먼. 딸이 그렇게 울면 되겠나."라고 위로 반 야단 반 섞인 말씀을 하시기도 했다. 무슨 말씀인지 안다. 아버지 성미에 가족들이 오래 병수발 들거나 걱정하는 건 못 보셨을 것이다. 그래도 느닷없는 아버지의 죽음은 우리 가족에게 참 매정하게 느껴졌다. 아버지를 추모할 때마다 권옥연 선생님을 비롯해서 동료 화가 분들과 제자들도 모두 왔지만 지금까지도 제대로 기억할 수가 없다.

나는 아버지께서 돌아가신 날의 몇몇 장면들을 떠올리며 부질없는 후회들을 많이 했다. 만약 내가 이러저러했다면 아버지가 돌아가시지 않았을지도 모른다는 후회들. 그날 어머니와 통화 중에 수화기로 흘러들었던 아버지의 목소리가 내가 들은 마지막 아버지의 목소리였던 것이다.

"경수도 온대? 경수도 온대?"

이 말이 지워지지 않았다. 그까짓 추위가 뭐라고 아버지가 나와 함께 가고 싶어 하시는 걸 뻔히 알면서 가지 않았을까. 천식에 추위가 좋지 않다는 걸 알고 있었으면서 왜 외출하시지 말라고 말리지 않았을까. 그날따라 비상약은 왜 없었을까. 아침부터 상태가 좋지 않으셔서 강남성모병원에 전화도 했다는데 외출하지 않으셨으면 얼마나 좋았을까.

　냉정하게 생각해보면 내가 갔더라도 아버지가 돌아가셨을지 모른다. 그러나 최소한 아버지를 조금이라도 더 뵐 수 있었고, 돌아가시는 순간까지 함께할 수 있지 않았을까. 학창 시절에 내가 학교에서 돌아오면 아버지가 슬리퍼를 끌고 나와 대문을 열고 마중하러 나오셨는데 나는 아버지가 가시는 길에 함께하지 못했다.

　사랑하고 존경하는 사람에게 할 수 있는 것이 끝없이 깊은 후회밖에 없었다. 사랑하는 사람의 죽음의 순간에 아무것도 하지 못했다는 무력감은 나뿐만이 아닐 것이다. 그날 아버지와 함께 계셨던 어머니는 어떠셨을까. 오빠와 동생들은 어땠을까. 우리 가족은 서로 말하지 않았고 묻지 않았다. 어머니가 우리에게 대놓고 이러저러한 것들을 후회한다는 말씀을 하신 적은 없지만 분명 오랫동안 자책과 무력감으로 힘드셨을 것이다.

　혹시 아버지께서 마지막으로 남기신 말이 있으신지 어머니께 여쭤보았다. 그러나 어머니도 제대로 유언이라고 할 말을 듣지는 못하셨다. 차를 타고 한국병원에 도착했을 때 그 추위에도 진땀을 흘리셔서 운전기사가 간신히 부축을 하고 입원을 하셨다. 부축해준 기사가 아버지에게 손수건을 드렸는데 땀을 닦으시면서 고맙다고 한 말이 마지막 말씀이었던 것 같다. 의사가 병실에서 조치들을 하고 가래를 빼낸다고 삽관을 한 후로 아버지는 말씀을 하시지 못하셨다.

장례식 후에 나는 어머니 혼자 신갈 집에 계시게 할 수가 없어 한 달 동안 어머니와 함께 있기로 했다. 나와 어머니는 신갈 집에서 아무 말도 못하고 우두커니 있다가 같은 마음으로 아버지의 그림들을 꺼내 봤다. 그중에서 아버지가 마지막에 그린 그림을 어머니가 한참을 보셨다.

"너희 아버지가 돌아가실 걸 알고 계셨나? 왜 이런 그림을 그리셨을까?"

아버지가 돌아가시기 직전인 1990년 12월 25일에 신년을 맞이하는 신년필新年筆을 동아일보 기자 분이 부탁하셨다. 그때 아버지가 그린 그림이 아버지의 마지막 그림인데 새도 거꾸로 그려져 있었고 산도 거꾸로 그려져 있었다. 어머니께서 아버지께 왜 그렇게 그리셨냐고 물었다고 한다.

"응, 산에 가서 내려다보면 이렇잖아."

하늘에서 세상을 내려다보는 것, 그건 하늘에 올라가야만 가능하다. 정말 어머니 말씀대로 이미 하늘에서 이곳을 볼 준비를 다 하셨는지 모르겠다. 사람들이 아버지의 마지막 작품이라고 말하는 〈밤과 노인〉에서도 그동안 걸어왔던 길과 집과 풍경들을 뒤로 하고 홀로 캄캄한 밤하늘 위를 걷고 있는 흰 옷을 입은 도인의 모습으로 인해 죽음의 예감을 느낀다는 소리를 많이 한다. 상식보다 당신의 직관을 믿고 사셨고 그 직관이 누구보다 예리하고 적확하신 분이라 그런 이야기들이 나왔을 것이다.

〈밤과 노인〉, 캔버스에 유채, 41×32, 1990

나는 신갈에 머무는 동안 어머니와 아버지의 유품들을 정리했다. 평소에 아버지는 방을 깔끔하게 정리하셨다. 뭔가 어지럽게 늘어놓은 걸 본 적이 없었다. 우리들이 흩트린 것들도 아버지가 말끔하게 치우셨다. 사실 당신 물건이라는 것이 화구 몇 가지 빼고는 없었다. 장롱과 서랍 안에 고작 러닝셔츠와 팬티 몇 벌, 양말 몇 켤레에 몇 벌의 옷이 다였다.

가끔 아버지가 스님같이 사신다고 생각은 했지만 스님이 입적하신 후 들어간 선방처럼 아버지의 방에 남아 있는 게 없었다. 게다가 아버지는 새 옷 한 벌을 선물로 받으면 한 벌은 필요한 누군가에게 당장 쥐어주셨다. 워낙 깔끔한 성격에 물건을 모아두지 않으셨으니 어머니와 내가 정리할 유품들이 거의 없었다.

아버지의 그림도, 정신도, 삶도 당신 말씀대로 심플했지만 유품까지도 우리가 섭섭할 정도로 심플했다. 유품으로 돌아가신 날 입고 계셨던 코트라도 있었으면 좋았을 텐데 그날 우리가 어디에 흘렸는지 아니면 누군가 집어갔는지 코트도 찾을 수가 없었다. 숨이 차고 진땀을 흘리셔서 운전기사가 부축해서 병원에 들어가신 후에 거기에 벗어놓으셨다는데 상황이 워낙 급박하게 돌아가 아무도 신경을 쓸 수 없었다.

집안을 둘러본 다음 화실에 가봤더니 화실도 깨끗하게 정리가 되어 있었다. 낙서 한 장 없었다. 작업실에는 아버지가 팔레트 대신에 쓰시던 유리판이 마치 그 사용기한을 모두 마치고 쉬고 있는 것처럼 깨끗했다. 그림이 끝나면 정리정돈을 하는 습관이 있으셨고 새해에 세배를 받고 다시 그림을 시작하겠다는 생각으로 모두 말끔하게 치워놓으신 것 같았다.

아니면 아버지는 그림에서뿐 아니라 당신 죽음에 대해서도 직관적으로 아셨던 걸까? 언제나 모든 날을 마지막 날인 것처럼 사셨던 걸까? 언제라도 떠나가실 분처럼 깨끗하게 해놓고 가신 것이다. 아버지는 한 번 떠난 건 뒤돌아보는 법이 없던 분이셨다.

하지만 다시는 쓰지 않을 것처럼 정리된 화실을 보니 야속하고 섭섭했다. 가만히 들여다보니 아버지가 팔레트 대신 쓰시는 유리판은 얼마 쓰시지 않은 새것이었다. 그렇다면 분명히 이전에 쓰시던 것이 아직 있을지도 몰랐다. 나는 얼른 뛰어나가 쓰레기통을 들여다봤다. 거기에서 아버지의 붓질과 말라붙은 물감들이 남아 있는 이전의 유리판을 주워 오고서야 작은 안도의 숨을 쉬었다.

어느 밤이었다. 어머니도 주무시고 나도 잠이 들었는데 문득 휘파람 소리가 들리는 것 같아 잠을 깼다.

"방금 물 드셨어요?"

밤 귀가 밝은 내가 일어나서 물었다.

"아닌데, 왜?"

"방금 무슨 소리가 난 것 같아서요."

"나는 아무것도 안 했어."

내가 잘못 들었거니 했지만 계속 신경이 쓰여 좀처럼 잠을 이루지 못했다. 자다가 깼다가 반복하며 밤을 보냈다. 그런데 아침에 불경을 읽으시려고 일찍 일어난 어머니가 "얘, 뭔가 좀 이상한 일이 있다."라고 슬며시 얘기하셨다.

"무슨 일 있어요?"

내가 자리에서 일어나자 어머니가 그때서야 놀라지 말라고 하시면서 도둑이 든 것 같다고 하셨다.

경찰이 와서 같이 집안을 둘러보았다. 지하실에 난 아주 작은 창문을 통해 도둑이 들어온 것 같다고 했다. 도둑들이 동네에 돌아다니다가 아버지가 돌아가신지 얼마 안 되어 집이 비어 있고 아버지가 유명한 화가라는 걸 들었나보다. 그림을 훔쳐가려고 했던 게 분명했다.

장례에 쓴 병풍을 아버지가 그린 그림인 줄 알고 칼로 오려갔고 아버지가 좋아하시던 촛대와 일층에 있던 물건들을 가져갔다. 그 촛대는 아버지의 장례 때 영정 앞에 두었다가 다시 일층 제자리에 가져다 둔 것이었다.

그러니까 도둑들은 지하실을 지나 일층에서 몇 개 훔치고 이층에서 뭔가 또 가져가려고 올라오다가 그 기척에 깬 내가 어머니를 부르는 소리를 들었을 것이다. 자기들끼리 휘파람으로 사람이 있으니 올라오지 말라는 신호를 보냈을 것이다. 내가 간밤에 잘못 들은 게 아니었다.

아버지가 돌아가신 걸 알고 들어왔다니 화가 났다. 진짜 나쁜 사람들이라고 욕을 해주고 싶었지만 그보다 더 큰 문제가 있었다. 어머니가 걱정되었다. 아버지께서 갑자기 돌아가시고 얼마 되지 않아 도둑까지 들었다. 그 사람들이 어머니 홀로 집에 계시는 걸 알고 있는 상황이니 앞으로 무슨 일이 일어날지 알 수 없었다.

게다가 어머니 혼자 아버지와 함께 지내시던 곳에 계시는 게 과연 정신적으로 견딜 수 있는 일인지도 가늠이 되지 않았다. 그 집에 계시는 게 어머니에게 너무 힘들 것 같았다.

"서울 오빠네로 가시는 게 어떻겠어요?"

어머니는 굉장히 의외의 대답을 하셨다.

"아니야. 난 여기 있으련다. 여기가 좋아. 이 집이 너희 아버지가 준 선물 같아. 네 아버지가 뭔가 남기는 거 그렇게 싫어하는데 이 집은 마음에 썩 들어서 남기라고 하시기도 했고. 예전에 살던 집들이야 워낙 좁으니까 아버지랑 얼굴을 맞대고 있다가 안 보이면 허전하기도 하고 무서웠지. 어디 가셨나 걱정도 됐어.

그런데 여기 오고선 화실을 이층으로 옮기니 안 보여도 네 아버지가 이층에 계시겠거니 하고 생각하잖아. 지금도 그래. 네 아버지가 안 보여도 이층에서 그림 그리고 계신 것 같아."

어머니의 마음을 알 것 같았다. 더 이상 이사를 하시라고 말씀드리지 못했다. 그리고 나 역시 그 집만은 남기고 싶었다.

아버지가 갑자기 돌아가시고 정신을 차리지 못한 채로 사십구재가 지나고 백일재가 다가오고 있었다. 아버지의 분골을 어떻게 모실지 의논을 했다. 집안일이 있으면 항상 식구가 함께 의논을 했는데 아버지의 죽음이 너무나 갑작스럽고 충격이 커서 전혀 얘기를 나누지 못했다.

장씨 문중 사람들은 아버지의 유언이 있었으니까 화장은 할 수 없이 했지만 유골을 뿌리는 건 결단코 할 수 없다고 못을 박았다. 그렇다면 어디에 어떤 형식으로 아버지를 모셔야 할지 다들 고민이었다. 그때 동국대 목정배 교수님이 "그렇다면 탑비가 어떨지요." 하고 운을 뗐다.

"탑비요? 그게 어떤 건지요?"

목 선생님께선 옛날엔 스님들이 돌아가시면 사리를 탑에 넣고 스님들이 하신 일들을 돌에 적었다고 말씀해주셨다. 그처럼 아버지의 유골을 돌로 만든 탑 안에 모시는 것이 어떻겠냐는 의견이었다. 다들 좋은 생각이시라고 고개를 끄덕이며 흔쾌히 그러자고 했다.

새로운 문제가 생겼다. 그 탑비를 누가 어떻게 만들어야 할까. 누가 가장 적절할까. 과연 청탁을 들어주실까. 어떻게 할지 골똘히 고민했다.

조각가 최종태[1] 선생님께 부탁을 드리는 것이 가장 맞는 일인 것 같았다. 아버지와 오랫동안 함께 지내오신 제자이기도 하고 아버지의 성품과 작품을 잘 이해하시는 분이었다. 그리고 비문은 김형국[2] 선생님께서 써주시기로 했고 도예가 윤광조[3] 선생님께 유골함을 부탁하기로 했다.

유족들은 한시름 놓았지만 나중에 듣기로 최종태 선생님은 아버지의 탑비를 맡고 고민이 이만저만이 아니었단다. 왜 그렇지 않

---

1 조각가, 전前 서울대학교 조소학과 교수. 2017년 장욱진 화가에 대한 저서 『장욱진, 나는 심플하다』를 출간했다.

2 전前 서울대학교 환경대학원 교수, 가나문화재단 이사장. 덕소 시절부터 장욱진 화가와 인연을 이어왔다. 화가와 부인, 화가의 작품 세계에 대한 책을 냈다.

3 1946~. 1978년 현대화랑에서 장욱진 화가와 도화전을 열기도 했다.

겠는가. 인연이 깊을수록 훌륭한 작품으로 그 마음을 표현하고 싶지만 그럴수록 힘만 들어가니 그야말로 기를 다 쏟아내야 하시지 않았을까.

"지금에서야 말이지만 그때 남편이 이상해지는 거 아닌지 걱정했다니까요. 한밤중에 작업을 하다가 갑자기 밖으로 뛰쳐나가서는 캄캄한 하늘에 대고 '장 선생님, 잘 되어가고 있어요!'라고 소리를 지르질 않나. 저 양반이 제정신이 아니었어."

최 선생님 부인의 얘기만 들어도 최 선생님이 얼마나 고민을 하셨는지 알 수 있었다. 아버지에 대한 딸의 정도 있겠지만 선생에 대한 제자의 정도 깊지 않은가. 아버지와 같은 분이 선생이었다면 더더욱 그랬을 것이다. 아버지와 제자 분들의 관계는 유독 끈끈하고 돈독했다.

최 선생님은 어떤 그림을 넣을지, 어느 부분에 넣을지 그리고 돌은 어떤 돌을 쓸지, 탑비에 어울리는 돌은 어디에 있을지 세세하게 작품을 구상하셨다. 고민의 무게도 문제였지만 시간이 그다지 많지 않았기 때문에 이중으로 중압감이 있었을 것이다.

선생님은 오석烏石을 구하기 위해 전라도 보성까지 왔다 갔다 하시다가 마침내 적당한 돌들을 구할 수 있었다고 했다. 오석과 흰돌 그리고 다른 여러 가지 돌들을 넣어 어떻게 디자인을 하고 어느 부분을 양각을 하고 어느 부분을 음각을 할지까지 가족에게 보여주시며 상의하셨다. 최종태 선생님은 선생님대로 어려운 작업에 힘드셨고 탑비에 넣을 분골함을 부탁받은 윤광조 선생님도 촉박한 시간에 맞춰 함을 굽느라 여간 애쓰신 게 아니었다.

사십구재가 지난 다음에 의논을 하고 백일재에 맞춰주셨으면 하는 청을 드린 거니까 얼마나 급박하셨을까. 정성껏 하나를 만들기도 힘든 시간인데 안 깨지고 곱게 잘 나올 확률을 생각하고 서너 개를 더 만드셨다. 그리고 어느 날 윤 선생님께서 작품이 잘 나온 것 같다며 전화를 주셨다. 어머니와 나는 선생님이 계시는 경기도 광주에 서둘러 내려갔다.

선생님은 깨끗한 흰 옷에 의관을 정제하고 계셨다. 그러고는 앉은뱅이 탁자를 내놓고 그 위에 방금 꺼낸 유골함 하나를 올려놓으시고 '로'에 들어가 있는 따끈한 두 개를 살짝 보여주셨다.

"아침에 따뜻한 걸 꺼내면서 너무 고맙지 뭡니까. 그래서 제례를 하고 모셔두었지요."

선생님의 정성과 마음이 느껴져 어머니와 나는 유골함을 그냥 받을 수가 없어서 서로 절을 했다. 가족뿐 아니라 아버지와 인연이 닿았던 분들 모두 아버지를 보내는 길에 온 마음을 다해주셨다. 아버지 당신이 스스로 지은 인복으로 유족들은 아버지를 잘 모실 수 있었다.

탑비는 충남 연기군 동면 응암리에 있는 선산에 세웠다. 스님이 식을 해주셨다. 밑돌을 놓고 유골함을 넣고 마지막에 돌을 올려놓아 아버지의 유골은 비의 가운데 들어가게 되어 있었다. 탑비 중간에 유골함을 넣기 위해 기중기가 돌을 들고 있었다.

"나는 광개토대왕비 이래로 이렇게 잘 생긴 비를 본 적이 없어."

탑비

어느 선생님이 탑비를 보시더니 말씀하셨다. 김형국 선생님께서 써주신 비문[4]은 모두 한글로 되어 있었는데 사람들이 비문이 아름답고 좋다고 많이 말씀을 해주셨다. 탑비를 세운 다음에야 나는 마음이 조금씩 가라앉기 시작했다.

---

4 "심플한 그림을 찾아 나섰던 구도의 긴 여로 끝에 선생은 마침내 고향 땅 송룡마을에 돌아와 영생 처로 삼았다. 천구백구십년 세모의 귀천이니 태어나서 칠십삼 년 만이었다. 선생은 타고난 화가 였다. 어린 날 까치를 그리자 집안의 반대는 열화 같았고 세상은 천형으로 알았지만 그림이 생명이라 믿었던 마음은 드깊어갔다. 일제 땅 무사시노대학의 양화 공부로 오히려 한국 미술에 빛나는 정수를 깨쳤다. 선생은 타고난 자유인이었다. 가정의 안락이나 서울대학 교수 같은 세속의 명리는 도무지 인연이 없었다. 오로지 아름다움에다 착함을 더한 데에 진실이 있음을 믿고 그것을 찾아 평생 쉼 없이 정진했다. 세속으로부터 자유를 누린 대신, 그림에 자연의 넉넉함을 담아 세상을 감쌌고 일상의 따뜻함을 담아 가족 사랑을 실천했다. 맑고 푸근한 인품이 꼭 그림 같았던 선생을 기리는 문하의 뜻을 모아 최종태는 돌을 쪼았고 김형국은 글을 적었다. 천구백구십일 년 사월."

물론 가라앉았다는 것이 아버지가 계시지 않는 생활에 익숙해졌다는 것은 아니었다. 나와 우리 형제들이 아버지에게 받은 사랑이 어땠는데 그게 쉽게 될 리 없었다. 대신 우리가 아버지를 계속 사랑하고 기억하고 아버지의 사랑에 보답할 것들을 생각해야겠다는 마음이 들기 시작했다.

그때 내가 마흔 다섯 살이었다. 그리고 어느덧 내가 아버지가 돌아가신 그 나이가 됐다. 이곳에 더 이상 아버지는 계시지 않지만 나는 여전히 아버지의 곁을 돌았다. 그동안 나는 어떤 딸로 살았을까. 시간이 흐르면서 충격과 슬픔은 그리움으로 바뀌어 더 깊고 그윽해졌다. 그리고 아버지의 나이가 되니 아버지를 더 가깝게 느낀다. 아버지께서 늙어가면서 우리와 함께 지냈던 일들을 나의 시각이 아니라 아버지의 시각으로 가깝게 당겨서 다시 들여다보게 해준다.

지금도 나는 아침저녁으로 내 방에 있는 아버지 사진과 이야기를 많이 한다. 특별한 얘기를 하는 건 아니다. 내가 그날 무슨 일을 했는지 어떤 날이었는지 예전에 아버지와 산책하고 차 마시면서 얘기하던 때처럼 말이다. 며칠 동안 그러지 못하면 "아버지, 화났어?"라고 물어볼 정도다. 아버지가 화가 났는지 궁금한 게 아니라 내가 아버지가 그리웠다는 표현이다.

아버지가 그림 그릴 때 옆에 함께 있었던 시간에 대한 그리움. 아버지가 그림 그려놨다고 전화하면 가서 아버지와 그림에 대해 이야기하고 아버지가 끓여주시는 커피를 마셨던 아버지와 나의 풍경에 대한 그리움. 아버지와 함께한다는 것만으로 특별한 모든 순간들에 대한 그리움. 내가 그린 아버지 장욱진과 나의 그림.

내가 그릴 수 있는 아버지의 그림에 대해 오래 고심했다. 1주기에, 5주기에, 10주기, 20주기마다 아버지를 기억할 방식을 고민했다. 사실 아버지의 방식대로라면 아버지의 탄신 100주년을 맞이하여 기념행사를 하고 양주에 아버지의 미술관을 짓거나 신갈 집을 잘 보존하는 것에 대해 고개를 저었을 것이다. "경수야, 너 괜한 짓하고 다닌다."라고 말씀하셨을지 모른다. 떠난 것에 대해서는 뒤도안 돌아보는 단호한 분이셨고 형식적인 건 질색을 하셨다. 그래서유품이라고 할 것들도 적고 아버지는 당신의 작업실도 모두 뒤도안 보고 떠나셨다.

그러나 나도 아버지 피를 물려받은 딸 아닌가. 아버지의 방식을아버지가 고집하듯이 나도 자식으로서의 도리와 나의 방식을 고집한다. 아버지의 방식으로라면 아버지가 남긴 정신과 예술 세계, 아버지의 그림을 하나도 볼 수 없다.

나의 사랑하는 아버지, 우리 가족을 사랑하신 아버지, 내가 가장좋아하는 그림을 그린 화가, 벼락같이 단호하고 물같이 맑은 예술가로의 삶을 그야말로 물처럼 흘려보낼 수는 없다. 호의호식이나 명예, 욕망에 휘둘리는 것은 경계해도 아버지가 나에게 주신 사랑과정 그리고 예술 세계를 마치 없었던 것처럼 텅 비워둘 수는 없다.

아버지에 대한 그리움으로 나는 아버지에 대해 그리기로 한다.학계와 미술계에서 바라보는 화가 장욱진이 아니라 아버지가 나에게 그려준 풍경과 아버지와 내가 함께 만든 그림을 옮기고 싶다. 아버지는 산책을 하면서 사진기로 나를 찍어주기도 하고 나와 우리 형제들에게 만들어주신 풍경들이 있었는데 그동안 나는 아버지를 제대로 그린 적이 없었다. 그리움으로 그린 아버지의 그림을 아버지 나이가 되어서야 그리려 한다.

그러나 아버지에 대해서 글로 그려서 남기는 것이 처음부터 기꺼운 것은 아니었다. 내가 가지고 있는 그리움과 사랑은 그렇다 해도 다른 사람들에게 아버지에 대해 말하는 것이 어떤 의미일지 헤아리기가 쉽지 않았다. 또한 내가 과연 이 일을 잘 할 수 있을지 걱정이 앞서기도 했다.

그러나 내가 화가 장욱진의 큰딸이라는 변하지 않는 운명 앞에서 좀 더 강건한 마음을 가져야겠다는 생각이 들었다. 나 장경수가 어떤 관점으로도 아버지 장욱진과는 뗄 수 없는 인연으로 묶여 있다는 걸 감사하고 소중하게 받아들이는 일 중 하나가 이 글을 시작하는 이유일 것이다. 가족을 너무나 사랑하신 아버지 장욱진, 그 아버지의 사랑을 흠뻑 받은 자식 중 하나로 아버지를 기억하고 회상한다는 건 의미 있는 일일 것이다.

2. 나와 아버지의 내수동

아버지 장욱진은 충청남도 연기군 동면 송룡리 105번지에서 태어나셨다. 연기군 동면은 대대로 결성結城 장씨가 모여 살면서 마을을 형성한 곳이었다.[5] 그곳에서 아버지는 양력으로는 1918년 정초이고 음력으로는 1917년 11월 26일에 태어나셨는데 주민등록증이 생기면서 11월 26일로 등록되었다.

충남 연기군 동면 생가

---

5 결성 장씨가 송룡리 일대에 들어와 살기 시작한 것은 16세기 중반으로 보인다. 향교를 중심으로 활발하게 활동하며 근처에서 입지를 구축했다. 그 인근에서 결성 장씨는 19세기 중반에 가장 위상이 높았고 많은 활동을 했다.

아버지는 새해 세배를 받는 것과 당신 생일이라고 금세 한 번 더 인사를 받는 것이 번거롭다고 여기셨다. 복잡한 걸 워낙 싫어하셨다. 어느 날인가 당신 생일을 11월 26일로 치르겠노라고 통보하셔서 우리 가족은 그때부터 아버지 생신을 1917년 11월 26일로 정했다. 탄신 100주년 기념일도 가족 모두 아버지가 원하던 날짜로 하자고 해서 2017년 11월 26일로 잡았다.

아버지 장욱진의 집안은 대대로 그 지역에서 명문가에 부농이었다. 지금에야 측정하기 어렵지만 2,000석지기 정도의 부자였다고 한다. 커다란 집에 큰댁과 작은댁이 함께 살았는데 아버지는 건넌방에서 태어났다고 들었다.

아버지가 태어나신 생가가 지금까지 남아 있는 것은 참으로 다행이지만 원형 그대로 보존되어 있지는 않다. 사랑채를 비롯해서 구석구석 사라진 것들이 많다. 아버지의 비석 제막식을 하고 여러 선생님들과 아버지의 생가를 둘러보았다. 어린 시절 기억 속의 집보다 많이 작아 보였다.

잠시 우리 장씨 집안에 대해 이야기를 안 할 수가 없다. 할아버지의 2, 3대 앞선 세대부터 부농이었는데 집안사람들이 문리에 밝아 재산이 금세 불어났다고 한다. 대대로 풍요롭고 넉넉한 집안이었다. 그러나 일제강점기가 되어 일제가 토지개혁을 하면서 상황이 조금 어려워졌다고 한다. 물론 경제적인 풍요로움이 집안의 자랑일 수는 없다.

장씨 집안은 부자이기도 했지만 학문을 중요하게 여겼다. 집안

충남 연기군 육영재

어르신들이 공부하는 걸 즐기시고 아이들에게도 학문을 닦는 걸
권했다. 문중의 서당격인 '육영재毓英齋'를 일찍부터 운영했고 큰
댁 할아버지께서 동네에 연동초등학교를 설립한 것도 그러한 맥락
이었다. 연동초등학교는 연기군 동면에 최초로 들어선 근대식 학
교였다. 집안 어르신들이 학문과 교육에 지속적으로 얼마나 열정
을 쏟고 열의가 대단했는지 알 수 있다. 그래서 서울이 아니라 지
방 한 구석이어도 새로운 문물과 문화도 부지런히 받아들였다.

　아버지 장욱진의 아버지이자 나의 할아버지는 장張, 기基자, 용
鏞자를 쓰셨는데 일찍 결혼해 스물둘에 아버지가 태어나셨다. 할
아버지는 아들 네 명을 두었는데 아버지는 4형제 중 차남이었다.
그러나 할아버지께서는 스물여덟 너무 이른 나이에 작고하셨다.
할아버지가 돌아가셨을 때 큰아버지가 열두 살, 아버지가 겨우 일
곱 살이었다. 밑으로 동생 둘은 주변 분간조차 어려운 네 살, 한 살

이었다고 한다.

아버지가 일곱 살 때 할아버지가 홀연히 세상을 뜨셨으니 아버지는 할아버지와의 추억이 많지 않았다. 언젠가 한번 내가 아버지께 할아버지에 대해 여쭌 적이 있었다. 한 번도 뵌 적이 없는 할아버지가 어떤 분이셨는지 궁금했다.

아버지는 할아버지가 굉장한 멋쟁이였다고 했다. 서울에 나들이를 가실 때면 양복에 당시 유행하던 모자를 쓰시고 회중시계를 차고 서울에서도 꽤 멋을 부린다는 사람들이나 들고 다니던 가죽 가방에 백구두를 신었다는 것이다. 그래서인지 나는 할아버지의 모습을 이십 세기 초반의 전형적인 신사의 풍모로 떠올렸다.

그런데 충남 연기군에서 서울까지 왔다 갔다 하셨을 길을 생각해보면 참으로 지난하고 답답하다. 그 당시 연기군에 있는 면이라면 논두렁 밭두렁에 흙바닥인 시골이었을 텐데 할아버지께서는 백구두를 신으셨다. 보통 멋쟁이가 아니라면 시도할 생각도 하지 못할 것 같다.

아닌 게 아니라 할아버지가 서울에 가실 때면 백구두에 흙이 묻지 않게 시동을 시켜 머리에 쟁반을 얹고 거기에 구두를 놓아 이고 가게 했단다. 조치원역까지 그렇게 백구두를 이고 가서 거기에서야 신발을 바꿔 신으셨다. 구두를 머리에 이고 가다니, 생각하면 조금 우스웠다. 백구두만 그렇게 특별한 대접을 받은 건 아니다. 할아버지의 가죽 가방 역시 평소에는 시렁 위에 얹어 두었다가 서울에 갈 때만 들고 가셨다고 했다. 할아버지께서 일찍 작고하셔서 아버지도 기억이 어렴풋하고 아련할 텐데 흰 색, 가죽, 형태 등 색채와 물성에 대한 감각으로 할아버지를 떠올리셨다.

우리 아버지는 물건에 대해 욕심이 거의 없으셨지만 연세가 들때까지도 유독 회중시계는 좋아하셨다. 그 소품은 어린 시절의 아버지가 기억하는 할아버지 모습에서부터 온 게 아닐까. 할아버지도 멋쟁이였지만 아버지도 못지않은 멋쟁이였다. 옷이 많거나 관심이 있는 건 아니었다. 검은 터틀넥 스웨터에 모자, 코르덴 재킷 등을 늘 입고 다니셨는데 너무 잘 어울리고 멋져서 못 입게 되면 달라는 사람들도 많았다.

할아버지께서는 서울에 당고모할머니가 계셔서 들르기도 했지만 이래저래 서울을 둘러보시면서 서울에서 당신 자식들을 교육해야겠다고 생각하셨던 것 같다. 당시 서울에는 새로운 문물들이 많이 들어왔고 연기에서는 볼 수 없는 문화적인 풍경들이 있었을 것이다. 멋과 품격을 중히 여기신 분이 서울로 가야겠다는 생각이 왜 안 들었겠는가.

할아버지는 서울에서 새로운 교육과 문화적 환경 속에서 자식들을 교육하며 살아갈 계획으로 서울 당주동에 집을 한 채 사셨다. 그리고 연기군 동면을 떠나 가족을 이끌고 서울 당주동에서 새로운 생활을 꾸리기 시작하셨다. 할아버지께서 돌아가시기 일 년 전이었다.

어르신들에게 들어보면 할아버지는 글씨도 아주 잘 쓰시는 분이셨고 기골이 장대하고 매우 건강한 체질이셨다. 씨름 대회에 나가 일등을 하셔서 소를 받아오셨다고 하니 뵌 적은 없어도 훤칠했던 젊은 날의 우리 아버지를 떠올리며 강건했던 할아버지의 모습을 상상해본다.

그런데 집안 제사로 서울에서 제수용품을 잔뜩 준비하셔서 동면에 내려가셨을 때였다. 내려가신 김에 지인의 병문안을 가셨는데 그곳에서 장티푸스에 걸려 쓰러지셨다. 지금과 달리 전염병으로 갑자기 돌아가신 분들이 많던 시절이었다.

병원에도 못 가고 집에서는 장티푸스인 줄도 모르던 사이에 심하게 열병을 앓다가 돌아가시고 말았다. 젊고 힘이 넘치던 할아버지가 그렇게 청천벽력처럼 돌아가셨다. 할아버지께서 뭔가 심상찮다고 빨리 고향으로 내려오라고 전갈을 보냈지만 할머니가 도착하기도 전에 돌아가시고 말았다. 할머니조차 임종을 지켜보지 못하신 것이다.

우리 오 남매는 아버지에게 사랑을 많이 받으며 자랐지만 정작 아버지는 할아버지의 품을 오래 느끼지 못했다. 나는 아버지의 사랑을 깊고 애틋하게 느껴봤기 때문에 아버지의 사랑이 부재한 어린 시절이라는 것을 사실 떠올릴 수가 없다. 아버지의 사랑 속에서 자란 우리로서는 아버지의 어린 시절이 안타까웠다.

스물여덟에 할아버지가 돌아가시자 할머니는 한순간에 네 명의 자식과 세상에 홀로 남았다. 할머니는 할아버지보다 한 살이 많았으니까 스물아홉에 그야말로 청상과부가 되어버렸다. 열두 살짜리 큰아들부터 겨우 한 살이 지난 막내아들까지 혼자 돌보아야 할 운명이 할머니 앞에 놓였던 것이다.

　우리 할머니는 충청남도 보령 대추골 출신이신데 할머니의 아버지, 그러니까 진외증조부께서 광주로 발령을 받으셔서 광주에서 연기군으로 시집을 오셨다. 한산 이李씨에 기基자, 재在자를 쓰셨다. 젊으셨을 때 인물이 좋아 어르신들이 밤톨같이 예쁘다고 했단다. 밤톨이라는 말의 느낌처럼 할머니는 작고 빛이 곱고 동글동글한 외모를 지니셨다. 어르신들이 좋아할 외모에다 행동도 조신하고 얌전하고 솜씨도 좋은 현모양처 그 자체였다고 한다.

　그런데 하루아침에 할아버지가 돌아가셨으니 할머니가 얼마나 막막했을까. 내 아버지가 갑자기 돌아가신 후, 이제야 할머니의 마음이 어땠을지 상상이 간다. 친척과 주변 분들도 할아버지의 갑작스런 죽음에 놀라고 할머니와 네 명의 자식들 생각에 갑갑했을 것이다. 아이를 넷씩이나 함께 낳고 기르면서 의지했던 남편이 급작스런 죽음을 맞이했으니 그 절망이 어떠했을까.

　우리 어머니가 시집을 가서 시어머니인 할머니를 보니 버선을 신지 않으셔서 깜짝 놀랐다고 하셨다. 왜 그러시냐고 하니까 차가운 땅속에 할아버지를 보내고 난 다음부터는 당신 혼자 따스하게 지내자고 버선을 신지 못하시겠다고 말씀하셨단다. 할머니는 비단 옷이라고는 자식들 결혼할 때 정도밖에 걸치지 않고 늘 하얀 무명 소복에 맨발로 지내셨다. 그것이 할머니가 할아버지와 늘 함께 있는 방식이었는지도 모르겠다.

　할아버지의 죽음에 가족들의 슬픔도 슬픔이었지만 남아 있는 아이들과 할머니에 대한 걱정도 컸다. 어르신들이 모여 이를 어쩌나 하고 걱정을 하던 중에 서울로 시집가신 당고모할머니께서 나섰다. 나는 당고모할머니를 발산할머니라고 불렀다. 발산할머니는 큰할아버님의 누님이시고 서울의 큰 부잣집 마나님이셨는데 발산할머니께서도 할머니처럼 이른 나이에 홀로 되셨다.

발산할머니가 가만히 상황을 보니 애들은 넷씩이나 되는데 할머니는 얼굴도 예쁘장하니 곱고 젊으니 그냥 두면 큰일 나겠다고 생각하셨던 것 같다. 옆에 두고 우리 집안을 건사해야겠다고 마음을 먹고 당신이 계신 집 바로 옆집으로 이사를 오라고 하셨다.

두 집 사이에 가운데 문을 내고 바로 눈앞에서 늘 간섭도 하시고 돌봐주려는 뜻이었다. 말하자면 발산할머니가 할머니의 시어머니 역할을 하신 것이다. 그래서 아버지는 서울로 올라와 당주동 집에서 일 년을 지낸 다음에 내수동에서 어린 시절을 보내게 된다.

아버지는 어린 시절을 어떻게 보냈을까.

"참 착한 아이였지. 얼마나 착했는지 팥으로 메주를 쏜다고 해도 믿었을 거야. 말도 아주 고분고분 잘 들었지. 순둥이도 그런 순둥이가 없었어."

할머니께서 말씀하셨다. 그리고 아버지를 가졌을 때의 태몽을 들려주셨다. 할머니의 꿈에 열매가 매달린 커다란 나무가 나왔는데 이 태몽이 당시 동네에서 아주 유명했단다. 태몽을 해석하는 사람에게 얘기했더니 아주 상서로운 태몽이고 태어날 아이가 큰 인물이 될 것 같다고 해서 할머니가 굉장히 기뻤다고 하셨다.

아버지는 어릴 때 친구들과 떠들썩하게 몰려다니지 않고 늘 조용하게 지내고 혼자 노는 아이였다. 나도 아버지한테 아버지의 어릴 적 친구 이야기를 들어본 적이 없었다. 아버지가 가장 친하게 지낸 사람은 택진 아저씨 정도였다. 택진 아저씨는 친척으로 아버지와 동갑이고 둘이 항상 붙어서 놀고 자라 아주 절친했다. 얼마나 친했는지 둘이 손을 꼭 잡고 앉아서 놀다가 하나가 코를 흘리면 코를 닦아주기도 했다고 들었다. 택진 아저씨도 무척 조용하고 얌전한 어린이였던 것 같다. 그리고 할머니께 아버지의 어린 시절의 재미난 일화를 하나 들은 것은 큰 소득이었다.

어느 날 아버지가 집 마당에 있었는데 뱀이 그 앞을 쓰윽 지나 구멍으로 들어갔단다. 아버지가 그 뱀을 잡겠다고 뱀 꼬리를 붙잡고 늘어졌다. 뱀과 씨름을 한 것이다. 뱀은 아버지를 뿌리치고 구멍으로 숨으려고 기를 썼고 아버지는 뱀을 끌어내려고 기를 썼다. 그런데 쉽게 뱀이 끌려나오지 않으니까 뱀이 나오기를 하염없이 기다리면서 그대로 꾸벅꾸벅 졸았다고 한다.

할머니가 외출하셨다가 들어와보니 아버지가 뱀 꼬리를 잡고는 졸고 앉아 있었다는 것이다. 한쪽 구석에 쪼그리고 앉아 뱀 꼬리를 붙들고 조는 어린 아버지의 모습을 상상해보니 귀엽기도 했지만 뭔가 어릴 때조차도 아버지다워서 입가에 미소가 지어졌다. 조용하고 혼자 있기 좋아하고 순하고 착한 것도 그렇고 한번 마음먹은 것은 미련하다 할 만큼 끝까지 가는 태도도 아버지다웠다. 가없는 집중력과 몰두를 타고나신 건지 궁금하기도 했다.

아버지의 어린 시절 얘기는 많이 듣지 못했다. 그중에 기억나는 한 가지는 아버지에게서 들은 것이다. 얘기했다시피 아버지 집안은 대대로 교육과 학문에 열정적이었는데 둘째 할아버지께서 글씨를 잘 쓰셨단다. 우리 아버지와 큰아버지가 글씨를 익히고 쓸 수 있는 나이가 되자 할아버지가 아침마다 글씨를 쓰게 했다. 그리고 쓴 글씨들을 하나씩 들여다보셨는데 아버지가 쓴 글씨가 썩 잘 쓴 것 같지는 않은데 재미있는 글씨를 쓴다고 하시며 아버지가 쓴 글씨 중 잘된 것을 기둥에 못으로 박아 걸어두시기도 했단다.

나는 아버지가 그림을 잘 그리는 게 어느 분께 물려받은 건가 궁금했다.

"아버지, 할아버지께서 그림을 잘 그리셨어요?"

"너무 어렸을 때라 기억이 잘 안 나. 어렴풋하게 기억나는 건 뒤에 병풍을 치고 계셨는데 그 병풍이 당신이 그렸다고 들은 건 기억이 나네."

"그럼 아버지가 그림 잘 그리는 게 할아버지한테서 물려받은 거네."

그 얘기를 어머니께서 듣고 계시다가 한 말씀하셨다.

"아버님께서 글을 잘 쓰셨다는 건 알았지만 그림도 그렇게 잘 그리셨나? 그림은 오히려 당신 외삼촌이 잘 그리셨지."

아버지의 외가 쪽과 친가 쪽 조상의 그림과 글씨가 남아 있었다면 덧붙일 말이라도 있었을 텐데 전란과 혼란스러운 시절 탓에 남아 있는 것이 없다. 아버지가 어릴 때 그린 그림 한 장도 남아 있지 않으니 하물며 그 윗대야 말할 것도 없다.

그런데 가만히 지켜본 바로 우리 아버지의 친가 쪽은 예술적 기질이 강한 건 아닌 것 같다. 당시에 어르신들이 그림에 능하다는 건 예술보다는 서書와 화畫라는 선비의 덕목에 가까운 그것이 아니었을까. 예술로서의 그림이 아닌 선비의 화畫에 능하셨고 학식과 학문에 열과 성을 기울이셨던 것이다. 육영재 이전에도 그곳에 학파가 하나 있었는데 그분들 중 한 분도 결성 장씨라는 얘기를 들은 적이 있다. 학구적이고 선비의 전통이 깊은 집안이었다.

아버지가 당주동에서 내수동 22번지로 이사한 게 일곱 살 때였다. 거기서 어린 시절을 보내셨다. 그리고 내수동 집은 내가 어린 시절을 보낸 곳이기도 하다. 작은 추억들이 남아 있는 곳이다. 지금 광화문에 있는 '경희궁의 아침'이라는 건물 부근에 바로 내수동 집이 있었다. 아버지가 어머니와 결혼 후 신혼살림을 차린 곳도, 피란을 떠난 곳도 내수동 집이었다.

오빠 장정순은 아버지가 일본 유학을 하고 계셨던 1942년에 태어났고 나는 1944년 12월에 서울역에 있는 소화병원에서 태어났다. 하지만 아버지가 1945년 1월 4일로 출생신고를 하셔서 어머니가 실제로 나를 낳으신 날과 아버지가 이 세상에 나를 낳으신 날이 조금 차이가 나긴 한다. 지금까지도 1945년 생으로 살아간다. 그리고 아버지는 내 이름을 손수 책력을 보아가며 지어주셨다고 한다. 볕 경曔에 물가 수洙, 경수.

아버지가 어린 아이였을 때 순하고 착했던 것처럼 나도 바보스러울 정도로 착한 순둥이였다고 한다. 나를 기둥에 끈으로 묶어놓고 어머니가 잠시 나갔다 와도 울지 않고 주위를 맴돌다가 어느새 혼자 잠들었단다. 어리숙한 어린 나를 보고 외할아버지께서 "어떻게 경수는 저렇게 얌전하냐? 혹시 반푼이 아니냐?"라고 놀리실 정도였다.

내가 대한민국 광복 반 년 전쯤에 태어났으니 광복과 6·25전쟁, 1·4후퇴, 서울 수복과 휴전까지 그야말로 전쟁의 북새통과 혼란 속에서 유년 시절을 보내야 했다. 그렇게 보면 아버지의 일곱 살도 참으로 무참했지만 나 역시 일곱 살까지 그다지 만만하게 보내지는 않았던 것이다.

피란 가기 전까지 살던 내수동 집은 사랑채만도 디귿자형 구조에 엄청나게 컸다. 어린 시절이라 모든 것이 커다랗게 보였겠지만 어머니는 말씀으로도 백 평의 큰 집이었다고 한다.

사랑채, 마루, 건넌방, 복도가 있었는데 사랑채에 우리가 살았고 안채에는 큰집이 살았다. 아버지는 사랑채의 건넌방을 그림 그리는 곳으로 삼으셨다. 안채의 안방에는 할머니가 기거하셨고 건넌방, 뒷방에도 가족들이 모여 살았다. 행랑채에도 집안일을 돌봐주시는 분들이 살았으니 상당히 넓은 집이기도 했지만 대가족이었다.

지금까지도 그 집의 구석구석이 떠오른다. 나와 세 살 터울인 동생 희순이 있었지만 아기여서 어머니 등에 업혀만 있었다. 희순이는 나의 놀이 상대가 되기에는 너무 어려 오빠만 졸졸 따라다니면서 놀았다. 우리는 가운데 큰 방에서 자주 놀았다. 내가 이렇게 내수동 집을 기억하듯이 어쩌면 아버지도 연기군 동면에 있던 아버지의 본가 구석구석을 마음 어딘가에 가지고 계셨을지 모른다.

내수동 집엔 안채와 바깥채 사이에 문이 나 있었고 안채 옆으로 복도를 지나면 사랑채가 있었다. 가운데에 대청이 널따랗게 놓여 있었는데 그 대청에 아버지가 그린 그림이 걸려 있었다. 두껍고 투박한 마대에 굵은 털실로 수놓은 작품과 여인과 호미가 그려져 있는 그림 등이었다. 어렸지만 그때도 꽤 강한 인상을 받았다. 그리고 그때의 아버지의 그림들은 나중에 그리신 것들처럼 작지 않았던 것 같다.

나는 어렸을 때 본 아버지의 그림들을 어렴풋하게나마 많이 기억한다. 다만 너무 어려서 대청의 그림에 그려져 있던 게 호미라는 것은 몰랐다. 1·4후퇴 때 부산으로 피란 갔을 때였다. 신기루 장수가 와서 구경을 하다가 호미 비슷한 것이 보였다.

"이거 아버지 그림에서 본 거야."

내 말에 사람들이 다 웃었단다. 호미를 몰랐기 때문에 비슷한 모양이면 대청에 있던 아버지 그림부터 떠올렸던 것이다. 그 많은 그림은 전쟁이 끝나고 돌아갔더니 없어지고 말았다.

참 신비하고 묘한 건 나이가 들수록 아주 예전의 일들이 새록새록 선명하게 떠오른다는 것이다. 얼마 전 일보다 칠십 년이 넘은 내수동 집안 곳곳이 내게 생생하게 그려진다.

전기제품이라고는 워낙 드문 시대였지만 내수동 집에는 제니스

라디오가 있었다. 그 라디오를 또렷하게 기억하는 건 그 뒤에 내가 좋아하는 소꿉장난감과 꽃무늬가 그려진 아기용 빨랫방망이가 있어서였을지 모른다. 그 또래 여자아이들이 흔히 그러하듯 나도 소꿉장난을 무척 좋아해서 아버지께서 사주신 장난감이었다. 어머니가 만들어주신 인형 옷들도 소꿉장난감과 함께 나의 보물이었다.

아버지 방에는 사방탁자가 있었다. 그 방이 아버지의 화실을 겸하고 있었는데 항상 무척 깨끗했다. 아버지가 작은 것들을 좋아하셔서 은으로 만든 자그마한 식기들과 철제로 된 불상도 있었다.

어느 날 내가 어머니께 내수동 집에 은 식기 같은 게 있었다고 했더니 어머니께서도 잊고 있었는데 그걸 어떻게 기억하느냐며 놀라셨다. 사실 나는 은 식기들 중 하나가 이로 꽉 깨문 것처럼 찌그러져 있었다는 것까지도 기억한다. 여름날 식구들이 다 나와 우물가에서 같이 세수를 하던 풍경도 떠오른다. 그때 집에 일하는 분이 계셨는데 나한테 세수를 참 깨끗하게 잘한다고 칭찬을 해줘 어린 마음에 뿌듯했다.

하지만 내수동에서 보낸 아버지의 어린 시절 이야기는 별로 들은 것이 없다. 아버지는 나에게 가지고 싶었던 소꿉장난감을 사주셨지만 아버지는 그 나이쯤 무엇을 가지고 싶었을까? 그때부터 이미 그림 그리기를 그렇게 좋아했다고 하니 색색가지 물감과 종이를 갖고 싶으셨을 것이라고 막연한 생각을 해본다.

유년 시절에 나는 오빠의 학용품과 가방이 많이 부러웠다. 사실 오빠가 덕수초등학교 2학년에 다닐 때여서 학용품보다 학교에 다니는 것이 부럽고 대단해보였다.

'오빠는 유치원도 보내줬는데 난 유치원에 왜 안 보내주지? 오빠는 학교에 간다고 학용품도 사주고…'

오빠도 유치원에 갔지만 큰댁에 나와 동갑인 사촌이 있어 친구처럼 지냈는데 그 아이도 유치원에 다녔기 때문에 나에게는 유치원생이 가장 샘나고 부러운 일이었다.

정확하게 아버지가 유년 시절에 무엇을 부러워했는지 모르지만 그림과 관련이 있지 않을까. 하지만 발산할머니는 아버지가 그림 그리는 걸 무척 싫어하셔서 아버지가 그림을 그릴 때마다 화를 내셨다고 한다. 어린아이들이야 다들 놀이 삼아 그림을 그리지만 아버지는 놀이 수준이 아니라 이미 그림에 지나치게 몰입을 하셨다.

그때는 화가와 예술가에 대한 이해가 없던 시절이었다. 그림 장난치지 말고 공부를 열심히 하라고 계속 야단을 치셨다. 그럴수록 더욱 그림을 그리고 싶고 그림 도구가 더 갖고 싶어지는 게 어린아이의 마음인데 말이다.

지금 이 나이가 되어 생각해보니 발산할머니께서 일찌감치 그림을 반대하신 게 오히려 아버지가 그림에 더욱 매혹을 느끼고 열중하게 만들었을지도 몰랐다. 아니, 아버지라면 그 고집에 그림을 그리라고 하거나 그리지 말라고 하거나 당신이 하고 싶을 일을 하셨을 것이다.

발산할머니는 무섭고 고집이 센 분이셨지만 신경을 많이 써주신 것도 사실이다. 충청도 시골에서 올라온 지 일 년밖에 안 된 아버지가 경성사범부속보통학교(지금의 서울대학교부속학교)에 들어갔는데 초등학교지만 아무나 쉽게 들어갈 수 있는 곳이 아니었다. 아버지가 어떻게 들어갈 수 있었는지 상세하게 알 수 없지만 아마 발산할머니 덕분이었을 것 같다. 일찍부터 좋은 학교에 다니면서 공부를 잘하기를 바라셨을 것이다.

한번은 우리 할머니가 학교에 가서 살짝 아버지를 들여다봤다고 한다. 시골에서 올라와 서울 아이들 사이에서 공부를 잘하고 있는지 어떤지 염려가 되셨을 것이다. 그런데 학교에 다니는 아이들을 둘러보니 아버지를 빼고 다른 아이들은 모두 러닝셔츠라는 걸 속에 입고 있더란다. 할머니는 당장 그날 밤을 새우면서 무명천을 꿰매 러닝셔츠 비슷한 걸 만들어 입혀 보내셨다. 혹시라도 다른 아이들에게 뒤지거나 놀림이라도 받을까봐 그렇게 하셨다.

뿐만 아니라 아버지가 원래 얼굴이 가무잡잡한 편인데 시골에서 살다 와서 그런지 어느 날 선생님께 목이 까맣다고 목 좀 닦고 오라는 말을 들었다. 할머니께서 그 말을 전해 들었다.

"너는 워낙 까만데 어떻게 하냐?"

그러면서 아버지 목을 수세미로 박박 닦아줬다. 하얘지지 않을 걸 아시면서도 말이다.

우리 할머니는 발산할머니가 시댁 어르신이기도 하고 원체 기가 센 분이기도 해서 꽤 시집살이를 했다고 어머니께 들었다. 발산할머니께 흥잡히지 않게 조신하게 행동을 하셨고 늘 정신을 바짝 차리고 계셔야 했단다.

우리 집과 발산할머니 댁 사이는 담을 터놓았었는데 발산할머니가 이른 새벽이라도 잠이 안 오면 우리 집으로 그냥 들어오시곤 했다. 수시로 감독을 하신 것이다. 언제 발산할머니가 덜컥 들어오실지 모르니 할머니는 늘 긴장을 하셨다.

발산할머니가 할머니 댁의 거의 모든 일에 관여를 하신 것 같다. 거지에게 동전 한 닢을 주더라도 가계부에 적어야 했다니 말이다. 한밤중이든 새벽이든 밤에 문소리라도 나면 할머니는 주무시다가도 맨발로 뛰어나가셔서 광으로 들어가 독을 닦으셨다고 했다. 어머니가 할머니께 왜 그러셨냐고 여쭌 적이 있는데 빈둥거리지 않고 청소라도 하는 척을 하시느라 그랬단다. 잠 한번 푹 주무시지 못하고 시집살이를 하며 지내신 것이다.

내수동에서 보낸 아버지의 초등학교 시절 이야기 중 잘 알려진 것도 있다. 그때는 지금의 미술교과서 격인 도화책을 그대로 옮겨서 그리면 갑상甲上을 받았다. 갑·을·병에 상·중·하를 붙여 성적을 냈다니까 갑상이면 지금으로 A+다. 하지만 아버지는 항상 갑·을·병 중에서 가장 낮은 점수인 병丙을 받았단다.

그런데 경성사범 2학년 때 히로시마고등사범학교를 졸업한 미술 선생님이 아버지 그림을 유심히 들여다보고는 몇 점 달라고 해서 준 적이 있었다. 그중에는 까치를 그린 그림도 있었다고 한다. 어떤 그림이기에 그 선생님이 눈여겨보셨을까 궁금해서 아버지께 여쭤보았다.

"그냥 까맣게 그리고 눈만 하얗게 남겨놓았지."

그때부터 까치를 좋아하셨던 같다.

그 미술 선생님이 히로시마고등사범학교 주최의 전국아동미술대회에 아버지가 그린 그림을 내서 1등상을 받게 되었다. 매번 미술 성적이 좋지 않았는데 일본과 우리나라, 만주를 통틀어 전국 대회에서 1등상을 받았으니 그림에 더욱 매혹되고 고무되었을 것이다.

아버지 말씀으로도 그때 기분이 굉장히 좋았다고 하셨다. 어른들에게 들키지 않게 몰래 다락에 올라가서 그림을 그려야 하고 미술 성적도 나빴는데 전국 단위에서 상을 받았으니 얼마나 좋으셨을까.

전교생이 모이는 조회 시간에 당당하게 상을 받으셨다. 상장과 함께 메달과 상품도 받았다. 친구들이 그걸 한번만 보자고 하면서 돌아가며 보다가 결국 메달은 없어져버렸다. 그래서 상품은 안 뺏기려고 꼭 끌어안고 집에 왔는데 유화물감이 들어 있었다고 하셨다. 그 상품을 고이 가지고 있다가 4학년 때부터 유화물감을 조금씩 쓰기 시작했다고 하셨다. 다른 아이들보다는 일찍 유화물감을 만지기 시작하신 것이다.

그래도 발산할머니와 가족들 몰래 숨어서 그려야 했다.

"왠지 그때 그림 그리는 게 그렇게 좋았어."

아버지는 담담하게 말씀하셨지만 가족들이 다 싫어하니까 걱정을 끼치지 않게 보이지 않는 곳에 숨어 그림을 그리셨다. 아버지는 할머니 말씀대로 착하고 속이 깊고 조용하고 그림 그리기를 좋아했던 아이였다.

아버지가 온통 그림에 매혹되어 있던 시절 큰아버지와 아버지의 사촌들은 모두 공부를 열심히 했다. 내수동 22번지에 발산할머니 댁과 할머니 댁이 살면서 큰댁까지 할머니 댁 앞집으로 이사를 왔다.

이른바 서울에서 교육을 제대로 시키고 큰물에서 보고 자라도록 하려는 장씨 집안의 교육열과 학문을 중요시하는 가풍이 크게 작용했을 것이다. 이렇게 집집마다 다 올라와 모여 살다보니 장씨 집안 아이들 여섯 명 정도가 와자지껄하게 몰려다니게 되었다. 게다가 경성제1고등보통학교(현재의 경기고등학교)를 아버지만 빼고 모두 다녔다.

아버지는 지금의 경복고등학교의 전신인 경성제2고보에 다녔는데 장씨 집안에서 큰댁의 삼 형제 분과 큰아버지, 셋째 아버지 모두 경성제1고보로 가서 이름을 날렸다. 문턱을 넘기도 힘들다는 경성제1고보를 그냥 다닌 것도 아니고 반장과 전체 대대장 배지를 양쪽에 달고 다니신 분도 있었다.

그런데 소풍 가서 음식을 잘못 드시고 너무 이른 나이에 그만 돌아가시고 말았다. 그분은 특히 장씨 집안 장손이어서 어르신들의 충격과 슬픔이 무척 컸다. 또 장씨 집안 천재라는 다른 한 분은 물에서 돌아가셨다고 들었다.

장씨 집안 학생들은 모두 예능에도 우수해서 무슨 상을 받거나 행사가 있으면 장, 무엇, 진이라는 이름들로 경성사범부속학교가 꽉 찼단다. 거기에 아버지 형제들과 사촌 삼 형제도 다녔는데 그분들도 모두 글과 그림에 능했던 것 같다.

어머니께서도 경성사범부속보통학교에 다니셨는데 방학이 끝나면 강당에서 우수 작품 전시를 하는 예술제가 있었다.

"예술제를 하는 강당에 가보면 장○진이라는 이름이 줄줄이 늘어서 있어 장○진이라는 집안은 모두 글과 그림이 대단한 집안이라고 생각했지."

물론 이때는 어머니가 장씨 집안의 장○진 중 한 분과 결혼할거라는 생각은 전혀 하지 못하셨지만 말이다.

아버지는 큰아버지를 굉장히 어려워하셨다. 할아버지가 일찍 돌아가셔서 큰아버지가 할아버지 대신 가장의 권위와 위엄을 부여받아서였을까. 큰아버지께서 가장의 책임감으로 동생들을 돌보고 아버지의 역할을 하면서 엄격하게 대했나보다. 아버지와 큰아버지의 관계는 다섯 살 차이가 있어서 형제라기보다는 아주 엄격하고 두려운 아버지와 아들 같았다. 위계적인 관계로 보였다. 큰아버지는 경성제1고보를 나와 일본상지법대를 나오셨는데 어릴 때부터 머리가 좋고 공부도 열심히 하는 모범생이셨다.

큰아버지는 아버지가 중·고등학교 때 공부를 열심히 해라, 공부해라, 공부해야 훌륭한 사람이 된다고 많이 얘기하셨단다. 그런데 아버지가 공부를 기대만큼 열심히 안 하니까 어느 날 연필심으로 아버지의 팔뚝을 딱 찍은 일이 있었다.

그 연필심이 아버지가 돌아가실 때까지도 박혀 있었다. 나중에라도 그 자국을 지울 수 있었을 텐데 아버지가 일부러 안 뺐던 것 같다. 그 자국을 어떤 표식이자 기억으로 간직하시려 했는지 나로서는 알 수가 없다. 그런데 아버지가 큰아버지를 어려워하는 것만큼 작은아버지 두 분도 아버지를 어려워했다. 물론 작은아버지들도 큰아버지를 더 무서워했지만 말이다.

아버지는 사 형제 중 차남이었고 나는 오 남매 중 장녀였다. 아버지는 할아버지가 일찍 돌아가셔서 큰아버지가 엄한 아버지 역할을 하면서 형제들을 돌보았다.

나는 아버지도 있고 어머니도 있었지만 어머니는 가족의 생계로 집에 계시지 않는 날이 많았다. 아버지는 다정하고 따스하게 우리를 대했지만 동생들을 소소하게 다 돌볼 수는 없었다. 말하자면 내가 동생들을 돌봐야 할 때가 많았다. 아버지가 나의 입학식과 졸업식마다 오셨고 나는 동생들의 입학식과 졸업식, 학부모 회의에 참석을 했다. 동생들은 나를 그냥 언니가 아니라 큰언니라고 부르면서 어려운 기색을 비치기도 한다.

어머니가 늘 바쁘셔서 내가 엄마 대신 동생들을 잘 이끌어야 한다는 책임감은 있었다. 사실 다섯 형제들 중에 나는 오빠와 가장 추억이 많다. 어릴 때부터 내가 심심해서 오빠를 졸졸 따라다녔고 오빠가 많이 챙겨주기도 했다. 나이가 들면서 아무래도 오빠는 집안에서 장남으로서의 책임을 지는 일들에 더 신경을 썼다.

그리고 나는 내 밑의 동생들 희순, 혜수, 윤미가 모두 여자라 여동생들을 거두는 것에 신경을 더 많이 썼다. 동생들에게 늦게 들어오지 말라고 하고 도시락에 무언가를 남기거나 싫다고 하면 야단을 치는 일도 있었다. 큰언니 노릇을 톡톡히 했다고 해도 할 말은 없다. 그렇게 하지 않으면 어머니가 바빠서 아이들이 버릇없게 자랐다는 소리를 들을까봐 어머니보다 내가 더 잔소리를 했을지 모른다.

물론 내 동생들은 나와 다르게 생각하고 있을 것 같기도 하다. 나중에 들어보니 나의 결혼으로 동생들은 엄청난 해방감을 느꼈다고 한다. 동생들이 한창 놀고 싶을 나이에 귀가 시간을 여섯 시로 정해두고 어두우면 바깥에 나가지도 못하게 했으니까 말이다. 동생들은 내가 결혼한 다음에야 저녁 때 명동이라는 곳을 알고 가봤는데 그렇게 아름답고 재밌는 곳을 큰언니인 나 때문에 그때야 알게 됐다고 투덜거렸다.

내가 엄했다기보다 동생 희순, 혜수, 윤미가 모두 모범생에 참 순하고 착했다. 아버지가 큰아버지 말을 곧이곧대로 잘 따랐던 것처럼 동생들이 내 말을 잘 따라주었다.

이런 관계가 지금까지도 잘 이어져 동생들이 마음 아픈 일을 당하면 같이 울고 같이 해결할 방법을 찾는다. 어려운 일들도 같이 상의한다. 동생들에 대한 보호본능이 있다고 할까. 그래서 우애도 좋고 집안에 일이 생겼을 때도 잡음이 별로 일어나지 않는다.

막내 윤미는 결혼 후 부산에 산다. 한번은 내가 친구들과 함께 부산에 간 적이 있는데 막내가 모든 일정들을 기가 막히게 잡고 싹싹하게 잘 대해줬다. 함께 간 친구들이 동생이 어떻게 언니한테 저렇게 잘할 수 있냐고 놀랄 정도였다. 우리 형제들 사이에서는 함께 지내온 추억들과 그동안 쌓인 정이 있어서 그것이 유별나게 느껴지진 않았다.

동생들은 유순하고 예의도 바르고 성정이 곱다. 내 동생들이라서 그런 게 아니라 많은 사람들이 그렇게 말한다. 아버지의 전시회에 우리 식구가 같이 서 있으면 아버지의 지인 분들이 와서 의외라는 말을 덧붙이면서 너무 평범해서 실망하기도 했다는 소리를 우스개로 할 정도였다. 화가 장욱진의 피를 이어받았으면 어딘가 예술적이고 독특한 기질이 보일 것이라고 기대했던 것 같다. 그럴 만큼 우리가 순둥이들이고 형제간의 관계도 좋다.

3. 침묵으로 새긴 일제강점기

아버지는 워낙 말수가 없으시지만 당신의 중학교 시절에 대해서는 특히 더 말씀이 없으셨다. 가족도 그때의 이야기는 물어보지 않는다. 초등학교 시절에 대해서는 "아버지, 그때 왜 그랬어요? 그건 무슨 일이었어요?"라고 물어보기도 했지만 중학교 시절에 대해서는 말을 꺼내려 하지 않았다. 띄엄띄엄 어머니께 전해 듣거나 아버지 동창들의 말씀을 들은 게 전부다.

중학교 시절에 아버지는 그림을 잘 그려서 그런지 과목 중에 제도 수업을 좋아하고 기하 수업도 꽤 즐거워했다고 한다. 여전히 조용하고 차분했지만 골격이 좋고 키 크고 운동신경도 있으셔서 특이하게도 운동선수로 활약했다. 그것도 여러 종목을 말이다. 높이뛰기에 텀블링, 스피드스케이팅까지 하셨다. 씨름 장사 할아버지의 핏줄인데 어련했겠는가.

그렇다고 운동만 한 건 아니었다. 당시 경성제2고보에 미술반이 있었는데 사토 구니오佐藤九二男라는 선생님이 맡아서 새로운 미술 사조를 많이 가르치고 학생들과 함께 그림을 그리기도 했다. 학생들이 그 선생님에게 미술에 대한 영향을 받아서 미술대학으로 많이 진학을 했다고 들었다. 아버지도 미술부였고 권옥연 선생님, 김창억 선생님, 이대원 선생님도 사토 구니오 선생님을 만나면서 미술을 시작했던 것 같다.

"아버지, 그럼 선생님이 그중에서 누가 제일 그림을 잘 그린다고 했어요?"

누가 제일 잘하고 누구를 제일 좋아하는지가 가장 큰 관심인 꼬마 시절이었다.

"이대원이 제일 잘 그린다고 했지. 이대원이 사토 구니오풍으로 그렸거든."

아버지가 담담하게 얘기했던 기억이 난다. 이대원 선생님은 사토 구니오 선생님이 알려주는 대로 새로운 사조에 맞춰 빠르고 예민하게 받아들여 그렸단다.

하지만 이대원 선생님은 집안의 극심한 반대로 미술대학이 아닌 법대에 진학했고, 아버지는 2학년 때 일어난 사건으로 학교를 그만둬야 했다.

일제강점기에 일본인 교사가 식민지의 학생들을 어떻게 대했을지는 누구나 쉽게 짐작할 수 있을 것이다. 수업 시간에 역사 교사가 부당하게 학생들을 대했다. 그래서 몇몇 학생이 그에 대해 항의를 했단다. 부당하고 옳지 않은 일을 했지만 수업 현장이고 학생과 교사의 관계라 아버지는 다른 학생 둘과 벌을 섰다. 걸상을 들고 서 있으라는 벌이었다.

그런데 보통 사람으로 견딜 수 없을 정도로 긴 시간 동안 벌을 세워서 함께 벌을 서던 친구들은 다 쓰러졌다. 아버지는 강단으로 버티면서 선생이 걸상을 내리라고 할 때까지 혼자 벌을 섰다. 그리고 걸상을 내리라고 할 때 일본인 선생을 걸상으로 치면서 내렸다. 그 이유로 같이 벌을 선 다른 두 사람은 벌을 받은 걸로 끝이었지만 아버지는 퇴학 처분을 받았다.

학생에게 퇴학이란 청천벽력 같은 것이다. 학교를 다닐 수 없다는 열패감과 그 사건에 대한 분노와 억울함을 견디기에 아버지는 너무 어린 나이였다. 그러나 그 어린 나이에도 조선인이라는 이유로 일본인 교사에게 치욕적인 차별을 견뎌야 했다.

이 이야기를 처음 들었을 때 나는 발끈하기도 했지만 이해가 되지 않는 부분도 있었다. 할머니 말씀대로 우리 아버지는 순둥이에 온순하고 폭력이라면 평생 질색을 하신 분인데 교사를 걸상으로 쳤다니 말이다. 그러나 불의를 보면 참지 못하는 성품이니 의도적으로 툭 치면서 걸상을 내리셨을 것이다. 분노와 울분이 가득하지 않았을까.

나는 시대적 상황을 잘 알 수 있는 나이가 아니었다. 일제강점기에 일본인 교사가 식민지 조선의 학생들을 어떻게 대했을지 생각하지 못할 때였다. 대놓고 아버지에게 그 일을 물었던 것 같다. 사람을 때리는 건 아주 나쁜 일이고 선생님에게 반항한다는 건 더 나쁜 일이라는 것 정도만이 확실한 나의 정의였던 때였다. 잘난 체하며 얘기했던 게 기억난다.

"아버지, 그건 아니지. 깡패나 사람을 때리는 건데 어떻게 의자로 선생님을 칠 수가 있어요?"

만약 지금이라면 아버지 힘들었겠다고 하거나 아예 말을 꺼내지 않을 것이다. 그 사건으로 아버지는 퇴학 처분을 받았다. 하지만 장씨 집안에서 퇴학을 당한다는 건 있을 수 없는 일이라며 발산할머니가 그때도 나섰다. 어떻게 하셨는지는 모르겠지만 여장부 발산할머니 덕분에 거우 아버지는 퇴학이 아닌 자퇴의 형식으로 학교를 그만뒀다. 그리고 그 일본인 교사는 만주로 좌천되었다는 이야기를 아버지께 들었다.

아버지의 성격을 생각하고 그 사건을 떠올리면 분노와 억울한 감정이 일어났다. 아버지가 가장 싫어하시는 게 사람을 때리거나 폭력을 쓰는 일이고 어지간한 것들은 다 말없이 참고 넘기시는데 일본인 교사가 얼마나 학대하고 차별했으면 아버지가 그랬을까. 그리고 아버지가 폭력과 불의를 그토록 싫어하셨기 때문에 젊은 시절에 폭력적 교사에게 그러셨을지 모른다는 생각도 들었다.

친척들과 동네 아이들은 모두 학교에 가고 아버지 홀로 집안에 우두커니 남아 계셨다. 그때도 까치는 아버지 머리 위를 돌며 나무 위에 집을 짓고 아버지는 그 까치를 물끄러미 보고 있었을 것이다.

발산할머니는 그림을 그리면 집안 망한다고 아버지에게 그림을 그리지 말라고 계속 야단을 쳤다. 옛날부터 뿌리 깊은 유교사상으로 그림 그리는 사람을 환쟁이라고 천시하고 점잖게 대접하지 않았으니 어떤 맥락에서 그러셨는지는 알겠다. 아버지도 뱀 잡는다고 뱀 꼬리 잡고 잠이 들 정도로 은근과 끈기와 고집이라면 뒤지지 않겠지만 발산할머니도 고집이 대단하신 분이었다. 고집만 대단하신 게 아니라 당차고 강하고 통도 크셨다.

경성사범부속학교 시절 아버지가 몰래 그림을 그리다가 발산할머니께 들켰다. 그만두라고 그렇게 잔소리를 했는데도 그리고 있었으니 불같이 화가 나셨다. 빗자루를 들고 오셔서 다짜고짜 아버지를 때렸다. 옆에 있던 할머니가 어쩌지도 못하다가 발산할머니 몸 상할까 무섭다며 붙잡고 말리면서 그만두시라고 했지만 소용없었단다. 발산할머니는 빗자루가 부러질 때까지 아버지를 때리고서야 매질을 그만뒀다.

아버지가 앞으로는 그림을 안 그리겠다고만 하면 발산할머니도 그만 때렸을 텐데 절대로 그 말을 안 했다. 안 그린다고 말하기는 커녕 눈물을 뚝뚝 흘리면서도 발가락으로는 그림을 그리고 있었다고 한다.

그러던 어느 날이었다. 아침에 발산할머니가 슬며시 아버지를 들여다봤더니 아버지가 열이 너무 높아 움직이지를 못했다. 성홍열이었다. 당시엔 약을 제대로 쓸 수 있는 시절도 아니어서 실컷 앓다가 회복하길 기도하는 것밖에 달리 방법이 없었다. 그런데 성홍열을 다 앓고서 이제야 회복이 되나 싶었는데 이번엔 신장염에 걸렸다. 병에서 병으로 시달리다보니 아버지가 비쩍 마르고 기력이라고는 하나도 없는 지경에 이르렀다.

억울하게 학교에서 쫓겨나고 외롭게 홀로 남아 지내는 것에 더해 건강까지 말이 아니었다. 발산할머니도 그대로 둬선 제대로 사람 구실을 하며 살기 어렵다고 생각하신 것 같다. 맑은 기운도 받고 건강도 회복하라고 아버지를 수덕사 견성암으로 정양을 보냈다.

그러고 보니 아버지의 어린 시절은 발산할머니 없이는 생각하기 어려운 것 같다. 실제로 한 집에서 산 것과 다름없었고 당주동에서 내수동으로 이사를 한 것, 경성사범부속보통학교에 들어간 것, 수덕사에 간 것도 발산할머니의 덕분이었다.

당시 수덕사에는 유명한 만공스님[6]이 계셨는데 발산할머니께서 만공스님과 꽤 친분이 깊었다.

"어떻게 그렇게 덕 높고 대단한 만공스님과 발산할머니가 연관이 있었던 거예요?"

어머니께 여쭤봤다. 우리 집안에선 발산할머니께서 대단한 분이지만 수덕사의 만공스님은 한 집안에 한정된 분이 아니셨다. 그런 분과 발산할머니께서 인연이 있으리라고는 생각하지 못했다.

발산할머니는 늦은 나이에 시골에서 서울 대감님 댁으로 시집을 왔지만 얼마 되지 않아 명성황후 시해 사건으로 대감님이 충격을 받으셔서 시름시름 앓기 시작하셨단다. 나라도 나라대로 들썩였고 대감님의 건강 역시 말이 아니었다고 한다. 나라의 폐망을 두 눈으로 봐야 하는 선비들이라면 그렇지 않았을까.

대감님은 거의 식음을 전폐하셨다. 발산할머니가 할 수 있는 일이라고는 대감님이 집안을 거니시다가 조금이라도 드실 수 있게 음식을 조그맣게 만들어 곳곳에 두는 일이었다. 나라를 잃고 참혹

---

6 1871~1946. 일제강점기의 불교 정책에 저항하여 조선의 불교를 지키려 했다. 한국 선불교의 중흥에 힘썼다.

한 당시 지식인들의 처참함이 느껴졌다. 그리고 그 무력감 속에서 발산할머니가 당신이 할 일들을 찾아 헤매는 모습이 내게 인상 깊게 남아 있다.

젊은 발산할머니는 대감님이 편찮으시니 걱정과 두려움이 말도 못했을 것이다. 그렇지만 서울에는 딱히 마음 부칠 데가 없어 그때부터 점을 보러 다니셨다. 그러다 대감님이 할머니와의 사이에 자손을 두지도 못하고 일찍 돌아가시고 말았다. 그렇게 갑작스런 일을 당했으니 발산할머니께서는 무속에 더욱 의지하지 않았을까. 앞으로 어떻게 살아야 하고 어떤 일을 대비해야 할지 두려움에 점집이며 무당을 자주 찾아다녔다. 이런 걸 지켜본 어느 지인이 조언을 했다.

"거, 똑똑한 양반이 어째 굿하고 점보는 데를 다녀요? 그러지 말고 차라리 제대로 스님한테 가서 마음을 닦는 게 좋지 않겠어요?"

발산할머니는 여자에게 공부를 시키지 않았던 시절의 분이라 정식으로 학교를 다니지 못하셨다. 그러니까 이른바 배운 것 없는 한낱 아녀자인데 감히 큰스님을 찾아도 될까 걱정을 하다가 만공스님을 찾아갔다.

그때부터 발산할머니는 일이 있을 때마다 만공스님을 찾아가 법문도 듣고 보시도 많이 하시면서 만공스님의 신자가 되셨다. 만공스님이 "이 길이 십 리 길이면 오 리는 오신 분이다."라고 발산할머니를 인정하셨단다. 큰스님께서 봐도 발산할머니가 보통 사람은 아니었던 것 같다. 만공스님이 발산할머니 댁에 일 년에 두세 번 들르셨는데 만공스님의 공양을 위해 따로 국그릇과 밥그릇을 마련해두시고 공양 보시를 할 정도로 극진하셨다.

내가 중학교에 입학할 때도 발산할머니가 계셨다. 나에게 파카 만년필을 축하 선물로 주신 게 기억이 난다. 하긴 잊어버릴 수가 없다. 1959년에 한국에 있는 중학생 중에 과연 몇이나 파카만년필을 만져볼 수 있었겠는가. 나 같은 꼬맹이는 발산할머니를 뵈려면 마당 끝에서부터 발산할머니께 한 번 절하고 들어와서 대청마루에서 한 번 더 절을 하고 대청을 지나 발산할머니께 절을 해야 들어가서 이야기를 듣고 올 수 있었다.

발산할머니는 정규학교에서 교육을 받지는 않으셨지만 어릴 때부터 명석하고 영특해서 집안의 많은 땅문서에 적힌 글자들을 획의 모양으로 다 외워서 기억하셨다고 한다. 그래서 곳간이며 광 열쇠를 할머니가 맡아 그 집안의 재산을 총괄하셨다. 그 정도로 머리도 좋고 통도 큰 할머니셨다. 발산할머니께서 돌아가셨을 때 수덕사에서 다비식을 하였다.

어쨌든 발산할머니와 수덕사의 인연으로 아버지는 수덕사로 6개월 정도 정양을 가셨다. 만공스님이 아버지에게 하고 싶은 대로 하라고 하셔서 밥 갖다주면 밥 먹고 다 먹으면 내놓고 가만히 그림을 그리면서 지내셨다고 한다. 몸도 허약했고 한창 공부하고 학교 다닐 나이에 놀고 있으니 마음은 또 어땠을까 싶다. 그래도 절에서 지내면서 마음공부도 하고 큰스님 이야기도 들으면서 또래와는 다른 정신적인 힘을 얻지 않으셨을까. 절이 세속이 아닌 다른 가치를 추구하는 공간이고 바람이며 새며 나무로부터도 많은 위안을 얻지 않으셨을까.

내수동 집에서 그림 그리는 걸 반대하시는 발산할머니에 아침마다 등교하는 형제들과 사촌들이며 저녁이면 하교하는 또래를 보는 것보다 차라리 맑은 기운이 있는 수덕사에 계시는 게 괜찮으셨을 거라고 생각하기도 했다. 아버지가 느꼈을 막막함과 절망을 떠올리니 차라리 수덕사에서 조금이나마 몸과 마음의 건강을 되찾으셨을 거라고 믿고 싶다.

그런데 어느 날 만공스님이 아버지를 부르셨다.

"너 나랑 같이 하자."

아버지에게 출가하는 게 어떻겠냐고 하신 것이다.

"저는 그림 그리는 것이 더 좋습니다."

"그래, 나는 너를 중 만들면 좋겠다고 생각했는데 네가 하는 공부도 우리 공부랑 똑같은 것 같다."

만공스님은 더 이상 붙잡지는 않으셨다. 아버지 성정이 조용하고 온화한 데다 잡다한 욕심도 없고 그림에 집중하는 정신력을 보니 스님이 되어도 큰일을 하겠다고 여기셨나 보다.

수덕사에서 정양을 하시는 동안 일엽스님[7]도 그곳에 계셨다. 만공스님 밑에서 불을 때는 일부터 시작하면서 수행을 할 때 나혜석[8] 선생님도 일엽스님을 만나러 수덕사에 들른 적이 있었다. 최첨단의

---

7 1896~1971. 불명은 하엽, 승려, 언론인, 수필가. 한때 나혜석과 함께 신여성운동을 주도하며 글을 쓰다가 1933년 만공스님 밑에서 출가했다.

8 1896~1948. 시인이자 화가로 20세기 한국의 여성운동을 펼쳤다.

신여성에 새빨갛게 립스틱을 바르고 와서 절에는 어울리지 않는다고 만공스님이 경내로 들이지는 않으셨단다.

그래서 일엽스님과 나혜석 선생이 절 밖에서 만났던 것 같은데 일엽스님이 아버지가 그림을 잘 그린다고 이야기를 해서 함께 만나 그림 이야기도 하고 같이 스케치도 했다고 한다. 이미 화가로서의 길을 가고 있던 나혜석 선생이 아버지 스케치를 보더니 어떤 것은 간결해서 당신 것보다 더 나은 것 같다고 해서 아버지가 기운을 얻었다는 이야기를 들었다.

아버지는 수덕사에 계시다 다시 내수동 집으로 돌아오셨다. 하지만 학교를 다니는 것도 아니어서 어른들 다니는 공방을 둘러보거나 그림을 그리면서 지내셨다. 당신이 그림은 꼭 붙들고 있어야겠다는 결심이 있으셨으니 그런 곳에 들르지 않으셨을까.

당신은 왜 홀로 남아 있는지 당신이 앞으로 무엇을 해야 할지 철저하게 마주쳐야 했을 것이다. 그런 고독과 정면으로 맞서면서 어둑한 다락에 쪼그리고 그림을 그렸을 구부정한 아버지의 등을 떠올려본다. 그림을 그려도 마음 편하게 그리지 못하셨을 것이다.

2~3년을 그렇게 지내시다가 아버지는 양정고등보통학교(현재의 양정고등학교)에 체육 특기생으로 들어가셨다. 경성제2고보에서 운동을 한 이력이 있어 체육 특기생으로 들어갈 수 있는 자격이 되었다. 양정고보는 민족 교육의 하나로 '체력은 국력이다'를 내세우며 야구부를 만들고 유명한 마라톤 선수인 손기정 선수도 양성하면서 운동부를 집중적으로 키우는 학교였다.

아버지는 양정고보에서 높이뛰기 선수로 활약했다. 길고 마른 몸으로 달려가 바를 훌쩍 넘는 모습을 직접 보지는 못했지만 높이뛰기 영상들을 보면서 가끔 아버지의 모습을 상상한 적이 있다. 언뜻 화가와 높이뛰기 선수가 이질적으로 보이지만 잠시나마 절대적인 중력에 저항하는 한 순간을 위해 최선을 다하는 것은 붓질로 세상의 고정관념과 허례를 거부하려는 노력과 비슷하다. 그림 역시 틀에 박힌 세상으로부터의 높이뛰기가 아닐까.

나는 높이뛰기 선수였던 시절의 아버지의 모습이 궁금했다. 아버지에게도 어머니에게도 오빠에게도 물어봤다. 어머니 역시 높이뛰기 선수였을 당시의 아버지를 보진 못했지만 한 번 멋을 부리면서 넘는 걸 보셨다고 했다. 오빠가 아버지께 들은 이야기가 있다.

"나도 열심히 하면 올림픽에 나갈 수 있었어. 나도 기록 보유자였다. 일본 선수가 더 기록이 좋아서 일본 선수가 나갔지만."

나한테도 "양정고등학교에서 나랑 손기정밖에 국가 기록 보유자가 없어."라고 웃으시면서 얘기한 적이 있다. 거짓말이나 지나가는 우스갯소리는 아닌 것 같다.

양정고보는 목적을 가지고 운동부를 키웠다. 등산반도 유명했다. 그래서 아버지는 처음에는 등산반에 들어갔지만 야간 등산을 할 때 램프를 켜고 가도 앞이 보이지 않아 그만뒀다고 하셨다. 양정고보 때 사진을 보면 이미 안경을 쓰고 계셨으니 야간 등산은 무리였을 것이다.

등산반은 그만두시고 스케이트 선수로 뛰셨다. 하지만 아버지가 속한 서울 팀은 두만강 팀과 압록강 팀을 이길 수 없었다. 서울 팀이 연습할 수 있는 한강은 압록강이나 두만강에 비하면 얼음이 늦게 얼고 일찍 녹았다. 연습량 자체에서 북쪽 팀들과 서울 팀이 차이가 많았다. 그런 환경에서도 아버지는 서울 대표로 나가 최종 11인까지 들어갔다고 하셨다. 서울 출신 중에 거기에 들어간 사람이 당신 하나뿐이었다고 자랑하셨는데 여러 이야기로 봐서 운동 신경이 탁월하셨던 것 같다.

그런데 아버지가 꽤 즐겁게 운동선수로서의 당신 이야기를 하실 때마다 나는 의문이었다. 아버지는 운동에 소질도 있고 잘하셨는데 왜 나는 운동에는 영 소질이 없을까. 나뿐만이 아니라 우리 형제들 중에 탁월한 운동 기질이 있는 사람이 없다.

당신 말씀대로 손기정과 함께 국가적인 기록을 보유할 정도의 운동신경을 가지고 있었지만 운동선수로의 길을 택하지는 않았다. 아버지도 여러 일들로 고등학교를 늦게 다닌 편인데 운동부에는 아버지보다 나이 많은 사람들도 있었다고 했다.

운동 연습이 끝나고 저녁에 선배들이 담배를 한 번 피워보라고 해서 담배를 피워본 적이 있으셨단다. 그런데 그게 그다지 좋지 않아 피우시진 않았다. 그렇다고 나이가 어린 다른 학생들과도 쉽게 어울리게 되지 않았다. 학창 시절에 친구가 없었던 이유가 있었던 것이다. 그리고 아버지는 원래 성정이 조용한데 수덕사에서 지낸 이후라 더욱 침착하고 조용하지 않았을까. 떠들썩하게 또래들과 어울리지 못하셨을 것이다.

운동을 하실 때에도 그림을 놓지는 않으셨다. 양정고보 앨범을 보면 아버지는 미술부에 들어가 있었다. '조선일보 전全 조선 학생 미술 전람회'에서 최고상을 받았을 때가 양정고보 시절이었다.

지금은 사라진 내수동 집을 배경으로 한 〈공기놀이〉라는 제목의 작품으로 리움미술관에 있다. 전통적인 한옥 마당에 한복을 입고 머리를 땋아 내린 아이들이 모여 앉아 공기놀이를 하는 그림이다. 차분한 색감에 화면에 꽉 들어찬 인물들의 묘사가 학생의 작품으로 보기에는 참 대담하다. 나에게는 학창 시절 아버지의 그림을 본다는 즐거움을 주는 작품이고 그림에서나마 내수동의 집을 떠올릴 수 있어 따스한 느낌이 든다.

그 작품으로 최고상을 받고 조선일보 기자가 할머니와 아버지를 인터뷰 한 자료를 본 적이 있다. 기자가 이렇게 큰 상을 받아서 기쁘시겠다는 말로 운을 떼자 할머니는 굉장히 겸손한 태도로 말씀을 이어가셨다. 아버지의 몸이 약한 것이 걱정이라는 얘기와 함께 아버지가 앞으로 갈 길을 일찍 알아서 다행이라는 말씀을 덧붙이셨다. 무척 오래된 기사였지만 우리 할머니의 성정은 그대로여서 돌아가신 할머니를 다시 만나는 느낌이 들었다.

그 상과 함께 아버지가 상금으로 100원을 받았는데 당시로서는 큰 액수였단다. 상금으로 발산할머니께 비단 옷도 해드리고 쌀도 샀다고 했다. 그 상으로 다른 변화도 있었다. 환쟁이가 하는 일이라고 때려가면서까지 말리시던 발산할머니가 조금 달라지셨다.

"세상에서 1등, 2등 하는 그런 화가가 되면 몰라도."

〈공기놀이〉, 캔버스에 유채, 60×80, 1938

그림을 그리는 걸 찬성까지는 하지 않으셨지만 어느 정도 수락을 하신 것이다.

하지만 의외로 당사자인 아버지는 크게 기뻐하거나 새삼 자신감이 넘치거나 하진 않으셨던 것 같다. 이 상을 받기 전에도 장려상을 받은 적도 있었고 그림을 그리는 것에 대한 단호한 결심이 이미 서 있었는지도 모른다. 그러한 결심이 이미 확고할 정도로 몸과 마음이 그림을 향해 열의를 다하고 있었기 때문이 아니었을까.

그 상을 계기로 큰아버지는 실질적이고 현실적인 충고를 하셨다. 그림을 계속 그릴 결심이 섰으면 대충 그리지 말고 제대로 된 유명한 화가가 되어야 한다고 하셨다. 그러면서 아버지에게 일본 유학을 권하셨다. 큰아버지는 일본에서 이미 법학 공부를 하고 계셨는데 일제강점기이기도 했고 아직 다른 나라를 선택할 여지가 많지 않은 시절이라 공부를 한다면 다들 일본으로 갔다.

하지만 큰댁에서는 갑작스럽게 두 분이나 돌아가시는 바람에 유학이라도 가면 큰일이 날 것 같아서 엄두를 내지 못했다. 그래서 큰댁에서는 유학을 아무도 가지 않았는데 대신 서울대학교 의과대학의 전신인 경성의전을 나오셨다. 우리 집에서는 큰아버지와 아버지 두 분이 일본 유학을 갔다. 아버지의 일본 유학에는 큰아버지의 격려와 입김이 제일 컸다고 들었다.

그러나 유학 생활을 끝내고 귀국한 두 분은 발산할머니에게 정반대의 모습으로 비쳤다. 큰아버지는 돌아와서 취직도 좋은 곳에 금방 하셨다. 하지만 아버지는 유학 시절에 물감 값이니 캔버스 값이니 재료비도 많이 들고 기간도 큰아버지보다 오래 걸려 5년 반이나 있었지만 허름한 모습에 수염까지 기르고 돌아오셔서 발산할머니의 실망이 이만저만이 아니었단다.

나는 해방되는 해에 태어나 일제강점기의 일들은 말로만 들었다. 하지만 아버지는 일제강점기에 태어나 식민지 조선의 소년과 청년으로 살아야 했다. 그 정점이 경성제2고보 때의 사건이지만 일본 유학 시절이라고 그보다 결코 편안하지 않았다. 일본에서 이랬고 저랬다고 세세하게 말씀을 하지 않으셨지만 내가 보고 겪은 몇몇 일들만 생각해봐도 깊은 슬픔이 있었다는 걸 알 수 있었다.

내가 중학생 때 수채화 도구를 사야 해서 아버지와 함께 명동에 간 적이 있다. 같이 시내에 나왔으니 아버지가 점심이라도 사주신다고 음식점에 들어갔는데 어느 순간 일본인 관광객들이 우르르 몰려 들어왔다. 아버지가 갑자기 정색을 하시고는 다른 곳으로 가자고 하셨다.

"왜? 아직 음식이 많이 남아 있는데."

아무것도 모르고 나는 투덜거렸다. 아버지는 자리에서 벌떡 일어났다.

"저런 애들이 떠드는 게 정말 듣기 싫어."

나가시면서 이렇게만 말씀하셨다. 아버지가 항일 독립투사도 아닌데 굳이 그렇게까지 대놓고 싫은 티를 낼 게 뭐 있을까 싶었지만 가만히 아버지의 시간을 되짚어보면 그럴 만큼 맺힌 일들이 있었던 것이다.

내가 다니던 중학교가 미진국수라는 음식점과 가까웠다. 아버지가 일본식 우동이 잡수시고 싶으실 때면 학교 앞에서 나를 기다렸다가 같이 우동이나 소바를 먹고 집에 들어갔다.

"아버지는 일본은 싫어하시면서 왜 일본 국수는 좋아하세요?"

꼬집어 물었다. 아버지는 아무 말도 하지 않으시고 웃기만 하셨다.

"네 아버지가 국수 종류를 좋아하시고 소바도 좋아하시지. 그래도 일본 놈들 하는 게 싫으니까 소바를 잘 안 잡수시는 거지."

어머니가 이렇게 말씀하시는 걸 들었을 뿐이다.

심지어는 일본 사람이 아버지를 뵙는다고 어느 분과 함께 찾아왔는데 통역을 데려오라고 하셔서 그분도 깜짝 놀라고 나도 놀랐다. 그분이나 나나 아버지가 일본 유학까지 다녀오신 분이니 일본어를 당연히 잘 하신다는 걸 알았기 때문이다.

"저, 선생님, 당연히 선생님께서 일본어를 잘하셔서 굳이 통역사를 동반하지 않았는데요."

그분이 당황했다.

"알아듣기야 하지. 그래도 통역을 데려오세요."

아버지가 딱 잘라 말씀하셨다. 아버지 당신 입으로 일본어를 올리고 싶지 않으셨던 것이다. 통역을 거쳐야 하는 불편함을 감수하더라도 말이다.

그렇게까지 만든 식민지 경험을 아버지가 하셨던 것이다. 그 상처는 더 이상 우리나라가 일본의 식민지가 아니고 시간이 많이 흘러도 쉽게 아물 수 없는 것이었다. 보통 자신이 오래 머물렀거나 유학 생활을 한 곳이면 나중에 한 번씩은 다시 가보고 싶어 한다. 그렇지 않더라도 일본은 지리적으로 가까워 다른 나라보다 쉽게 갈 수 있는 곳이다.

그런데 아버지는 유학을 다녀오신 이후 살아생전에 단 한 번도 일본에는 가시지 않으셨다. 갈 기회가 없었던 게 아니라 일본만은 다시 가지 않겠다는 의지였다. 어머니가 일본 온천 여행을 가고 싶다고 하셨지만 아버지는 말씀을 안 하셨다. 그래서 아버지가 돌아가시고 난 다음에 내가 어머니를 모시고 일본 온천 여행을 갔다.

유학 시절에 일본인들이 한국인을 차별하고 멸시했을 거라는 예상은 어느 정도 했다. 그런데 한국 학생들이 무슨 모임이나 운동만 하면 아버지가 주동자가 아닌데도 꼭 아버지를 포함해서 몇몇을 데려다가 때렸단다. 아버지가 키 크고 운동을 해서 체격도 좋고 나이도 많으니까 이른바 조선 사람에 대한 본보기였던 것이다.

그래서인지 방학에 서울에 있다가 부두에서 다시 일본으로 돌아갈 때가 되면 굉장히 불안하고 안절부절못했다는 말을 어머니께 들었다. 얼마나 가기 싫으셨을까. 그곳에서 어린 조선인 학생에게 일어나는 일이라는 게 뻔했다. 하지만 일본 유학 시절에 어머니와 결혼도 하셔서 가장이기도 했으니 가기 싫다는 이유로 안 갈 수 있었겠나. 싫은 내색을 밖으로 드러내지 않는 점잖은 분이 그런 티를 보였을 정도였다.

일본에 대해서라면 대놓고 질색을 하셨지만 번번이 당하기만 하지는 않으셨단다. 일본인이나 한국인이나 남자들은 술이 센 것이 꽤 자랑거리인 듯한데 "내가 일본 애들한테 술로 지진 않았지."라고 하셨다. 단호하고 거침없는 성격에 젊을 때라 가끔 호기나 객기를 부리셨나보다. 아버지가 술집에서 일본인들을 상대로 객기를 부린 일을 오빠도 들은 적이 있다고 했다.

아버지가 일본 식당에서 소바를 주문하셨다. 유학 초기였는지 간장 국물에 국수를 적셔 먹는다는 걸 몰라 국수에 간장 국물을 부었단다. 그게 넘쳐서 흘렀다. 그걸 보고 있던 일본 애들이 조선 사람이라는 걸 알아채고는 따라 나오라고 했다. 조선 사람을 괴롭히고 망신을 줄 요량이었던 것이다.

아버지는 밖으로 나가 골목길로 도망을 쳤다. 그런데 어느 새 길이 끝나고 집들 몇 채만 있는 막다른 곳까지 이르고야 말았다. 이 이야기를 영화의 한 장면처럼 떠올리며 들었던 기억이 난다.

"그래서? 그래서 아버지 어떻게 했어요?"

빨리 얘기해달라고 채근했다. 그 시절 골목길 집 앞에 시멘트로 만든 쓰레기통이 놓여 있었단다. 아버지가 그 무거운 시멘트 쓰레기통을 번쩍 들어서 쫓아오던 애들 앞에 턱 놨더니 상대를 잘못 골랐다는 걸 알았는지 줄행랑을 쳤다고 한다.

그리고 한번은 아버지가 친구를 만나러 긴자라는 곳에 갔는데 술을 드시고는 호기로 높은 계단에서 아래로 훌쩍 뛰어넘기도 하셨다고 했다. 훗날 오빠가 긴자에 갔을 때 어느 정도 높이였나 하고 봤더니 오빠는 뛰어내릴 엄두가 나지 않는 높이였지만 아버지라면 뛸 수 있지 않았을까 했다는 얘기를 들었다. 아버지가 한때 높이뛰기 선수였으니까 가능한 높이였던 것이다.

일본에서의 이야기들을 잘 안 하신 이유들이 있었던 것이다. 그나마 조금 들려주신 이야기는 아버지의 선생님에 대해서였다. 그 선생님이 아버지를 예뻐하셔서 방학에 서울에 오지 못하고 일본에 남아 있을 때면 초청을 해서 프랑스식 음식도 주셨다는 이야기를 들었다.

그 선생님의 아들이 아버지 연배인데 김형국 선생님이 인터뷰를 하러 갔더니 그 아들이 "아, 초우 상ちょう さん!"하면서 아버지를 기억하고 있더란다. 아버지가 창씨개명을 하지 않았는데 장張을 일본어에서 한자를 읽는 방식으로 읽은 것 같다. 다들 '초우 상'이라고 아버지를 불렀다고 했다. 아버지는 또래보다 나이가 많고 말도 없어 대하기 어려웠다는 얘기도 하셨고 일본 유학 시절에 장죽을 물고 있는 그림이나 특이한 그림들을 혼자 그리고 있던 걸 기억하고 계셨단다.

일본 유학 시절에 대해 다른 건 물어보기 어려웠지만 아버지가 어떤 그림을 그리셨는지는 물어봤다. 아버지는 학교에서는 학교에서 원하는 대로 그리고 집에서는 당신이 그리고 싶은 걸 그렸다고 했다. 그리고 일본의 제국미술학교帝国美術学校(현재의 무사시노 미술대학교)에서 졸업 작품으로 자화상을 그려서 내라고 했는데 그때 아버지는 수염을 잔뜩 기른 모습을 그렸다고 했다.

그 이야기는 직접 들은 거라 우리가 아버지의 작품을 볼 수 있을까 해서 알아봤더니 전쟁에 폭격을 맞고 불이 나서 자료가 남아 있지 않다는 말을 들었다. 아버지의 젊은 시절의 자화상인데다가 수염을 탐스럽게 잘 기른 모습이었다니 보고 싶은 마음이 간절했지만 아버지의 졸업 작품 역시 구할 수가 없어 안타까웠다.

학창 시절과 마찬가지로 아버지의 청년기 역시 일제의 식민지 조선이라는 굴욕적인 상황과 크게 다르지 않았다. 아버지뿐 아니라 조선의 모든 사람들이 식민지 국민이라는 조건에서 벗어나지 못했다. 제2차 세계대전의 발발로 세계 어느 곳이든 불안했다.

강제징용이 시작됐다. 그래도 유학생들은 징용에 가는 일이 많지 않았는데 아버지가 강제징용을 당해 어머니가 많이 놀라셨단다. 1943년에 아버지가 일본 유학에서 돌아오셔서 잠시 나의 외가댁에 계셨는데 거기서 강제징용을 당하신 것이다. 아버지는 징용을 가서 처음에는 평택에서 비행장을 짓는 건설 노동을 6개월 정도 했다. 그 다음엔 서울 회현동 화신백화점 근처의 해군본부로 옮겨 서류 정리와 경리 일을 봤다.

큰아버지께서 아버지가 어떻게 지내고 있는지 걱정이 되어 그곳에 슬쩍 찾아가본 적이 있었다고 했다. 형으로서 궁금하기도 하고 징용이라니 고생하지 않을까 마음이 많이 쓰였을 것이다. 그런데 머리는 삭발로 박박 깎고 수염을 기르고 있는 모습으로 있어 조금 놀랐다고 하셨다. 큰아버지가 어째 그런 모습으로 있냐고 했더니 징용당하고 곧바로 일본인들이 머리를 삭발하라고 했는데 아버지는 그게 치욕적이어서 안 깎는다고 버텼더니 강제로 머리를 깎아놓았다.

아버지 성격에 그대로 당하고만 있지는 않았으리라. 그래도 어떻게 그런 생각을 하셨는지 머리 대신에 수염을 기르기 시작하셨다. 일본인들이 수염도 당장 깎으라고 했지만 머리를 깎으라는 법은 있지만 수염을 깎으라는 법은 없다, 수염 깎으라는 법이 있으면 가지고 와보라고 했다. 그래서 도사님처럼 삭발에 수염을 아주 소담하게 기르고 계셨단다. 큰아버지가 걱정했더니 도사님 수염과 술로 기선을 제압하면서 그런대로 지내고 있어 안심을 하셨다고 했다.

2장

가
족
도

4. 전쟁 중의 자화상

아버지는 일제강점기에 태어나 어린 시절과 청년기까지 일제강점기 시절 조선인의 고통을 그대로 감수해야 했다. 일본인 교사의 부당한 일들부터 일본 유학 시절의 어처구니없는 폭력들과 강제징용까지. 그리고 광복을 맞았다.

광복이 되면서 아버지는 앞으로 무엇을 할지 고민을 많이 하셨다. 그리고 우리나라의 문화와 유산들을 많이 봐야겠다고 생각하셨다. 다행히 외할아버지[9]께서 박물관 관장을 소개해주셔서 박물관 진열과에 근무하시게 됐단다.

나는 세 살이었고 어머니는 그때가 제일 행복했다고 하신다. 경복궁의 풍경은 참으로 아름다웠고 아버지가 직장을 갖고 있고 경복궁 안에 관사도 있었다. 미군들이 중앙청에 있었고 뒷마당에 나라의 보물들을 그냥 두었기 때문에 보물과 유물들을 지키려 박물관 직원들을 전부 일본 사람들이 살던 중앙청 관사에 들어와 살라고 했다. 그 앞에 밭을 만들어 채소를 키워 먹었고 봄과 가을로 아름드리나무들이 피워내는 꽃과 단풍들이 그림 같았다고 한다.

---

9 이병도(1896~1989): 경기도 용인 출생. 역사학자, 호는 두계斗溪. 진단학회 창립, 서울대 사학과 교수, 박물관장 등을 역임.

평화로운 행복감을 어머니만 느낀 건 아니었나보다. 내가 세 살 밖에 안 됐을 땐데 그때의 한두 장면이 아직도 아름답게 남아 있다. 그 장면이 너무 아름다워서 가끔은 꿈이 아니었을까 싶기도 하다. 나와 오빠가 경복궁 관사에 있었을 때의 기억을 얘기하면 어머니는 세 살 때의 기억이 나냐고 거짓말이라고 하는데 모든 일들이 떠오르는 게 아니라 한두 장면들이 빛바랜 사진처럼 떠오른다.

내가 어머니의 등에 업혀 있었는데 큰집에 나와 동갑인 아이가 유모차를 타고 놀러온 적이 있었다. 어떤 남자가 유모차를 밀고 있었고 그 남자의 손에 파란 주전자가 들려 있었던 것 같다. 연못과 커다란 벗나무가 한 그루 있었다. 남자는 버찌를 따서 파란 주전자에 넣고 어린 남자애가 버찌를 먹고 까맣게 된 혀를 내밀면서 까불

1947. 8. 12. 국립중앙박물관 근무할 때. 앞줄 왼쪽에서 네번째가 김재원 관장, 뒷줄 오른쪽에서 두번째가 최순우, 세번째가 장욱진

었던 기억이 난다.

별것 아닌 장면이지만 전쟁과 난리 속에서 아주 오랜 내 어린 시절 봄날의 따스한 장면으로 남아 있다. 아무리 어려도 그 시절이 인상적이긴 했나보다. 오빠도 중앙박물관 관사 시절을 잘 기억했다. 박물관 뒤에 염소를 기르는 집이 있었다. 염소의 수염을 보고 "우리 아버지 수염하고 똑같다."라고 말하는 걸 관장님이 듣고는 재미있다고 웃으셨단다.

아버지도 동료들과 잘 지내셨다. 김원용, 최순우, 진홍섭 선생님 등과 함께 근무했다. 최순우 선생님은 아버지의 안목을 높게 사서 아끼고 인정해주셨다. 아버지는 마음이 맞는 사람에게는 그림을 선물로 주시곤 해서 최순우 선생님께 그림〈모기장〉을 한 장 선물로 주시기도 했다. 최순우 선생님과도 잘 지냈고 김원용 선생님과도 잘 맞았다.

김원용 선생님과는 개성에 발굴을 하러 갔을 때의 일화를 전해 들었다. 낮에는 일을 하지만 밤에 객지에서 크게 할 일이 없으니까 밤에는 두 분이 술을 마시며 냄비를 두드리면서 춤도 추기도 했단다. 술을 마시며 아버지가 유쾌하고 뼈 있는 유머를 해서 객지에서 나마 즐거웠다는 얘기를 들었다. 원래 노래라고는 못하는 분인데 "석탄 백탄 타는데…"라는 딱 한 소절은 부르셨다고 하니 아버지도 좋은 동료들과 편하게 지내셨던 것 같다.

어머니가 그때가 제일 행복했다고 기억하신다는 건 그 시절이 오래 계속되지 못했다는 뜻이기도 하다. 지난 시절에 비해 가정 살림도

〈모기장〉, 캔버스에 유채, 21.6×27.5, 1956

안정적이었고 좋은 직장 동료들도 있었지만 삼 년을 넘기지 못했다.

아버지가 늘 담배 파이프만 물고 가만히 있으니 박물관 관장에게는 별로 일을 하지 않는 걸로 보였나보다. 학자 출신이라 예술가를 잘 이해할 수 없었던 게 아닐까. 예술가를 이해하고 인정하기엔 너무 척박하고 급박한 시기였다. 관장이 외할아버지를 만났을 때 아버지가 박물관 일에는 맞지 않는다는 얘기를 하셨다.

거기서 끝났으면 그럭저럭 넘어갈 수 있었지만 말이란 게 한 번 사람 입을 타면 걷잡을 수 없지 않은가. 외할아버지께서 어머니에게 그 이야기를 했고 어머니가 마음이 상하고 억울해서 관장 댁에 찾아가 담배만 피우는 걸로 보이지만 그게 아니라 나름대로 일을 하는 거라고 항의를 했다. 그러고도 어머니는 화가 잦아들지 않았다. 아버지를 잘 모르는 사람들이 야속하기만 했다.

어머니 혼자 계속 속을 끓이면서 관장님이 하신 얘기를 처음에는 아버지께 하지 않다가 어느 날 아버지에게 그러한 일이 있었다고 말했다. 아버지가 그런 소리를 듣고 가만 계실 분이 아니다. 바로 사표를 내고 박물관을 그만두셨다. 그것으로 우리의 궁궐에서의 소박하지만 평온한 생활은 끝이었다. 어머니는 가끔 그곳에 안정적으로 계셨으면 좋았을 텐데 아쉽다는 생각을 하셨다.

우리 가족은 다시 내수동 집으로 들어갔다. 아버지는 덕수상업고등학교에 미술 교사로 취직하여 일하셨지만 얼마 지나지 않아 그 학교도 그만두셨다. 어릴 때는 아버지가 왜 그만두셨는지 여쭤볼 수 없었고 나중에야 누군가에게 전해 듣고 슬쩍 얘기를 던지면

"그랬지."라고만 하셨다. 가장의 책임감이 있으셨을 텐데 어떻게 직장을 금방 그만둘 수 있는지 의아해서 어머니께 여쭤보기는 했다.

"네 아버지 성격이 어디 보통 성격이니?"

그 말씀만으로도 충분히 상황이 그려지긴 했다.

덕수상고에서 한 학기가 끝나 전체 교사 회식 자리가 있었는데 다른 과목 교사들은 다 돌아가며 소개를 해줬지만 미술이라는 교과목을 쉽게 보고 천시했는지 아버지만 끝까지 소개를 하지 않았단다. 그래서 회식이 끝난 다음에 상을 뒤집어엎고 나오셨다고 들었다.

그 시절에 집으로 김환기 선생님이 한두 번 백자 항아리 같은 걸 들고 찾아왔다는 이야기를 어머니께 들은 적이 있다. 김환기 선생님을 비롯해서 몇몇 화가가 '신사실파'라는 동인을 만들었는데 함께하지 않겠냐는 말씀을 하러 오신 것이다.

처음에 아버지는 당신이 그쪽 계열이 아니라고 생각하시기도 했고 들어가는 게 맞지 않다고 여기셔서 처음엔 참가하지 않고 2회 전시회부터 작품을 내셨다. 직장을 그만두시고 그림에만 몰두하셔서 뒤늦게 들어간 동화백화점에서 열린 '신사실파전'에 열세 점이나 작품을 내셨다. 그때의 작품 중 〈독〉(1949)이 남아 있다.

전시회가 있고 얼마 지나지 않아 6·25전쟁이 일어났다. 전쟁이 터졌으니 작품은 고사하고 사람이 살 수 있을지 없을지가 가장 큰 문제였다. 나는 너무 어릴 때라 전쟁이 뭔지도 몰랐지만 폭탄이 여기저기 떨어져 온 세상이 번쩍거리며 쾅쾅댔던 건 생각난다.

우리가 살던 내수동이 서울의 중심인 광화문과 가까워 집중적

〈독〉, 캔버스에 유채, 45×37.5, 1949

으로 공격을 많이 당했다. 머리 위에서 언제 폭탄이 떨어질지 누가 알겠는가. 게다가 집에 쌀도 떨어지고 먹을 거라고는 고추장밖에 없었단다. 뭐라고 말할 수 없는 이 상황을 굳이 표현한다면 두려움과 공포, 불안이라고 하겠지만 그것 역시 적확하진 않은 것 같다.

어머니는 언제 머리 위에 폭탄이 떨어질지 모르지만 그전에 굶어 죽을 수도 있다는 두려움도 있었다고 하셨다. 일단 뭐라도 해야 했다. 혼수를 팔아 곡식을 마련하셨다.

그러던 어느 날 갑자기 어머니가 나한테 옷을 많은 껴입으라고 하셨다. 옷을 겹겹이 껴입을 계절이 아니었지만 어머니가 직접 벨벳으로 만들어준 옷을 입고 그 위에 또 다른 옷을 마구 껴입었다. 진짜 아끼던 벨벳 원피스를 그렇게 입게 되어 속상한 마음보다 긴박감과 긴장에 어리둥절했다. 절박한 공기가 느껴졌다. 유치원이나 학교에 입학하면 신으려고 모셔뒀던 신발도 미리 신어야 했다.

나보다 세 살 많은 오빠는 커다란 배낭을 메야 했다. 아버지는 세 살 어린 희순이를 업고 오빠는 옆에서 따라갔고 나는 어머니와 아버지의 손을 양쪽으로 꼭 붙잡고 걸었다. 너무 정신없이 급하게 걸어서 땅에 발을 딛는다기보다는 발이 닿기 전에 발을 구르는 느낌이었다. 어머니와 아버지가 나를 함께 들고 가는 게 빠르다고 생각하고 들고 걸었을지 모른다.

우리는 친척이 있는 내자동 산 밑으로 갔다. 이미 거기에는 사람들이 많이 모여 있었다. 어떤 근거로 그런 말을 했는지 모르겠지만 비행기에서 폭격을 하면 안방 쪽을 폭격하니까 모두 건넌방 쪽으로 오라고 했다. 다들 이불 한 채씩을 덮고 있었는데 우리가 쓸 이불은 남아 있지 않았다. 큰 방이었지만 사람들이 너무 많아 비좁았다. 우리는 건넌방에서 나와 마루 건너 안방 끝에 가서 맨 앞에는 아버지가 앉고 가운데에는 아이들, 끝에는 어머니가 쪼그리고 앉았다.

갑자기 하늘에서 번쩍번쩍 빛이 나고 비행기의 굉음이 들리기 시작했다.

"이럴 때 이불을 쓰는 거예요."

누군가 소리쳤다. 오빠와 나는 어머니와 아버지 사이에 이미 꼭 달라붙어 움츠려 있었는데도 공포에 질려 몸이 저절로 쪼그라들었다. 그곳도 안전할 리 없었다. 귀가 찢어질 듯 무서운 소리가 났고 기둥 같은 것이 눈앞에서 쓰러졌다. 그 집이 폭격을 당한 것이다. 내수동 집은 폭격까지는 맞지 않았는데 오히려 피란 온 내자동 집이 폭격을 당했다. 사람들이 비명을 지르고 아우성을 쳤다. 건넌방 쪽에 폭탄이 터졌던 것일까. 아니면 그 근처였을까.

어머니는 우리가 끔찍한 광경을 보지 못하도록 감싸 안고 아버지와 다른 집으로 뛰어 들어갔다. 그 동네는 전부 서로 아는 집들이었던 것 같다. 그 집에 있던 남자가 지하실 방이 안전하니까 거기로 들어오라고 했다. 그런데 곧 어른들이 아버지 주위에 모여들었다. 긴장되고 딱딱한 목소리들이 울렸다. 아버지가 파편을 맞았다. 거기까지 그걸 참고 오셨는데 허벅지에 구멍이 났다고 했다.

아버지가 다치셨다! 무서워서 몸이 떨렸다. 어린 우리들이 보지 못하도록 했지만 들려오는 소리만으로도 신경이 곤두섰다. 남자

어른들의 목소리가 들렸다.

"구멍이 둘인 걸 보니 총알이 뚫고 지나간 것 같다."

"총알이 들어 있지는 않아."

"지혈을 해라."

눈을 감고 깜깜한 어둠 속에서 공포에 떨면서 아버지가 무사하기만 빌었다.

이 집에서 저 집으로 옮겨 다니며 지냈다는 것만 기억난다. 그날이 그날인지 그날은 또 다른 날인지 기억나지 않는다. 그날도 친척들과 모여서 잠을 잤는데 그 집도 폭탄을 맞아 지붕이 무너졌다. 나는 굴뚝 속에 들어가 있는 꿈을 꿨다. 흙냄새가 나고 새까만 굴뚝 속에 나 혼자 갇혀 꼼짝할 수 없고 답답하고 숨 막히는 꿈. 그건 꿈이기도 했고 사실이기도 했다.

폭격을 맞아 다들 정신을 못 차리고 있었는데 내가 보이지 않았단다. 폭탄으로 집이 무너졌을 때 어른들은 자지 않고 일어나 있거나 앉아 있어서 잔해에 깔리지 않았지만 자고 있던 아이들은 그 밑에 다 깔려버렸다. 나 역시 그 밑에 묻혀 있었던 것이다. 내가 제일 밑에 묻혀 있었던지 잔해들을 더듬어보니까 부드러운 머리카락이 있더란다. 어머니가 그 머리카락을 잡아서 빼내 간신히 내가 살 수 있었다.

내가 기절을 해서 흙과 잔해들 속에 묻혀 있었던 것을 꿈을 꾼 것으로 생각하는 게 아닐까. 구사일생이라는 말을 이런 데 쓰는 것 같다. 어렸을 때 그 일을 떠올리면 어떻게 나를 잊어버릴 수 있나, 왜 빨리 찾아내지 않았나, 하며 섭섭하기도 했다. 그때 어머니가 잔해들 속에서 나를 찾지 못했다면 어떻게 되었을까.

내자동도 위험했다. 굳이 거기에 있을 이유가 없었다. 어머니와 아버지가 다른 곳으로 가야겠다고 길을 서둘렀다. 다시 내수동 집으로 가자고 했다. 엉망진창이 된 길을 양손을 잡힌 채 가다가 그렇지 않아도 컸던 신발 한 짝이 벗겨졌다. 어머니께 신발이 벗겨졌다고 얘기했지만 들은 척도 하지 않고 가던 길만 계속 갔다. 폭격의 충격이었는지 아니면 잠을 자던 중이라 그랬는지 나는 잠결에 유령처럼 어머니와 아버지에 매달려서 갔다.

한국전쟁이 나자 큰아버지는 당시 외자청 부산사무소로 먼저 내려가셨다. 우리 가족은 내수동 집을 지키고 있었다. 아버지는 숨어 있어야 했다. 전쟁 중이라 몸이 멀쩡한 남자가 전쟁터가 아니라 집에 머물러 있기는 힘들었다. 눈에 띄면 국군이든 북한군이든 나라를 위해 싸워야 한다며 젊은 남자들을 끌고 가기 일쑤였다. 아버지도 여기저기 끌려 다니면서 꽤 고생을 하셨다.

한번은 미술동맹이라는 곳에서 아버지를 비롯해서 그림 좀 그린다는 화가라는 화가는 다 끌고 가서 김일성의 초상을 그리라고 했단다. 거기에 경성제2고보의 동창이자 화가인 유영국[10] 선생님도 끌려갔다. 둘은 추상 화가라 사람의 얼굴은 못 그리고 색칠 같은 것밖에 못한다고 말하고는 하루 종일 아버지는 넥타이를 칠했고 유영국 선생님은 옷을 칠했다고 들었다. 그러니까 그들에게는

---

10 1916~2002. 화가, 한국 화단의 추상미술을 주도했다.

크게 소용이 없어 두 분은 내일부터 나오지 말라는 말을 듣고 거기에서 나올 수 있었다.

그런데 아버지와 친한 화가들이 당시에 월북을 많이 했다. 그중에 절친하게 지냈던 조각가 한 분이 계셨다. 아버지가 그림을 그리면 액자를 조각으로 다 파서 만들어주시기도 했단다. 그분이 아버지 손을 붙잡고 같이 월북을 하자고 한 것이다. 아버지가 거기에 마음이 흔들리지는 않았던 것 같다. 새로운 조국이나 새로운 이념보다 그냥 여기에서 그림이나 그리면서 살겠다고 했다.

큰아버지가 공무원으로 계시면서 절대로 월북을 하면 안 된다고 미리 단속을 해두었고 아버지는 이념에 휘둘리는 것을 항상 못마땅하게 여겼으니까. 그래도 많은 친구들을 그렇게 떠나보내고 마음 한구석이 쓸쓸하지 않았을까.

서울 전체가 안전하지 않았다. 1·4후퇴 때 나와 오빠와 할머니는 기차를 타고 가다가 중간에 다시 큰아버지가 보내주신 트럭으로 옮겨 타고 부산으로 피란을 갔다. 어머니는 동생을 업고 외가와 함께 가셨다. 아버지도 없고 어머니도 없어 더 무서웠다.

트럭으로 쭉 부산까지 갈 수 있었던 것도 아니었다. 민간인이기 때문에 가끔씩 내려 트럭이 오라고 한 곳까지 걸어가서 다시 트럭을 타고 이동했다. 트럭에 물만 가득 든 주전자가 있었는데 주전자가 뜨거웠다. 일곱 살 어린아이였는데도 피란길이 무척 힘들고 괴로웠다는 기억이 아직 남아 있다. 아버지는 처음부터 트럭을 타고 갈 수 없었다.

나중에 듣기로는 인천에 가서 배를 타고 제주도에 가서 거기에서 부산으로 오셨다고 한다. 아버지의 탄신 100주년 기념전에서 김병기 선생님을 만났는데 1월 3일에 제주도에 가는 배를 우연히 아버지와 함께 타셨다는 말을 들었다. 어머니와 아버지는 서로 떨어져서 무슨 일이나 당하지 않았을까 피란길에도 걱정이 많았지만 전쟁 중이라 연락을 넣는 게 쉽지는 않았다.

부산에 와서 아버지로부터 엽서 한 장을 받고서야 조금은 안심을 할 수 있었다. 통통배와 담배를 물고 있는 아버지가 그려져 있는 엽서였다. 어머니는 그 엽서를 보고 아버지가 무사하시다는 걸 알았다. 담배를 물고 있다는 건 평소처럼 무사히 잘 지내고 있다는 말씀의 대신이고 통통배는 뱃길을 통해 부산으로 온다는 걸 알리는 것이었다. 전쟁 중에 아버지가 당신의 방식으로 당신의 이야기를 전했을 그 엽서가 지금 있었으면 참 좋았을 텐데 그 역시 피란 통에 어딘가로 없어지고 말았다.

전쟁에 불타고 사라진 것은 아버지의 그림과 엽서뿐만이 아니었다. 가장 황폐화한 것은 사람인 듯하다. 그것도 맑고 여리고 섬세한 사람일수록 말이다. 아버지는 전쟁의 폐허와 난리에 갖은 욕망들이 부딪치는 일들을 몹시 견디기 힘들어하셨다. 가끔 한두 잔씩 하는 술이 아니라 터무니없이 아침부터 빈속에 술을 드시기 시작한 게 6·25전쟁 때부터다.

우리는 부산에서 큰아버지 댁에서 더부살이를 시작했다. 우리 가족뿐 아니라 여러 집이 함께 살았다. 아버지 성격에 신세지면서 더

부살이 하는 것이 고생스러웠을 것이다. 집에도 거의 안 들어오셨다. 나중에 어머니에게 들은 얘기로는 그냥 길에 다니면서 버려진 자동차에서 주무시며 지내셨다고 한다. 가끔 우리들을 보러 오셔도 집에는 안 들어오셨다. 멀리서 우리를 부르면 우리가 "아버지!" 하고 뛰어가 아버지와 얘기했는데 우리만 다시 집에 들여보내셨다.

그때는 그저 아버지와 또 헤어지는 것이 아쉬웠다. 아버지는 어떤 슬픔을 깊이 파묻고 집도 없이 여기저기를 떠돌았을까. 나이가 들면서 아버지 장욱진이라는 분에 대해서 점차로 알게 되면서 나는 슬픔이라는 것의 깊이를 이해하게 됐다.

아버지는 부산에서 길바닥과 술 속에서 지내셨다. 누군가를 만나도 밥 사달라고 하는 것은 흉이 되지만 술 사달라고 하는 건 흉이 안 된다며 만나는 사람에게 술을 사달라고 해서 용두산을 오르락내리락하면서 술을 드셨단다.

그래도 전쟁 중에는 가족이 이 세상 전부가 된다. 남은 것이라고는 그것밖에 없다. 집도 버리고 좀 더 안전한 곳이 어딘지도 모르면서 떠돌아야 하고 언제 어떻게 사는 것이 끝날지 알 수 없으니까. 일곱 살 피란길에 이런 생각을 한 것은 아니다.

어머니께서는 깊이 생각하셔서 아버지와 나와 오빠를 충남 연기군 내판으로 가게 했다. 우리는 빨간 기와집인 넷째 아버지 댁에서 지냈다. 아버지와 오빠와 나만 내려갔고 어머니는 부산에 계시면서 가끔 연기군으로 내 동생과 같이 다녀가셨다. 그때 나는 시골집에서 아버지에게 딱 붙어 지냈다.

거기라도 내려갈 수 있었던 건 그야말로 조상의 은덕 덕분이었다. 당시에 인민군이 내려오고 공산주의가 퍼지면서 이른바 지방에서 행세 꽤나 했던 지주들이 인민재판을 받거나 죽임을 당하는 일이 많았다. 하지만 장씨 집안은 그 동네에서 유명한 부자였지만 사람들한테 항상 인심을 많이 베풀어 화를 입는 일이 없었다.

돈을 벌기보다는 학문과 교육에 돈을 쓰는 데 더 열중했고 이웃에 후했다. 흉년이 들면 가난하고 못 먹는 사람들을 전부 불러 산에서 밥을 해먹였고 굶는 사람이 오면 그냥 보내는 일이 없었다고 한다. 그렇게 조상이 베푼 인심이 있어 내판에 우리 가족이 안심하고 가 있을 수 있었던 것이다.

전쟁 중이라 내판에 가도 장씨 집안이 잘사는 집이라는 생각은 전혀 들지 않았다. 어린 나이에 갑작스럽고 고생스러운 일도 많았지만 아버지와 소소한 일들을 함께하고 가까워지는 계기가 되었다.

나는 그곳에서 연동국민학교 1학년에 들어갔다. 학교에서 돌아오면 물끄러미 밭을 들여다보는 아버지가 계셨다. 어머니가 안 계셔서 할머니가 도시락을 싸주셨다. 재료가 흔치 않아 간단한 반찬을 해주셨는데 내가 아주 잘 먹어 할머니가 기특하다고 칭찬했던 기억이 난다.

나는 서울에 살다 와서 그런지 동네 애들과는 조금 다르게 보였다. 옷도 다른 애들과 조금 달랐고 그 아이들처럼 맨발이 아니라 신발을 신고 다녔고 그냥 밥공기에 밥을 담아오는 게 아니라 제대로 된 도시락을 가지고 다녔다. 그게 자랑스럽거나 좋지는 않았다.

오히려 나는 다른 아이들과 같은 모습으로 있는 게 편했다.

혼자 튀는 게 싫어서 나도 맨발로 학교에 가겠다고 떼를 쓰기도 했다. 학교에서 돌아오는 길에 슬쩍 신발을 벗고 맨발로 걸어보기도 했지만 너무 발바닥이 아파서 더 이상 걷지 못하고 다시 신발을 신었다. 나는 또래들과 똑같이 입고 똑같이 어울리고 싶어 했지만 쉽게 그러지 못했는데 동네 아이들은 나를 많이 챙기고 도와주었다.

뱀이나 벌레를 너무 무서워하니까 아이들이 다 치워주기도 했다. 부산에서는 다치고 슬프고 아픈 일들이 많았지만 시골에 와서 정서적으로 편안해졌고 기분 좋은 기억들이 많이 있었다.

그때 살던 빨간 기와집은 지금도 남아 있다. 그곳에서 오빠와 나는 국민학교를 다녔고 아버지는 마당 건너 사랑채에서 그림을 그리셨다. 그중에 〈배주네 집〉 등의 그림이 있다.

나는 혼자 하는 소꿉놀이를 좋아했는데 동네 끝에 있는 배주 언니네 자주 갔다. 집 앞에 냇물이 흐르고 그곳에서 배주 언니가 사금파리를 곱게 잘 깨서 소꿉을 만들어주어 내가 자주 놀러갔다. 어머니께서 내판에 오셨을 때 아버지의 많은 그림 중에 배주네 집을 그리신 것을 보셨다고 하셨다.

그 시기에 아버지가 그린 그림 중에 〈자화상〉이 있다. 물자가 부족한 시절이라 굳은 물감을 석유에 찍어서 갱지에 그리셨다. 황금빛으로 익어 물결치는 빼곡한 논과 평화로운 전경이나 말끔하게 프록코트를 차려 입은 신사가 있는 그림이다. 아버지로 보이는 그림의 주인공 뒤로 시골 개가 졸졸 따라오고 하늘에는 새들이 날아

〈자화상〉, 종이에 유채, 14.8×10.8, 1951

간다. 아름다운 전원의 풍경이다.

전쟁이 한창 중에 이런 서정적인 풍경이 있을 리가 없지 않은가. 이 그림은 아버지의 유머일까, 환상일까, 아니면 아이러니일까. 현실과 그림과의 간극에서 나는 오히려 전쟁의 비참함과 아버지의 슬픔을 느낀다.

아버지와 어머니의 결혼사진을 보면 아버지는 이 그림의 주인공이 입고 있는 바로 그 옷을 입고 계시다. 결혼식을 했을 때의 행복감을 가장 비극적이고 잔인한 시간에 희망하셨던 걸까. 아니면 그 시절로 돌아가고 싶은 것이었나. 아버지가 그린 그 행복은 과거였을까, 미래였을까. 〈자화상〉은 그 시절만큼이나 사연이 많은 그림이다.

당시에 여러 화가들이 부산 영도에 있는 도자기 공장에 모였다. 아버지는 가끔 부산의 도자기 공장으로 나들이를 가셨다. 내판에서 그동안 그린 그림도 보여주고 그림이 좋다는 분에게 드리기도 했다. 다방에 가서 그림을 주고 커피를 마시기도 했다고 하신다. 그러나 부산 국제시장에 불이 났을 때 가까운 다방에 주었던 그림들은 다방과 함께 사라진 것 같다. 나중에 그 그림 중 하나를 국제시장의 어느 찻집에서 아버지의 제자가 발견하기도 했다.

〈자화상〉은 화가 한묵 선생님께서 좋다고 달라고 하셔서 주고 박고석 선생님은 아버지의 〈여인좌상〉 조각이 좋다고 하셔서 주셨다고 한다. 한묵 선생님은 이 그림을 스크랩북에 끼워놓고 많이 아끼셨지만 프랑스 파리로 가면서 누님한테 이 그림을 맡겼다고 한다.

누님이 화랑에 내놓았는데 14.8×10.8센티미터 되는 정말 작은 그림이라 화랑들도 처음에는 아버지의 그림인지 모르고 나중에 액자에 넣어 화랑에 걸어두었다. 화가들이 그 그림을 보고는 화가의 자화상이니 그 그림은 화가에게 돌려주는 게 옳다고 얘기를 했다. 그래서 그 그림을 우리에게 전해주고 한묵 선생님 누님께는 다른 그림을 드렸다고 들었다.

〈여인좌상〉은 박고석 선생님께서 피란 중에도 잘 보관해두었다가 아버지의 칠순에 선물해주셔서 아버지는 물론 가족이 모두 감동했다. 그 작품은 지금 '장욱진미술관'에 있다. 다른 작품들은 그 고단한 시기에 다 없어져서 찾을 길이 없는데 고맙게도 두 분은 작품을 잘 보관해주셔서 지금 우리가 볼 수 있다.

아버지는 시골에서 그림 그리는 것 말고는 산책 정도밖에 할 수 있는 일이 없었다. 오빠와 나를 데리고 경부선 철길을 왔다 갔다 하시거나 나무 아래에서 하염없이 기차가 오는 쪽을 바라보셨다. 한번은 아버지에게 뭘 보시느냐고 물었다. 아버지가 나직하게 말씀하셨다.

"네 엄마가 기차를 타고 올지도 모르잖아."

우리는 아버지 손을 꼭 붙잡고 나무그늘에 서 있기도 하고 걷기도 했다. 그때가 한 장의 그림처럼 떠오른다.

아버지는 우리에게 항상 자상하셨다. 작은아버지의 빨간 기와집에 있으면서 학교에 가는 나를 위해 매일 아침에 연필을 깎아서 필통에 넣어주셨다. 그리고 내 머리를 깎아주신 적도 있다. 마당 한가운데 작은 걸상에 나를 앉히고 수건을 두르고 대야에 물을 떠놓고 곱게 빗어가며 내 머리를 잘라주셨다.

문제는 내 머리를 지나치게 전위적으로 깎아주셨다는 것이다. 동그란 바가지를 쓴 것 같았다. 다 자르고 난 다음 자른 모양에 너무 놀라 울었던 기억이 난다. 다음날 학교에 안 간다고 떼를 부렸다. 얼마나 유명한 머리였는지 아버지의 장례로 고향에 내려갔을 때 어떤 사람이 옆으로 와서 따님이라면 그때 머리 동그랗게 했던 그 여식이냐고 물을 정도였다.

후에는 아버지의 머리를 내가 잘라드렸다. 이발소에 가시는 것을 싫어하시고 "내 머리카락은 수양버들이다."라는 아버지의 말씀같이 부드러움을 자랑하는 머리였다. 깎을 머리도 많지 않아 뒷머리만 가지런히 잘라드리면 되었다. 내가 결혼한 후에는 어머니께서 잘라드렸다고 하신다.

이렇게 아버지와 어린 시절부터 오랫동안 많은 시간과 일상을 함께할 수 있어서 아버지에 대한 그리움이 깊다. 나의 어린 시절부터 나의 추억 한 장 한 장을 같이 그려온 분이니까. 그 추억이 실제로 그림으로 있기도 하다. 나와 오빠가 다녔던 연동초등학교에 아버지는 〈연동 풍경〉이라는 그림을 선물로 그려주시기도 했다.

하지만 그때 나는 너무 어려서 화가가 뭔지도 몰랐고 아버지가 화가라는 건 더더욱 몰랐다. 아버지가 그림을 그리는 분이라는 건 한참 후에야 알았다. 시골의 작은아버지 댁에 살 때 작은아버지가 아이들이 좋아하는 병아리나 닭을 그려주면 오빠랑 같이 작은아버

〈연동 풍경〉, 캔버스에 유채, 60×49.5, 1955

지가 진짜 그림을 잘 그리신다면서 아버지보다 더 잘 그리신다고 얘기했던 기억이 난다. 작은아버지의 그림이 교과서에 나오는 그림이랑 똑같다고 좋아했던 기억이 난다.

그 후에 우리는 다시 부산 송도로 내려갔다. 어머니가 부산에 계셨고 큰외삼촌이 의과대학교에 계셔서 큰외삼촌 관사에서 지내기로 했다. 큰외삼촌은 다른 곳에 가 계셔서 우리가 대신 들어간 것이다.

그러나 거기가 편할 리가 없었다. 의과대학 교수들이 다들 살고 있어 아버지는 그분들이 불편했고 그분들은 아버지가 불편했다. 아버지는 남성여고에 잠시 나가기도 하고 여러 곳을 왔다 갔다 하신 것 같다. 벽화를 그리고 종군화가로 그림을 그리러 나가기도 했다지만 많은 시간을 집에서 하루 종일 계신 적이 많았다.

살 곳은 그렇다 치고 우리는 학교에 가야 했다. 피란 시절이라 학교라고 할 수 없는 열악한 천막학교들이 대부분이었다. 우리는 외할아버지 덕분에 남부민국민학교에 들어갔지만 나는 부산 사투리를 한 마디도 알아들을 수 없었다. 숫기도 없고 모든 것이 낯설어 내가 알아듣지 못하는 말들이 두렵고 무서웠다. 그래서 외할아버지께서 기껏 알아봐주신 곳을 마다하고 피란학교에 다니겠다고 하고 2학년 2학기에 피란용강국민학교에 다녔다.

학교가 바닷가에 있었는데 어린아이가 다니기엔 참 멀고 험한 길이었다. 처음 온 곳인데다 멀리까지 다녀야 해서 어머니가 알려준 길로만 등교와 하교를 했다. 그래서인지 그때부터 나는 길을 잃어버리는 꿈을 많이 꾼다. 그때의 불안과 공포가 희석되지 않고 꿈으로 드러나는 게 아닐까.

질척거리는 길을 걸어 교실에 도착하면 나무로 만든 걸상들이 쭉 있었다. 자리에 앉으면 발이 땅에 닿지 않아 공중에 발이 붕 떠 있었다. 의지할 곳 없고 불안정한 그 상태가 당시의 나의 상황이자 우리 가족의 상황이었다. 피란민들을 위한 학교에 전쟁 중이었으니 시설들이 제대로 된 게 있을 수 없었다.

나를 가장 곤혹스럽게 만든 건 화장실이었다. 바닷바람이 불 때마다 화장실 문이 덜컹거리며 흔들렸고 아래에서는 시퍼런 파도가 치고 있었다. 화장실에서 일을 보면 자연스럽게 대소변이 바다로 흘러가게 만든 수세식 화장실이었다.

생경한 화장실 구조에 너무 무서워서 문을 닫을 수가 없었다. 그렇다고 문을 열어두지도 못했다. 문을 열면 운동장이었다. 학교에서는 화장실에 가지 못했다. 화장실뿐 아니라 학교가 무섭고 두려웠다.

학교에서 돌아오면 아버지가 집에 계셨다. 가끔 아버지가 나갔다 오시면서 방울빵을 사다주셨다. 십 원에 열 개쯤 했는데 아버지는 그걸로 요기를 때우신 적도 많았다. 그리고 그걸 하나씩 나와 오빠에게 쥐어주면 아주 맛있게 먹었다.

저학년이라 학교가 오전에 끝나고 오면 아버지가 원조 구호물자인 오트밀을 끓여서 우유에 타서 점심을 해주시기도 했고 보리죽처럼 끓여주기도 했다. 당시에 부산에서 흔하게 팔던 말린 갈치도 구워주셨다. 다른 가족들은 말린 갈치가 비릿하다고 잘 안 먹었

지만 나는 주는 대로 맛있게 잘 먹었단다. 나중에도 아버지가 "6·
25 때 네가 제일 통통하고 예뻤단다."라고 말씀하시곤 했다.

일과 중 하나로 아버지를 따라 동네에 산책을 나갔다. 송도 바닷
가는 아버지가 좋아하시지 않아 한두 번 갔고 거의 매일 집 뒤쪽으
로 감내라는 곳에 갔다. 송도보다는 감내 쪽이 더 아늑하고 사람이
없고 조용했다. 거기에서 반달처럼 생긴 해변과 수평선을 쳐다보
며 아버지와 말도 없이 가만히 앉아 있었다. 그곳 해변이 마치 동
그란 호수처럼 예뻤던 생각이 난다.

얼마 전 부산에 살고 있는 동생 윤미에게 물어봤더니 나의 기억
속에 있는 감내와는 전혀 다른 모습이라고 하니 더욱 꿈처럼 느껴
지는 곳이다. 감내가 많이 변했거나 나의 기억이 틀릴 수도 있고
정말 꿈일 수도 있다.

나는 아버지와 산책을 다니며 특별한 말이나 놀이를 하지 않아
도 아버지와 같이 있는 게 그냥 좋았다. 빨리 집에 가자고 칭얼거
리지도 않고 아버지도 혼자 다니시기에 멋쩍어서 나를 데리고 가
신 게 아닐까. 동생이 걸어 다니게 된 다음에는 동생을 데리고 가
기도 했는데 그때는 송도에 간 것 같다.

아버지가 색깔이 묘하고 예쁜 돌멩이를 주워주기도 했고 우리
가 추울까봐 난로 위에 돌을 얹어 각자 발치에 넣어주신 따스하고
훈훈한 기억이 남아 있다.

어머니는 별 말도 없이 졸졸 따라다니는 나에게 심심하지 않냐
고 물었지만 나는 아버지와 가만히 있다가 오는 게 좋았다. 어머니

도 내가 아버지와 잘 맞는다고 생각했는지 아버지가 술을 잡수셨거나 적적해하시면 아버지 방에 나를 데리고 갔다.

6·25전쟁 이후부터 어머니는 먹고사는 게 너무 어려워서 당신이 직접 생활 전선에 뛰어들어야 했다. 돈을 번다는 의미가 아니라 굶을 수 없었기 때문이었다.

내수동에서는 전쟁 통에 시골에서 올라오던 쌀이 끊겨 결국 혼수를 갖다 파셔야 했다. 부산 피란 시절에는 시장에서 국수를 삶아 팔기도 하셨고 곡식도 갖다 팔았지만 벌이는 시원치 않고 너무 무거웠다. 시골에서 할머니께서 참기름을 짜주시면 그걸 조금씩 나눠서 동창들에게 파셨다. 동창을 한 달에 한 번이면 많이 만나는데 몇 달을 먹고도 남을 참기름을 도와주려고 사주기도 하고 어머니가 억지로 팔기도 하셨다.

그 덕에 우리가 그나마 끼니를 잇고 살았지만 어머니는 하루하루가 힘든 나날이었다. 어머니가 친구를 모아주고 참기름을 팔아준 친구가 너무 고마워 선물을 주고 싶어서 그 친구에게 아버지의 그림 〈소녀〉를 선물로 주었다.

〈소녀〉는 1939년에 그리셨다. 소박한 모습의 여자아이가 그려진 그림으로 고향 선산의 산지기의 딸을 모델로 했다. 투박하게 보이는 옆모습이 화면을 채우고 배경은 생략되었는데 당시에 일본에서 유행하던 화풍과는 전혀 다른 방식이었다. 아버지가 대학 1학년 때 그린 유일하게 남아 있는 그림이고 피란길에도 고이 간직하면서 가져온 유일한 그림이었다.

〈소녀〉, 나무판에 유채, 30×14.5, 1939

그러니 어머니가 이 그림을 선물로 줘버린 것이 크나큰 사건일 수밖에 없었다. 그리고 사실 그 그림의 뒤에 다른 그림도 그려져 있었다. 내판에 계실 때 캔버스가 없어 뒷면에도 그리셨던 것이다. 장날에 미호천을 배를 타고 건너가는 그림이다. 아무튼 그렇게 툭 줘버릴 그림이 아니었다. 아버지가 어머니께 굉장히 화를 내셨다는 이야기를 들었다.

　가진 것이라고는 먹여 살릴 가족밖에 없는 어머니가 고마움을 표시하는 최고이자 유일한 방법이었다. 어머니의 심정도 이해가 가고 아버지가 애착을 가지는 그림이 그렇게 간 것에 화가 난 것도 이해가 간다. 예술가가 먹고살아야 하는 일에 치이는 전쟁과 시대에 그 탓을 돌려야 할 것 같다.

　아무튼 어머니는 무척 바쁘셨다. 생계를 위해 주로 바깥에 나가 계셨다. 전쟁 중 피란길에 부모님을 잃은 한 사람이 우리 집에서 일을 하며 우리를 돌봐주고 아버지는 가끔 밖에 나가셨지만 집에 계시는 시간이 많았다. 그러니까 자연스럽게 나는 아버지와 같이 아주 작은 방에서 지내는 시간이 많았다.

　부산에서 아버지는 종군화가로 참여해 그림을 그리면서 종군작가상을 받았다. 거기에 상금도 있었던 모양인데 그 돈은 모처럼 주변 화가들과의 술자리에서 다 써버렸다. 그리고 그 당시 어려웠던 화가들의 생활고를 덜어주려고 나라에서 그림 한 점을 사주고 얼마간의 돈을 주었다.

　아버지가 화가들에게 커피를 사느라 그 돈을 꺼내는 걸 본 깡패들이 송도의 종점에 내리자마자 아버지를 때리고 돈을 뺏어갔단다. 아버지가 많이 맞고 피를 흘리면서 집에 들어오셨다. 많이 놀라고 무서웠다. 어머니도 놀라서 얼른 상처를 처치하셨다.

"경수야, 들어가봐."

아버지 방에 들어가

"아버지. 아, 해봐. 괜찮아?"

그렇게 말하고 아버지 옆에서 같이 잤던 생각이 난다.

피란 시절이었지만 소소하고 애정 어린 기억들을 아버지께 많이 받았다. 아버지였기에 가능한 다정한 보살핌들이 있었다. 물론 아버지가 나를 하나하나 챙기거나 일부러 놀아주진 않으셨지만 세심하고 정성을 들여 살펴주셨다. 아버지에게서 늘 부드러움과 따스함을 느꼈다. 가끔 사람들이 아버지에게 어머니를 잘 만나셨다고 인복이 있다고들 하지만 아버지와의 추억들을 꺼낼 때면 아버지를 만난 나는 참 인복이 많은 것 같다.

5. 명륜동 2가 22번지 2호

전쟁 통에 내수동 집은 폭격에 부서져 서울에선 우리가 달리 갈 곳이 없었다. 그렇다고 부산에서 자리를 잡은 것도 아니어서 거기에 계속 살 이유도 없었다. 전쟁이 소강상태에 접어들자 아버지가 먼저 서울에 올라오셨다. 우리 가족이 올라와서 머물 방이라도 먼저 알아봐야 했을 것이다.

서울에서도 마땅히 머물 곳을 쉽게 구하진 못하셨다. 우선 약수동에 있는 유영국 선생님 댁에서 6개월 동안 지내기로 했다. 유영국 선생님이 고향에서 6개월 후에야 올라오신다고 해서 약수동 집을 빌릴 수 있었다. 유영국 선생님과 아주 친하신지 아닌지 나로서는 잘 모르겠다.

유영국 선생님도 말씀이 적으셔서 두 분이 만나도 이렇다 할 말씀을 하시는 걸 본 적이 없다. 그래도 내가 중·고등학교 다닐 때 학생기록부에 아버지의 친구를 써넣는 칸이 있어 아버지께 어떤 분을 써야 할지 여쭤보았다.

"유영국이라고 써라."

어쩌면 말수가 적고 조용하셔서 아버지가 좋아했을지도 모른다.

약수동 집은 일본식 적산가옥이었는데 우리 가족만 있던 건 아니었다. 우리는 바깥채에 살고 안채는 다른 사람이 세를 들어 살았다. 어머니는 서울에 와서도 바쁘게 뛰어다니면서 생계 대책에 나서야 했다. 그때는 학교에서 돌아와 아버지를 본 적이 거의 없었다. 아버지도 바쁘셨다. 그 깔끔한 성격에 친구의 집에서 신세지며 사는 게 부담스러우셨을 것이다.

친구 집을 떠나 당신 집을 빨리 마련해야겠다고 생각하셨는지 잡지의 삽화도 많이 그리고 책의 표지도 그리셨다. 당장 돈이 되는 그림들을 이것저것 그리느라 아버지와 함께하는 시간이 많지 않았다. 당신 나름대로 가족을 위해 고군분투하며 생계비를 벌려고 노력하셨던 시기였다.

오빠는 외갓집에서 혜화국민학교를 다니고 있어서 주말에나 봤다. 나는 청구국민학교에 다녔고 거기에 동생 희순도 1학년 입학을 했다. 입학식 때 엄마도 바쁘고 아버지도 바쁘셔서 내가 동생의 입학식에 갔다.

내 입학식도 아니었는데 가슴이 두근거렸다. 동생 이름을 불렀는데 동생이 대답을 하지 못하거나 내가 예상할 수 없는 실수를 하면 어떻게 할지 걱정이었다. 어리숙한 나와 달리 다행히 동생이 똑똑하고 영리했다. 내가 마치 학부형이 된 것처럼 뿌듯하고 기뻤다. 그때부터 나는 동생들을 돌봐야 할 때가 많았다.

약수동 집 마당에서 누군가 병아리를 기르는 걸 동생들과 같이 쳐다본 기억이 난다. 오빠와 연탄집게를 들고 칼싸움도 하고 집 뒤에 있는 야산으로 오빠를 따라 올라갔다. 학교에서는 DDT를 뿌려

댔다. 회충약을 먹고 세상이 노랗게 보였고 어지러워 휘청거리며 집으로 돌아오기도 했다. 낯설었지만 피란 시절보다 밝고 활발했고 잠시지만 즐거웠다. 피란 시절의 두려움과 불안을 조금이나마 떨쳐버릴 수 있었다.

4학년 1학기까지 약수동에서 청구국민학교를 다니고 여름방학을 맞았다. 2학기부터 명륜동으로 이사해서 혜화국민학교를 다닌다고 해서 여름방학 숙제도 아예 하지 않고 놀았다.

명륜동으로 이사를 가서 처음으로 간 집은 혜화동 로터리에 있는 버스 정류장 앞이라 정신이 하나도 없었다. 그다음에 셀 수 없을 정도로 여러 방들을 전전했다. 그 많은 방들의 공통점은 굉장히 좁고 불편했다는 것이다. 어머니, 아버지에 오빠와 나 그리고 동생 희순과 혜수까지 가게에 딸린 두 칸짜리 방에 모여 살았다.

그 집의 기다란 방이 생각난다. 아버지는 구석에 쪼그리고 항상 그림을 만지고 계셨고 다른 쪽 끝에서 오빠와 내가 숙제를 했다. 아버지가 그림을 그려도 아버지가 화가라는 생각은 하지 못했고 세상 모든 사람들이 다 그림을 그린다고만 생각했다.

나는 그 시절이 특별히 암울하고 슬픈 일이 많았던 것 같진 않다. 하지만 막내 외삼촌이 어떻게들 사는지 궁금해 우리 집에 왔다가 "깜깜한 데서 눈들만 반짝반짝하는 게 온 가족이 굶어죽게 생겼더라."라는 말을 한 걸로 봐서는 내가 너무 어렸고 세상일을 몰랐기 때문일 것이다.

기다란 방에서 살다가 너무 좁아서 또 다른 곳으로 이사를 했지만 상황이 썩 나은 곳은 아니었다. 나는 내가 어떤 집에 살고 있는지 여전히 몰랐다.

"왜 집이 종이로 되어 있어?"

어느 날 놀러 온 친구가 이렇게 말해서 우리 집이 이상한 집이라는 걸 알았다.

그런 집을 하코방이라고 불렀다. 일본어로 상자[箱]라는 뜻인 하코를 써서 미군들이 원조 물자를 넣어주는 두꺼운 박스와 판자들을 이어 대충 만든 집을 그렇게 불렀다. 큰 방이 두 개였고 부엌에 현관이 다였다.

그런데 가끔 아버지 제자들까지 와서 자고 갈 때가 있었다. 이렇게 이상한 집에도 사람들을 데려오시나, 하고 생각했다. 반듯하게 잘 지어진 집이 아니라 아버지 제자들도 화장실을 잘 찾지 못해 고생을 했다. 아무튼 우리 집에 놀러 온 내 친구는 대대로 이어온 크고 좋은 한옥에 살고 있던 터라 그런 집이 많이 이상했을 것이다. 잘사는 집이었고 맛있는 음식을 하면 꼭 나를 불러서 같이 먹었던 생각이 난다.

키가 컸던 그 친구는 마음도 넓어 의지가 많이 되었다. 같이 손을 잡고 학교를 다녔는데 친구는 큰데 나는 조그마해서 『학원』에 연재하는 만화 「꺼꾸리 군 장다리 군」의 주인공이 우리의 별명이 되었다. 그 친구는 어른스럽고 침착했지만 나는 어리숙하기만 해서 나에게는 언니가 생긴 기분이 들었다. 이렇게 여러 가지가 많이 달라 친하게 지낸 게 묘하기도 하지만 서로 맞는 부분이 더 많았다.

나는 혜화국민학교를 졸업하고 정동 1번지에 있는 경기여중에 입학했다. 당시 경기여중은 우수한 학생들이 모이는 학교였는데 나는 혜화국민학교에서 우수한 학생은 아니었다. 핑계일 수 있지만 공부할 환경이 아니었다. 어머니는 책방 일로 항상 바쁘셨고 아버지는 일정하게 일을 하시는 분이 아니셨다. 밥을 굶을 정도는 아니었지만 경제적으로 넉넉한 것도 아니었다. 넉넉하지 않아도 오빠는 큰아들에 남자라고 과외를 받았지만 나까지 신경을 쓸 여력은 안 되었다. 과목 중에서 수학을 잘하는 편이었다.

국민학교 5학년 담임선생님이 "잘 공부하면 성적이 굉장히 좋을 텐데…" 하고 안타까워했다. 그래도 담임선생님이 "너 정도면 경기여중에 가라."라고 하셔서 경기여중이 어떤 곳인지도 모르고 선생님이 가라는 대로 갔다.

여러 셋방을 전전하다가 명륜동 2가 22번지 2호에 드디어 우리의 집을 가질 수 있었다. 어머니가 책방 운영을 하신 덕이었다. 스무 평 정도에 그 동네에 남은 마지막 초가집이었지만 처음 마련한 우리 집이라 가족 모두 흥분했다.

앞으로는 짐을 싸들고 이사를 다니지 않아도 된다는 것만으로도 감격이었다. 혜화동 로터리에서 대학로 가는 가운데 사잇길이 하나 있다. 그 사잇길 앞이 바로 그 초가집 자리다. 지금은 그 자리에 이층집이 들어섰다.

나는 중학교에 다녔고 아버지는 서울대학교에서 학생들을 가르치고 있을 때였다. 아버지는 집에 당장 화실이 필요하셔서 그 집으로 이사하고 2년 만에 장독대 위에 정사각형으로 아틀리에를 지으셨다. 그곳이 아버지의 첫 작업실이었다. 제대로 된 터가 아니라 초가집에 달린 장독대였으니 얼마나 비좁았을까. 남자 두세 사람만 앉아도 서로 엉덩이가 부딪칠 정도의 크기였다.

아버지 제자들이 하코방에 와서도 잤는데 초가집 장독대라고 오지 않을 리 없었다. 서로 좁혀 앉고 부딪치고 쪼그려 있어도 불편한 줄 모르고 제자 분들이 늘 몰려와서 정거장이라고 불렀다. 아버지는 그 좁은 곳에서 그림을 그리셨다.

곽훈이라는 화가의 글을 읽은 적이 있다. 그분이 대구에서 서울대학교 미술대학을 가겠다고 했더니 미술 선생님이 서울대에 가면 장욱진이라는 화가가 교수인데 찾아가보라고 주소를 알려줘서 그 집까지 찾아왔단다. 그 사람이 곽재우의 후손으로 체격도 큰데 초가집 앞에서 상당히 망설였다는 글이었다.

유명한 화가가 되어도 초가집 정도에밖에 살 수 없는데도 화가가 되고 싶은지 스스로에게 묻고는 그래도 화가가 되기로 하고 그 집 문을 두드렸다는 얘기였다. 초가집이긴 했지만 당시 유명한 초가집이었던 것이다.

아버지는 1954년 8월에 서울대학교 미술대학에 대우교수로 들어가셨다. 사람들은 서울대학교에 자리를 잡았으니 생활이 나아지고 어머니가 더 이상 일을 안 하셔도 되는 거 아니냐고 물었다. 아버지의 봉급이 우리 가족의 생활비가 되지는 못했다. 전부 술값으로 나가버렸던 것이다.

아버지의 제자들은 그때도 유명했다. 항상 한 부대 단위로 몰려다니며 아버지와 술을 마셨다. 아버지가 술을 드시지 않으면 말씀을 하지 않으시고 술이라도 좀 드셔야 말씀을 하시니까 일부러 더 자주 아버지와 술자리를 가지려 했다. 그러니 우리 어머니는 제자 분들을 경계했다. 담장을 돌아가면서 제자들이 아버지를 불러내서 한번은 어머니가 물벼락을 뿌린 적도 있다.

그래도 우리 집에 발길을 끊지 않았다. 나는 아버지와 술자리를 가진 적이 없어 잘 모르지만 제자 분들 말로는 술을 드신다고 해도 한두 마디 탁 던지는 게 다였다고 한다. 그런데 그 한두 마디에 탁, 무릎을 칠 만한 깊이가 있었다고 들었다.

옛날에 큰스님이나 대선사가 한두 마디로 깨우치게 했다는데 아버지의 외마디가 큰 울림이 있었던 것이다. 아버지는 언제나 말씀이 없으셨다. 어릴 때 수덕사에 계시고 스님들과 만나면서 말의 무의미나 큰 도는 말로 할 수 없다는 걸 몸으로 배우셨나, 하는 생각도 든다.

아무튼 제자 분들은 집 앞에서 매일 아버지를 불러냈다. 아니면 바깥에서 술을 마시다가 다시 집으로 들어와 밤새도록 마셨다. 좁은 집은 더 좁아졌다. 집만 북적거리는 게 아니었다.

아버지의 봉급도 모자라면 모자랐지 남을 턱이 없었다. 술집에 외상값이 잔뜩 밀려 있으니 봉급 당일 봉투는 그대로 술집으로 직행했다. 술집 외상값을 갚으면 서비스로 한 잔을 공짜로 줬다는데 그 술맛이 제일 달았다고 아버지께서 말씀하셨던 걸 보면 외상값이 늘 밀려 있지 않았을까.

그래서였는지 한날은 어머니가 나에게 도장을 쥐어주면서 학교에 가서 아버지의 봉급을 받아오라고 했다. 가기 싫었지만 어머니 말씀에 반항할 배짱도 없었다. 도장만 찍고 가족이라고 하면 봉급을 줬던 때였다. 혼자 가기는 창피해서 예의 키 큰 친구에게 같이 가달라고 부탁했다.

거기에는 봉급을 타려고 하거나 외상값을 받아가려는 사람들이 이미 줄을 서 있었다. 어른들 사이에서 쭈뼛거리며 아버지의 봉급을 얼른 받아가지고 왔다. 나는 그때 창피하기만 했는데 내 친구는 재미있는 사건으로 기억하고 있었다. 그리고 이 임무는 사실 나뿐 아니라 오빠도 여러 번 맡았다. 지금은 오빠와 그 이야기를 하면서 많이 웃기도 한다.

아버지는 직장에서 받은 봉급으로 가족의 생활을 책임지지는 않으셨지만 오빠가 공부할 수 있도록 조그만 툇마루를 공부방으로 만들어주기 위해 동대문시장에서 초록색에 대담한 무늬가 있는 천을 끊어 오셔서 커튼을 쳐주시기도 했다. 우리는 아버지가 늘 우리에게 마음을 써주고 무언가 해주시려 한다는 것을 느끼면서 자랐다.

이 집에서 아버지는 오빠의 방을 꾸며주셨고 우리 자매들은 안방과 마루에서 놀고 먹고 숙제도 했다. 작은 앉은뱅이책상이 있어 들고 왔다 갔다 하면서 사용했다. 이 작은 책상에서 내가 동화를 읽고, 동화 내용에 따라 아버지는 그림을 그리고 했던 그야말로 그림 같은 광경이 떠오른다.

아버지가 책상 위에 잉크와 펜과 종이를 준비하고 앉아 계시고,

맞은편에 내가 앉아 동화를 읽어드리면 그 내용에 따라 그림을 그리셨다. 내가 "좋아요." 또는 "쥐 같지 않아요." 하면 꼬리를 길게 하면서 "이러면 됐지." 하시고 임석재 씨의 동화집 『씨를 뿌리자』를 나는 읽어드리고 아버지는 그리고 하면서 완성했다.

아버지는 교수가 되었다고 바뀐 게 없었다. "심플"이라는 말과 "나는 깨끗이 살려고 고집한다."라는 말씀은 당신의 행동을 그대로 읊은 것이다. 양복을 입을 때도 있었지만 낡은 양복에 넥타이도 매지 않고 고무신을 신고 학교에 다니셨다. 우리도 아버지가 서울대학교 교수가 되었다고 자랑스럽게 떠들고 다니지 않았다. 아버지가 화가라고 말하지도 않았다. 친구들이 화가라는 걸 이해하지도 못하면서 이상하게 생각할 것 같았다.

아버지는 화백이라는 말을 질색하셨다. 화백이라는 말보다는 가족과 집을 좋아하셔서 집 가家를 쓰는 화가畵家라는 말을 더 좋아하셨다. 하지만 아버지는 매일 "나는 화가가 아니라 환쟁이다."라고 하셨다.

문제는 학년 초마다 내야 하는 학생기록부였다. 아버지 직업을 서울대학교 교수나 화가라고 쓰지 않았다. 그렇지만 아버지가 매번 화가가 아니라 환쟁이라 그러신다고 학생기록부에 아버지 직업을 환쟁이라고 쓸 수는 없지 않은가. 게다가 그림 그리는 것은 일이지 직업이 아니라고 하셨다. 막막했다. 내가 슬쩍 여쭸다.

"아버지, 학생기록부에 아버지 직업을 화가라고 쓸까요?"

아버지는 아무 말씀도 안 하고 웃기만 하셨다. 나는 고민 끝에 아버지의 직업을 '자유업'이라고 써서 냈다. 지금 생각해도 내가 참 잘 적은 것 같다.

예술가는 사회에 구속을 받아서도 안 되고 자신에게조차 구속을 받아서도 안 되는 자유를 업으로 해야 가능하지 않을까. 화가나 교수라는 직업의 명칭조차도 자유가 아니라 구속의 이름일 것이다. 최소한 아버지는 고정된 것들과 통념들을 벗어나 자유 그 자체와 소통하고 그리려고 하셨다는 걸 안다.

그러니 학생기록부라는 관리 서류에 아버지가 뭐라고 대답을 하시겠는가. 아무 말 없이 웃는 게 정답이지만 학생인 나는 그럴 수 없으니 자유업이라 적었다. 얼떨결에 그렇게 적었지만 꽤 맞는 소리를 적은 것이다. 아버지는 자유로우셨다.

나는 중·고등학교를 다니면서 아버지를 알고 있을 법한 선생님들께도 내가 아버지의 딸이라는 걸 얘기하지 않았다. 중학교 1학년 때 미술 선생님이 서울대학교 미술대학 출신이시고 아버지를 모를 리 없었는데 말하지 않았다. 그건 아버지를 닮은 나의 성격이다. 아는 사람의 딸이라고 괜히 신경 쓰는 게 싫었다.

고등학교 1학년 겨울방학에 미술 숙제가 있었다.

"아버지, 겨울에 대한 그림을 그려오라는데 어떻게 해요?"

아버지께 여쭸다.

"누가 그런 걸 문제로 냈냐?"

"김창억 선생님이요."

김창억 선생님은 아버지와 경성제2고보와 일본 제국미술학교

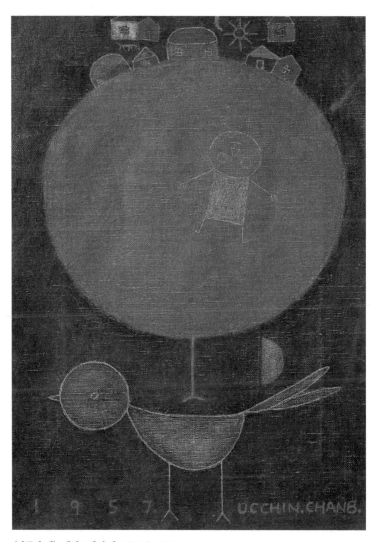

〈나무와 새〉, 캔버스에 유채, 34×24, 1957

동창이었다.

"그냥 나무나 하나 그려 가라."

그래서 큰 스케치북에 나무만 하나 그렸더니 휑했다. 스케치북을 반으로 잘라봤다. 그래도 여전히 허전했다. 그림이 너무 약해서 어떻게 해야 할지 다시 아버지께 여쭤보았다. 아버지의 조언은 "달이나 하나 그려라."였다.

방학 숙제를 들고 학교에 갔더니 반 아이들이 내 그림을 보고는 깔깔대며 웃었다.

"평소에는 그림을 잘 그리는 애가 왜 이렇게 숙제를 해왔어?"

"이게 뭐야? 너무 간단하다."

그때 김창억 선생님이 말씀하셨다.

"너희들 웃지 마라. 너희들 보기에는 우스울지 모르지만 우리나라에 장욱진이라는 화가가 있는데 이런 유형의 그림을 그린다."

혜화동의 키 큰 친구가 같은 반이었는데 그 친구가 불쑥 "쟤네 아버지 이름 같은데요?"라고 말해서 김창억 선생님도 내가 장욱진의 딸이라는 걸 알게 되었다.

그 당시 마침 '2·9동인전'이 열렸고 김창억 선생님도 전시에 참여하셨다. 김창억 선생님은 아버지가 경성제2고보에서 겪었던 일에 대해 슬쩍 얘기해주셨다.

"그때 민족의식을 갖고 있는 사람은 제대로 졸업한 사람이 없지. 나도 겨우겨우 졸업했어."

선생님도 세세하게 말씀하시진 않았지만 그 말씀으로 나는 그

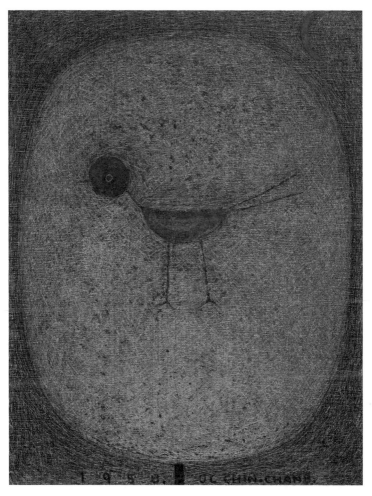

〈까치〉, 캔버스에 유채, 42×32, 1958

사건에 대해 조금은 안심이 되었고 식민지에서 공부했던 사람들에 대한 연민을 느꼈다.

김창억 선생님께서 돌아가신지 이십 년이 넘었다. 내가 일하는 경운박물관에서 2017년 9월에 '김창억 20주기전'을 했는데 김창억 선생님의 그림을 보면서 그때의 일이 떠올랐다. 아버지와의 추억이 있는 분들과의 만남에서 아버지를 다시 만나기를 기대하는 마음이 있지 않았을까.

나는 아버지의 직업이나 아버지에 대해 얘기하지 않고 지냈지만 어린 동생들은 아버지 직업을 어떻게 썼을까. 궁금해서 물어봤다. 어느 날 동생 윤미의 선생님이 "너희 아버지가 화가이시니?"라고 물어서 동생이 "아니에요. 저희 아버지는 환쟁이에요."라고 대답했다고 한다.

이것만 봐도 우리에게는 서울대학교 교수라는 직함이나 사회적 위치에 대한 감도 없었고 그게 자랑이 될 이유도 없었다. 그리고 당연한 얘기지만 우리가 그런 의식이 없었던 것은 아버지 역시 사회적 지위와 명예에 하등 관심이 없었고 그런 걸 추구하는 걸 질색하셨기 때문이다. 그러니 마치 앉은 자리에서 일어서듯 훌훌 교수직을 털고 그림만 그리겠다고 하신 것이다.

제자 분들의 말을 들으면 학교에 계실 때도 그림을 어떻게 그리라고 한다거나 고쳐주는 법이 전혀 없었다고 한다. 그저 학생들의 그림을 보고는 말없이 지나가셨다고 한다. 아버지는 그림은 가르치는 게 아니라고 하셨다. 자유를 가르칠 수 없듯이 말이다.

"자기의 예술은 자기만이 하며 그 누구에게도 비교할 수 없다."

이것이 아버지의 생각이셨다. 자기만의 그림을 그려야 한다는 것이다. 그런데 학교에서 요구하는 틀이라는 것이 왜 없었겠는가. 그걸 다 맞춰주면서 자신만의 한 폭의 그림을 가진다는 것이 상식적으로도 일관성이 없어 보이지 않는가.

내가 자랑스러워하는 것은 아버지가 교수였다는 것이 아니라 다른 사람들이 부러워하는 교수 자리조차 당신에게는 별 게 아니었다는 점이다. 나의 아버지 장욱진은 서울대학교 교수가 아니라 환쟁이였다.

명륜동에서 나는 아버지와 같이 있을 시간이 많았다. 다른 아이들은 집으로 들어가면서 "엄마!" 하면서 들어갔지만 나는 항상 "아버지!" 하면서 들어갔다. 그러면 아버지가 슬리퍼를 끌고 나오셔서 문을 열어주셨는데 그때마다 아버지가 참 애처롭다는 생각이 들었다.

집에 들어가면 아버지가 슬쩍 물어보셨다.

"오늘은 학교에서 뭐 배웠니?"

내가 그날 새로 배운 것이나 학교에서 있었던 일을 아버지에게 얘기하는 것이 우리의 일상이었다. 그리고 아버지는 나를 데리고 어디를 가거나 했다. 아버지가 서울대학교에 나가실 때는 제자들도 있으니까 나를 꼭 데리고 다니지는 않았지만 학교를 그만두시고 집에 계실 때는 꼭 나와 함께 창경궁 산책을 다녔다.

한두 번은 종묘에도 갔고 종로 근처를 산책하면서 먹을 걸 사주시기도 했다. 어머니가 바쁘셔서 어머니보다 오히려 내가 아버지와 함께 있는 시간이 많았다. 내가 아버지와 잘 맞고 아버지의 그림을 좋아한 것도 있지만 아버지를 내가 아끼고 보호해드려야겠다는 생각을 많이 했다. 그래서 함께 시간을 많이 보내고 싶었고 산책도 많이 다녔다. 아버지와의 산책에 특별한 것이 있지는 않았다.

"오늘은 이쪽으로 갈까, 저쪽으로 갈까?"

창경원에 가서도 그렇게 물어보시는 게 다였다. 한쪽은 동물원으로 이어지는 길이고 다른 한쪽은 식물원으로 이어지는 길이었다.

"아버지, 오늘은 동물원 쪽으로 가요."

그래도 동물원 전체를 둘러보는 게 아니라 호랑이면 호랑이, 원숭이면 원숭이 앞에 가만히 앉아 있었다. 말씀을 많이 하시지 않았고 나도 수다스럽게 말을 많이 하지 않아 아버지와 나의 산책은 적적하고 고요했다. 그 고요 속에 오히려 아버지에 대한 나의 믿음과

우이동 계곡에서 아버지가 찍어주신 사진

존경, 연민과 유대감이 흘렀다. 침묵의 공유라는 것이 훨씬 깊고 아름다울 때가 있지 않은가.

자그마한 걸 좋아하셔서 작은 카메라로 종묘에 산책을 가서 종묘와 함께 내 사진도 찍어주셨다. 정릉에 사시는 변 선생님이라는 화가와 함께 우이동 북한산에서 사진을 찍어주시기도 했다. 그때 찍어주신 사진이 지금은 색이 많이 바랬을 것이다. 하지만 그때의 기억은 이상하게 더욱 선명해진다.

집에서 떡을 한다고 사람들이 왔다 갔다 하면서 수선스러워서 그림이든 뭐든 집중하시기 힘드셨는지 날 데리고 나가셨다. 학교에서 돌아와 교복을 입은 채로 아버지를 따라갔는데 아버지와 변 선생님이 물컵을 하나씩 들고 얘기를 나누는 동안 나는 물가에 발을 담그고 혼자 놀았다.

그리고 그 일을 학교 글짓기 시간에 썼다. 선생님이 사실적으로 재미있게 잘 썼다며 학생들 앞에서 읽어주셨다. 칭찬을 받은 기억이라 더욱 또렷한 것 같기도 한데 아버지와 나는 그런 식으로 한 바퀴 휘 돌고 오는 산책을 참 많이 했다.

아버지가 집에서 그림을 그리시면 벽에 걸기도 했고 쌓아 놓기도 해서 그림들을 자연스럽게 많이 봤다. 그러나 그림을 그리실 때는 방해하지 않도록 가족 모두 조심했다. 우리 가족의 불문율이었다. 그림을 새벽에 그리시니 아침까지 쭉 그리실 때를 빼고는 사실 그림 그리시는 걸 방해할 일도 많지 않았다.

아침에 진지 잡수시라고 들어갔을 때 그림을 그리고 계시면 조용히 문을 닫고 나왔는데 아버지는 우리가 들어온 것도 모를 때가 많았다. 그림을 다 그리시고 보여주셨다.

"아버지, 그림 너무 좋아요."

그러면 참 좋아하셨다.

그렇게 그림을 보여주시고 좋다는 말을 하는 사람이 사실 나밖에 없었다. 동생들은 어렸고 오빠는 그런 말을 하는 사람이 아니었으니까. 그래서 아버지는 나를 다른 사람에게 소개할 때 항상 "얘는 나는 신용하지 않아도 내 그림은 신용하는 애다."라고 하셨다. 그러면서 당신의 그림을 인정해주는 사람으로 나를 대하셨다. 아버지와 내가 특별한 관계의 유대와 친밀감을 가지는 또 하나의 이유이기도 했다.

아버지를 늘 측은하게 여기고 잘 대접해드리고 싶었지만 가끔 아버지 마음을 아프게 했다. 사춘기이기도 했고 아버지가 한창 술을 많이 드실 때라 속상하고 창피한 적도 있었다. 우리에게 술심부름을 시키진 않으셨고 명륜동 집 앞에 있는 포장마차 비슷한 '공주집'이라는 곳에서 제자들과 자주 드셨다.

그런데 그 동네가 빤해서 학교에서 돌아올 때 아버지가 길거리에서 술을 마시고 왔다 갔다 하고 계신 걸 본 적이 있었다. 얼른 골목으로 숨었다. 아버지를 보고 달려가서 인사를 하지도 못하겠고 같이 있는 친구들에게 우리 아버지라고 얘기할 수도 없었다. 당황스럽고 어쩔 줄 몰랐지만 그렇다고 숨는 건 잘못된 것이었다.

아버지가 눈이 예민하고 빠른 분이시라 그걸 보셨던 것이다.

"경수는 내가 창피해서 골목에 숨더라."

조용하게 밤에 말씀하셨다. 아버지께 죄송해서 얼굴이 붉게 달아올랐다. 그러고 나서 '그때 내가 왜 그랬을까?' 하는 후회와 상처가 끝까지 가시질 않았다. 아버지가 왜 그러시는지 마음을 잘 살피고 매일 아버지 편을 들다가도 가끔 이런 일들을 할 때면 스스로도 당혹스럽고 민망했다.

대낮에 아버지가 술을 드시고 다니는 것이 창피해서 숨은 건 나만이 아니라 다른 동생들도 그랬다. 나만 그런 게 아니라 우리 모두 그랬으니 그걸 아버지가 모르실 리 없다. 자식들이 그러는 걸 알고 얼마나 슬프셨을까. 막냇동생은 친구가 아버지를 볼까봐 명륜동 길로 들어서면 아예 친구하고 오지 않고 친구도 집에 데리고 오지 않았다.

어느 여름날에도 아버지를 가슴 아프게 한 것 같아 늘 생각난다. 아버지는 나에게 수박화채를 한 그릇 만들어주셨다. 나에게 화채를 주시고 난 다음에 당신은 화채에 술을 넣으면 맛있을 거라는 생각이 떠오르셨나보다.

"어디 술이 있으면 좀 넣을까?"

내가 깜짝 놀랐더니 아버지도 덩달아 놀라던 모습이 지금까지 잊히질 않는다.

언제 어느 장면을 떠올려도 아버지는 참 섬세하고 자상하고 소탈했다. 예전에 남자 어른들은 화채를 만든다든지 자식 밥을 차려주거나 하는 일은 아녀자의 일이라고 절대 하지 않았는데 아버지는 그런 편견이나 경계가 없었다.

시대나 사회가 만든 경계를 따라가면 자유인이 아니다. 아버지는 가장 부드러운 자유인이셨다. 그런데 아버지를 오해하는 사람들이 많이 있었다. 그림만 그리시고 그림을 그리시지 않을 때는 술밖에 모르지 않았냐고 하는데 아버지는 당신의 감정과 사물에 예민한 만큼 가족 한 사람 한 사람의 기분이나 마음을 예민하게 들여다보시고 온화하고 다정다감하게 대하셨다.

혜화국민학교 때 절친하게 지낸 친구와 중학교 다닐 때도 계속 붙어 다녔다. 그 친구 아버지가 명동에 있는 회사 사장님이어서 아주 부잣집에 그랜드 피아노가 있었고 일본에서 사온 공주 같은 원피스를 입고 다녔다. 그 친구의 오빠가 미국으로 유학을 가서 시어스백화점의 카탈로그를 보내주었다. 온통 컬러로 인쇄된 낯설고 새로운 물건들을 친구의 집에서 함께 보고 이야기하고 그 친구의 인형을 가지고 노는 게 제일 즐거웠다.

내가 거의 매일 그 집에 놀러가니까 하루는 어머니와 아버지가 왜 그렇게 자주 그 집에 가냐고 묻기도 했다. 나는 아무 생각 없이 인형놀이를 하러 간다고 얘기를 했다.

"아버지, 나 친구 집에 인형놀이 하러 갔다 왔어요."

그랬더니 아버지가 "그게 그렇게 좋으냐?"라고만 하셨다.

어느 날 아버지께서 그 얘기를 들은 것이 생각이 나셨는지 돈이 생겼을 때 내게 같이 미도파백화점에 가자고 하시더니 가장 예쁜 인형을 고르라고 하셨다. 어렵게 살고 당신이 잘 잡수시지는 못해도 내가 좋아했던 것을 기억하고 있다가 사주신 것이다. 나는 인형 그 자체가 예쁘고 좋기도 했지만 아버지의 따스한 애정을 더욱 깊이 느꼈다.

아버지가 나만 편애하신 것은 당연히 아니었다. 다섯 명의 자식들이 골고루 아버지의 사랑을 느낄 수 있도록 해주셨다. 내가 인형을 선물받자 동생 희순이가 내 인형이 부러워서 어쩔 줄 몰랐다. 그 또래 여자아이들이 넋을 놓고 볼 만큼 그 인형이 눈부시게 아름답기는 했다. 그 애가 얼마나 갖고 싶었을까. 그래서 아버지가 내 동생에게도 인형을 하나 사주셨다.

내 인형은 옷을 입히고 벗기면서 갖고 놀 수 있었지만 동생의 인형은 아버지 취향으로 고른 석고 인형이었다. 갖고 노는 게 아니라 올려 두고 보는 것이었는데 내 인형보다 더 예뻤다. 나중에 일하는 아줌마가 먼지를 털다가 그 인형을 떨어뜨려 목이 부러졌을 때는 동생과 내가 서로 붙잡고 통곡하고 말았다.

아버지가 가족에게 경제적으로는 풍족하게 못 해줬지만 풍족하지 못하다고 느끼지 않게 당신 나름대로 신경을 써주셨다. 어린 여자아이들의 인형이나 작은 장난감이라고 사소하게 여기지 않으셨다. 우리 마음을 이해해주셨다. 그리고 당신이 가능한 한 그걸 해주기 위해 굉장히 노력하셨다.

오빠에게는 멋진 자전거를 사주셨고 막내 윤미가 유치원에 입학할 때도 나와 함께 미도파백화점에 가서 옷과 구두를 직접 고르셨다. 아마 내 동생이 제일 예쁜 옷을 입고 유치원 입학식에 갔을 것이다. 그리고 혜수가 초등학교에 입학할 때는 란도셀과 구두를 사주셨다. 조금 큰돈이 생겼을 때 윤미에게 바이올린을 사주시기도 했다. 이 바이올린은 아버지가 제자들에게 자랑을 하셔서 막내의 깽깽이는 모르는 제자가 없었다.

나는 내가 아버지와 가장 친밀하고 정이 깊은 것 같다고 생각하지만 내 동생들은 내가 아니라 자기가 아버지와 제일 친하다고 다들 얘기한다. 아버지는 골고루 잔정과 사랑을 나눠주셔서 자식들마다 자신이 아버지의 사랑을 가장 많이 받는다고 느끼게끔 해주셨다.

봉급을 받으면 어머니에게 가져다 드리지 않았지만 우리의 신발이나 옷을 하나씩 사주셨는데 가족에 대한 정이 깊은 걸 어머니도 아셨기 때문에 돈을 가져오시지 않아도 뭐라고 하지 않으셨다. 돈이 없으셔서 그랬지 돈만 생기면 가족들을 하나하나 챙기셨으니 아버지가 술을 먹고 주정을 부려도 밉기보다 가엾게 느낀 것이다.

어머니에게는 아버지가 서울대학교에서 첫 봉급을 받자마자 외출하자고 하시더니 1부짜리 다이아몬드가 박힌 백금 반지를 선물하셨다. 늘 마음에 담고 있었던 사랑의 표시였다.

가만히 생각해보면 참 묘하다. 역할이라는 것이 경험으로 배우고 따라하는 것이라는데 아버지는 할아버지께서 너무 일찍 돌아가셔서 이른바 아버지로 자식들을 어떻게 대할지 경험한 적이 없다. 내가 생각해도 아버지가 따스한 정을 느낄 그 누군가가 없었다. 큰아버지가 엄격하고 무서운 가장 역할을 했으니 어린 딸에게 세심하게 대하는 걸 본 적은 더더욱 없다.

당시에는 아버지와 딸이 함께 다정하게 다니거나 딸의 일에 관심을 가지는 아버지가 거의 없었다. 아버지가 가족을 소중하게 아꼈던 건 아버지의 깊은 성정이었다.

가족을 소중하게 여기셨던 것처럼 아버지는 다른 사람과 사물들에 대해서도 데면데면하게 보지 않으셨다. 아버지가 내게 하신 말씀이 있다.

"사람이건 물건이건 대충 보지 말고 친절하게 봐줘라."

"작은 것들을 친절하게 봐줘라."

당신은 이것이 몸에 배인 분이셨다. 그래서 나에게 이 말씀을 해주실 수 있었던 것이다. 아버지가 우리 가족을 소중하게 대했듯이, 가족을 보는 것처럼 다른 사람과 사물을 대했듯이, 나에게 아버지의 이 말씀이 소중하듯이, 나 역시 이렇게 사람들과 사물들을 바라봐야겠다는 결심을 다시 한 번 해본다.

우리 가족이 아버지와 여행을 자주 다닌 것은 아니지만 여름방학이면 함께 여행을 갔다. 가족 여행을 하는 동안 아버지는 술을 덜 드셨고 조용히 식구들을 보살펴주셨다. 변산반도로 간 가족 여행이 기억난다. 교통이 좋지 않은 시절이라 짐을 한 보따리씩 들고 버스를 타고 기차를 타고 다시 시외버스를 타야 했다. 버스가 편안하지 않고 고생스러웠을 것 같지만 오히려 당연하게 여기기도 했고 가족 여행에 조금은 들떠 있었는지도 모른다.

그런데 문제는 다른 데 있었다. 당시엔 투철한 반공 사상을 전 국민에게 주입하고 버스에서든 길에서든 수시로 검문과 검색을 했다. 시외에서는 더욱 많았다. 버스에 자주 경찰이 올라와 검문을 했는데 그때마다 아버지에게 신분증을 보자고 하면서 버스에서 내리라고 했다.

버스에 '간첩 신고'라고 붙은 포스터에 '수염이 많이 난 사람, 옷에 검불이 붙은 사람, 옷차림이 이상한 사람, 신발에 흙이 묻은 사람'은 간첩일 수 있다고 적혀 있었다.

경찰이 버스에 타서 아버지를 내리라고 하면 처음에는 아버지 혼자 내리셨지만 나중에는 우리 가족 모두가 버스에서 따라 내렸다.

"아니, 당신들은 말고 이 사람만 내려."

경찰이 말했다.

"우리 아버지예요."

우리 중 누군가가 다급하게 대꾸를 했다.

아버지도 화가 조금 나셨는지 왜 자꾸 나를 내려오라고 하느냐고 말했다. 우리는 아버지가 더 화가 나실까봐 아버지보다 먼저 나서서 우리는 가족이다, 왜 아버지를 내리라고 하느냐 등 얘기를 했다.

수염이 덥수룩하고 옷을 수수하게 입었다고 수상한 사람으로 보다니 어처구니가 없었다. 아버지는 고급 옷으로 차려입지는 않았지만 세련된 눈으로 보면 굉장한 멋쟁이시다. 옷을 참 멋스럽게 입으셨다. 안목이 그렇게 예민하신 분인데 왜 안 그랬겠는가.

여름마다 가족 여행을 가긴 했지만 아버지와 내가 가장 시간을 많이 보내고 추억이 깃든 일은 역시 산책이다. 아버지의 청소년기에는 수덕사가 있었고 나의 청소년기엔 창경궁이 있었다. 아버지는 참담한 식민지 상황을 겪어야 하는 가여운 청소년이었고 나는 가여운 아버지가 있는 청소년이었다. 그때는 나도 아버지가 다른 사람들과는 많이 다른 분이라는 걸 알아버린 때였다.

아버지와 자주 산책을 했던 건 아버지와 함께하는 것이 즐겁다는 이유도 있었지만 우리 아버지가 너무 고독하고 가엾다고 느껴 더 자주 아버지와 함께해야겠다는 생각도 있었다. 세상 사정을 알아가기 시작하면서 가장 먼저 든 생각이 우리 아버지가 얼마나 외롭고 힘드실까, 하는 것이었다. 가장은 경제적 능력을 가지고 가족을 먹여 살려야 한다는 뿌리 깊은 가부장적 사회에서 예술가라고 예외는 아니었다.

아버지는 1960년에 서울대학교를 그만두신 다음에는 정기적으로 수입이 들어오는 직업을 갖지 않으셨다. 하지만 우리 집은 줄줄이 한창 학비가 들어갈 때였다. 말일이면 등록금을 집에서 받아다 학교에 내야 했다. 우리 집에서는 학비와 돈에 관한 것을 아버지와 의논을 하는 게 아니라 어머니께 얘기를 했다.

어머니께 학비를 받아가는 우리를 아버지께서 어떤 마음으로 보셨을까. 한 번이라도 자식 학비를 대줘야 할 텐데, 하고 생각을 하지 않으셨을까. 집에 누군가 왔을 때도 당신이 용돈을 주지 못하고 대접하지 못해 미안한 마음이 드셨을 것이다.

아버지가 경제활동을 하지 않아 위축됐다는 생각을 했고 그럴수록 아버지께 마음이 많이 쓰였다. 그런 일로 티를 내거나 자책을 하신 것도 아닌데 나를 비롯해서 형제들 모두 아버지를 생각하면 불쌍하고 연민이 일었다. 그 감정은 사실 정확하게 표현할 수가 없다. 이유를 생각하기도 어렵다.

중학교 입학시험을 볼 때 아버지가 나를 학교에 데려가셨다. 우리 집은 어머니가 입학식이니 시험, 졸업식에 오실 수 없었다. 그렇지만 아버지도 내키지 않으셨으면 일일이 오지 않으셨을 것이다. 어머니들 틈에서 아버지 혼자 머쓱해하거나 아예 꺼릴 수도 있었고 굳이 따라오지 않아도 될 일이라고 여길 수 있었지만 아버지는 그러지 않았다. 시험이 끝나고도 아버지가 나를 데리러 오셨다.

중학교 입학시험을 보는 곳에 아버지가 오셨을 때 교정에서 경성제2고보의 동창인 김창억 선생님을 만나셨단다. 김창억 선생님은 그 학교 미술 선생님으로 계셨다. 아버지를 알아보고 딸이 시험을 보느냐고 묻고는 들어와서 따뜻한 차라도 한 잔 마시고 계시라고 했지만 아버지가 괜찮다면서 그냥 서 계셨나보다. 김창억 선생님이 아버지가 안 들어오시니까 나중에 다시 나갔더니 담배꽁초만 수북하게 쌓여 있고 아버지는 계시지 않았단다.

내가 중학교에 들어가자 아버지께서 그림물감을 선물로 사주고 싶으셔서 명동에 있는 화방에 데리고 가셨다. 아버지가 평소에 화구를 사시는 화방이라 학교 앞 문방구와는 비교도 되지 않는 멋지고 큰 것들이 많았다. 나에게 화구를 고르라고 하셔서 멋진 걸 골라 계산대로 가져갔다.

그런데 알고 보니 아버지는 그 화방에 외상값이 이미 너무 많은 상태였다. 내 화구도 외상을 해야 할 형편이었다. 내가 옆에 있으니까 말씀을 못하시고 우물쭈물 멈칫거리니까 화방 주인이 일부러 더 큰 소리로 이것도 외상이냐고 물었다. 아버지가 어쩔 줄 몰라 하시다 웃으시며 그렇게 하라고 말씀하셨다. 아버지께 미안한 마음이 들었다. 괜히 내가 따라 왔나, 그냥 아버지께 적당한 걸로 골라달라고 할 걸, 너무 크고 좋은 걸 샀나, 하면서 오는 길 내내 마음이 무거웠다.

아버지로서 다른 건 몰라도 화구는 당신이 사주겠다고 해서 갔는데 그것조차 외상으로 사야 했으니 아버지 마음은 어땠을까. 나라도 아버지를 조금 더 생각해야겠다는 마음이 왜 안 들었겠나. 아버지가 경제적인 문제로 조금이라도 자책하시지 않도록 나와 형제들 모두 마음을 썼다.

아버지를 가엾게 여기면서 행동이나 말에 조심했던 것은 우리 형제들뿐 아니라 어머니 역시 마찬가지였다. 돈을 넣어 둔 수납장을 열 때마다 소리가 들리지 않도록 조심했고 열쇠 소리라도 들릴까봐 열쇠를 손으로 뭉쳐서 들고 여셨다. 혹시 아버지가 그 소리를 듣고 어머니가 돈을 번다고 유세를 부린다고 생각이라도 할까봐 그러신 것이다. 가끔 어머니가 말씀하셨다.

"너희 아버지가 이상하게 구는 것도 아닌데 왜 너희들은 아버지를 그렇게 측은하게 여기는 거니?"

"너희 아버지가 술 드시고 괴롭힌 건 나인데 어째 너희들은 아버지가 외롭고 가엾다고 하니?"

그렇지만 아버지가 기가 죽거나 슬퍼하실까봐 마음을 쓴 건 어머니부터 우리 가족 모두 똑같았다. 아버지가 술을 드시고 주정 비슷하게 "내가 아버지로서 역할을 제대로 못하지?"하고 쓸쓸하게 한 마디 던지신 적이 있다. 그 말이 잊히질 않고 내 마음 속에 맴돌아 지금도 마음이 아리다.

아버지는 술을 드셨을 때와 드시지 않았을 때가 완전히 다른 분이었다. 술을 많이 드시고는 주정이 심할 때도 있으니까 화를 낼까 하다가도 참자, 화내지 말자, 참자, 하면서 넘어간 적이 많았다. 가족 모두 아버지의 술주정으로 가슴이 조마조마했다.

그러다가 가끔은 우리가 소리를 지르면서 그만 좀 하시라고 버럭 화를 낸 적도 있다. 오빠가 큰 소리를 지른 적도 있었지만 아버지의 술 뒤끝을 감당하는 것도 오빠였다. 술을 드시고 어딘가 쓰러져 계시면 오빠가 가서 모시고 왔다.

하지만 아버지의 유머는 웃음을 머금게 한다. 술에 취해 계셔서 미워하면서 잠을 잤는데 아침에 일어나보니 내 방문에 술을 오늘부터 안 먹겠다는 의미로 술병과 컵을 거꾸로 그린 그림을 붙여 놓고 나가셨다. 어느 날은 내가 다그치면서 술 좀 그만하시라고 하고 학교에 갔다 오니 내 방문 앞에 '술독에 빠진 아버지'를 시험지에 그려 놓고 나가셨다. 아직 진행 중이라는 얘기다.

그래도 우리는 가족이니까 잘 참고 익숙하기도 했지만 문제는 이웃 사람들이 시끄럽다고 항의를 할 때였다. 아버지가 그림을 그리실 때는 집안에만 계시니 이웃 사람들은 아버지가 얼마나 집중해서 일을 하는지 알 수 없고 그 사람들이 보는 아버지의 모습은

밖에서 대낮에 술에 취해서 왔다 갔다 하는 모습이 대부분이었다.

그러니 아버지를 폐인처럼 보거나 아무것도 안 하는 이상한 사람으로 바라봤다. 아버지를 우리 뜻대로 할 수가 없는데 이웃 사람들이 조용히 좀 하라고 항의하면 숨고 싶고 어찌할 바를 몰랐다.

하지만 나중에 파출소에서부터 거지까지 그 동네에서 아버지를 모르는 사람이 없었다. 명륜동이 대학가이기도 했지만 문인이나 지식인들이 많이 사는 곳이라 아버지에 대한 이해를 많이 해주었다. 그것이 우리가 명륜동에서 못 떠나는 이유이기도 했다.

아버지가 술이 깬 다음 날 낮은 목소리로 말했다.

"내가 너무 했지?"

"미안하다."

그렇게 쓸쓸하게 말씀하시는 걸 들으면 전날 화났던 건 하나도 생각이 안 나고 아버지가 너무 안됐고 불쌍했다. 우리는 모두 아버지 편이었고 아버지 편이 아닐 수 없었다. 이런 가족 분위기를 주위에서도 알고 있어서 지인들이 가족 분위기가 참 좋다고 했다.

아버지가 얼마나 고독하게 지내는지 가까이에서 본 우리는 아버지를 보살피고 싶은 마음이 들 수밖에 없었다. 하기야 가족이라고 해도 당신 자신의 고독과 고통을 온전하게 이해할 수는 없다.

아버지에 대한 연민이 깊어진 데에는 한두 가지 상황이 더 있었다. 하나는 외갓집에 대한 것이고 다른 하나는 아버지 작업의 특성이다. 외갓집은 할아버지부터 삼촌들과 나의 사촌들까지 줄줄이 역사학계와 의학계, 이학 분야를 휩쓰는 박사에 교수들이 수두룩

한 집안이었다. 이른바 학자 집안으로 잘 나가는 외갓집 얘기를 아버지가 안 들을 수는 없었다. 혹시라도 아버지가 당신과 비교를 할까봐 걱정이었고 더욱 신경을 썼다.

그리고 또 하나는 아버지가 홀로 계실 때 견뎌야 할 고독과 절망이었다. 그 생각을 하면 아버지를 우리가 지켜드리고 싶다는 마음이 절로 들었다. 그림을 열정적으로 그린다 해도 하루 종일 그림만 그릴 수는 없다. 매일 그릴 수 있는 것도 아니다.

새벽에 그림을 시작하셔서 아침까지 쭉 그리실 때야 살짝 아버지가 작업하는 걸 보지만 새벽에 오롯이 당신 자신과 화면만이 남아 대면할 때가 많았다. 아침이면 우리는 학교로, 어머니는 일하러 나가시고 이웃 사람들도 모두 일터에 간 후 적막함 속에 아버지 혼자 우두커니 앉아 계셨다.

4·19혁명이 일어난 1960년에는 우리 가족에게도 많은 변화가 있었다. 아버지가 계시던 서울대학교에서는 학장의 사임을 요구하며 학생들이 시위를 했다. 아버지는 성격상 그런 일에 관심을 보이거나 참여하지 않았다. 그저 학생들이 시위를 하다가 술 마시고 싶으면 우리 집으로 몰려왔을 뿐이다.

그런데 어떤 사람들이 그걸 아버지가 시위를 주동하는 것으로 본 모양이다. 이런 오해를 사면서 자리를 보전하지 않는 분이시다. 박물관에 근무하실 때와 마찬가지로 아버지께서 학교를 그만두셨고 그해 나는 고등학생이 되었다.

아버지는 마음에서 마음으로 느낄 수 있는 다정한 추억들을 많이 만들어주셨다.

"경수야, 저기 같이 나가자."

그래서 화신백화점 뒷골목에 있는 중국집에서 오향장육을 시켜서 아버지는 배갈을 드시고 나는 물만두를 시켜 함께 먹었다. 아버지랑 둘이 맛있는 것을 먹고 들어와서는 기분이 좋아서 동생한테 자랑하고 싶었지만 혼자 가서 먹고 온 게 미안해서 말하지 않고 참느라고 애를 먹었다.

하지만 종로에 핫케이크 집이 생겨 아버지가 맛있는 거 사준다고 해서 종로까지 가서 먹었을 때는 참지 못하고 결국 동생에게 실컷 자랑을 했던 것 같다. 핫케이크에 계란을 하나 올려주고 포크와 나이프로 잘라 먹었는데 색다르고 특별한 느낌이 양식을 먹는 것 같아서 하나하나 동생에게 얘기해주고 싶었다. 사실 나만 아버지가 데리고 가신 건 동생들이 어리고 둘을 데리고 가기에는 힘들었기 때문이었다.

동생들이 조금 컸을 때 아버지가 자기들도 오향장육을 먹은 중국집에 데리고 갔었다고 내게 자랑했다. 동생들이 나에게 아버지와의 오붓한 데이트를 자랑하고 싶어 했던 그 마음이 뭔지 잘 알 것 같다.

아버지는 조금이라도 돈의 여유가 있으면 시청 앞 덕수궁 골목길에서 호떡이나 만두를 사주시기도 했고 메밀국수나 우동을 같이 먹기도 했다. 다음날 친구들과 그 앞을 지날 때 아버지와 전날 여기에 와서 먹었다고 하면 친구들이 참 부러워했다. 나의 즐거움이

기도 했고 아버지의 작은 즐거움이기도 했다.

그리고 그해 어느 날 아버지가 우리 집을 양옥으로 지어야겠다며 설계도를 그리셨다. 지붕의 기울기는 어떻게 하고 재료는 무엇을 쓰고 창문의 크기는 어느 정도인지에서부터 문고리를 하나 살 때도 동대문시장에서 청계천까지 여러 번 들러서 고르셨다. 어디 앞에 창을 만들고 나중에 꽃을 키우시겠다는 등 아버지의 성격대로 치밀하고 꼼꼼하게 준비하셨다.

아버지는 당신이 지은 그 집을 작품으로 생각하셨다. 당신이 그림을 그려 작품을 만드실 때처럼 지극정성을 들이셨다. 한동안 그집의 설계에 재미를 들이셨던 것 같다.

아버지가 설계해서 1960년에 완공한 명륜동 집

일층에는 안방과 부엌과 식당이 있었고 이층으로 올라가는 층계 벽면에는 그림들이 걸려 있었고 이층에는 아버지의 화실과 침실, 우리의 방 두 개가 있었다. 이층의 나와 동생이 같이 쓰는 방에는 이층침대가 있어서 동생과 수다를 떨다가 잠드는 재미가 있었다. 그리고 그 당시에 별로 없던 수세식 화장실에 목욕탕이 있었고 냉장고도 있었다. 내 방과 오빠 방의 맞은편이 아버지의 화실이었다.

우리는 아버지가 그림 그리는 것을 방해하면 안 되고 방해하고 싶지 않다는 의식을 확실하게 가지고 있었다. 좋은 기억들이 많은 집이기도 하고 여기저기 옮기지 않고 시집가기 전까지 오래 살았던 집이라 나에게는 고향과 같은 집으로 남아 있다. 여러 의미로 그 집을 좋아할 수밖에 없었다.

다음 해에 아버지가 경성제2보통학교를 나온 화가들과 '2·9동인전'을 하셨을 때 아버지의 전시회가 열린 중앙도서관이 내가 다니던 고등학교에서 가까워 친구 두 명과 함께 갔다. 친구들이 "너희 아버지 굉장히 젊고 멋지다."라고 얘기해서 으쓱했던 게 기억난다. 아버지가 체격이 좋으시고 양복을 입고 계셔서 누가 봐도 멋져 보였다. 평소에도 내가 촌스러운 편이었지 아버지는 감각이 좋으셔서 양복을 입지 않아도 멋쟁이였다. 친구들이 아버지가 젊다고 했던 건 그 멋스러움에 덧붙여진 분위기였거나 내가 큰딸이라 그랬을 것 같다.

'2·9동인전'뿐 아니라 아버지의 전시회마다 갔다. 내가 대학교에 입학한 해 반도호텔에서 아버지의 개인전이 열렸을 때도 자랑스러운 마음으로 친구를 데리고 갔다. 전시회에 간다고 특별하게 작품 얘기를 해주시거나 반갑게 맞아주시는 건 아니었다. 아버지는 아무 말 없이 아주 어색해하셨다. 우리를 슬쩍 쳐다보고 웃으시고는 잘 가라는 정도만 말씀하셨다.

전시회에 있는 그림들에 대해 내가 특별히 감동을 하지는 않았다. 그도 그럴 것이 내게는 집에서 늘 보던 그림들이었으니까 말이다. 그래도 전시회라는 형식으로 아버지의 그림들을 누군가 보러 오고 아버지가 인정을 받고 그 그림들이 어두운 구석이 아니라 빛을 받으면서 있는 것이 멋지고 뿌듯했다.

그리고 어느덧 학년이 올라가면서 진로 선택을 할 시기가 되었다. 아버지는 전공에 대한 걱정을 하지 않을 만큼 화가로서의 길을 일찍부터 들어섰지만 나는 그렇지 않았다. 선택에 대한 고민이 많았다는 게 아니다. 사실 고민이 너무 없었다.

고등학교 시절 그림을 잘 그린다는 소리를 들었고 내 그림을 학교에 붙여 놓기도 해서 그냥 미술대학에 가는 거라고 생각하고 있었다. 그리고 학교에서 미술 시간에 그린 그림을 가지고 가서 아버지에게 보여드리면 잘 그렸다거나 좋다고 말씀하셔서 당연히 나는 미술반에 들어가 미술대학에 가는 줄 알고 있었다. 이과반과 문과반을 나눈다고 해서 아버지께 미술반에 가려 한다고 말씀드렸다.

"응?"

아버지는 그렇게만 말하셨다. 아버지가 세세하게 다 설명하지 않아도 목소리만 들어도 안다. 그 짧은 말 속에 많은 의미가 담겨 있었다. '화가가 될 것 같지는 않은데…', '네가 화가가 된다는 생각은 안했는데…'라는 뜻이 들어 있었다. 나는 하룻밤을 고민하고 미술반을 접고 이과반에 가기로 했다.

당시 여자 고등학생들은 이과반은 대부분 가정과나 약학과에 가고 문과는 영문과에 많이 갔다.

"아버지, 이화여대 가정대학이나 약대에 가려고요."

이번에도 아버지가 놀라는 모습으로 눈을 크게 뜨시고는 작은 목소리로 말씀하셨다.

"왜 가정대학이나 약대를 가니? 그래도 학문을 전공해야지."

아버지가 보시기에 약학과나 가정과는 학문을 연구하는 곳은 아니었던 것이다. 적어도 순수 학문은 아니었다.

그래서 나는 다시 마음을 바꿔 화학과에 가기로 했다. 외가 쪽이 할아버지만 빼고 모두 이학박사들이었고 나도 물리와 화학, 수학 과목을 좋아했다. 화학과로 진학하는 것이 이질적이거나 낯설지 않았다. 나는 아버지와 많은 시간을 보내며 중요한 의논도 아버지와 가장 많이 했다. 내가 존경하고 가깝고 친한 사이였기에 아버지의 작은 표현이나 반응은 나에게 가장 큰 영향을 끼쳤다.

6. 결혼, 가족도, 덕소

아버지는 서울의 번잡스러움을 견디기 어려웠다. 서울대학교를 그만둬도 제자들이 늘 집으로 찾아와 술을 많이 드셨고 서울은 점점 시끄러운 곳이 됐다. 명륜동 집 앞에 자동차 서비스 공장이 있어 매일 세차하는 소리며 기계 소리가 들렸다.

아버지는 귀가 어두우신 편인데 한편으로 소리에 굉장히 예민하셨다. 시끄럽다고 하시면서도 술을 안 드셨을 때는 참으셨지만 술을 잡수시면 당장 이층 창문을 열고 "시끄럽다! 조용히 해라!" 하며 고함을 치셨다. 그럴 때마다 우리는 방안에서 긴장한 채 꼼짝도 못하고 있었다.

나중에는 서비스 공장 사람들도 그러려니 하고 말았고 아버지가 나가서 술도 사주시고 하셔서 큰 문제가 일어나진 않았다. 공장 사람들도 아버지가 소리치면 그냥 넘어갈 정도의 내공이 쌓이기도 했다.

그런데 사람은 그렇게 쳐도 한밤중 짖는 개는 어쩔 수가 없었다. 세상도 흉흉하고 통행금지도 있을 때였는데 조용한 밤에 개가 컹컹 짖기라도 하면 시끄럽다고 냅다 소리를 지르셨다. 사실 우리는 아버지에게 방해가 될까봐 라디오를 켜지도 못하고 문을 여닫을 때도 소리가 나지 않도록 주의했다. 그러나 서울은 아버지가 작업하기에도 좋지 않았고 아버지 성정에도 맞지 않았다. 번잡한 도시를 떠나 조용하게 지내고 싶으셨다.

어머니가 동창 분과 덕소에 내려간 일이 있었다. 한강 가에 있는 과수원을 구경하시고는 좋은 인상을 받으셨다. 어머니의 동창 분이 덕소에 살고 계셔서 작은 땅이 있으면 소개해달라고 하셨다. 그리고

덕소 화실의 한옥

덕소에서 아버지와 어머니

얼마 후에 연락이 왔다. 마침 어머니에게 곗돈을 탄 게 있었다. 아버지와 어머니와 내가 함께 땅을 보러 갔다.

길을 가다가 멀리 저기라는 소리를 듣고 아버지는 그 자리에서 됐다라고 말씀하시고는 그냥 하라고 하셨다. 거기에 당장 집을 지으시겠단다. 서울이 아닌 다른 곳으로 멀리 도망가고 싶으셨던 것이다.

내가 처음 덕소에 갔을 때는 그곳이 약간 언덕에 아래쪽으로는

덕소에서 아버지와 어머니

평평하고 강이 넓게 있었다. 1963년 3월이었다. 아버지가 도면을 그리고 집을 짓기 시작하셨다. 아버지의 덕소 생활의 시작되었고 나는 이화여대 화학과에 입학해서 대학 생활을 시작했다.

　대학 입학 때는 아버지가 덕소에서 서울에 올라오셔서 양장점에서 옷을 해주시고 다른 때와 마찬가지로 나의 입학식에 참석하셨다. 가족의 일이라면 늘 당신이 할 수 있는 만큼 정성껏 듬뿍 해주려고 하셨다.

　아버지의 덕소에서의 생활은 참 고달팠다. 콘크리트로 열일곱 평짜리 작은 화실을 지었는데 전기가 들어오지 않아서 등잔을 켜고 석유난로 하나와 구공탄으로 지내셨다. 수도가 없는데 수세식으로 집을 지어서 주말마다 오빠가 내려가서 불평 한 마디 없이 지게로 산 밑의 우물에서 물을 길어다 목욕탕의 큰 통에 채워 넣었

가족사진, 1964

다. 냄비 하나와 접시 하나, 반합 하나로 생활을 시작하셨다.

사방에 이웃이라고는 한 집밖에 없고 도도한 한강에 바람과 나무와 아버지만 있었다. 지금 흔히 생각하는 전원생활이 아니라 유배생활에 가까웠다. 잠을 푹 주무시지도 않았고 식사를 제때 제대로 챙겨 드시는 것도 아니었다. 그림 생각을 하시다 막히면 술을 드시는 것밖에 없었다. 술을 먹는 것도 황송한데 안주까지 어떻게 먹겠냐고 하면서 술만 드셨다.

우리 식구들은 아버지가 외로울까봐 주말이면 번갈아 덕소에 내려갔다. 아버지와 다들 즐겁게 지내다가 올라올 버스 시간을 놓쳐 덕소역까지 걸어가 기차를 타고 오기도 했다. 또는 올라올 때 앉아서 가려고 종점인 덕소까지 갔다가 서울로 가는 버스를 타고 오기도 했다. 그러면 아버지는 그때까지 긴 시간을 기다리셨다가 우리 버스가 지날 때 잘 가라고 등을 흔들어주셨다.

덕소에 점점 그릇들도 늘고 침구도 조금 더 늘었다. 부엌 벽에 숟가락과 포크, 커피와 생선을 그리셨고 화실 벽에 소와 돼지와 닭

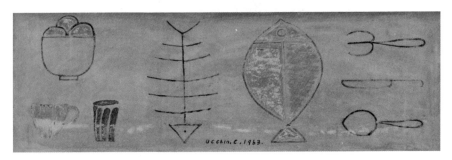

〈식탁〉, 회벽에 유채, 56×148, 1963

을 그리기도 하셨다. 아버지의 덕소 생활이 길어지면서 나는 가끔 친구들과도 갔고 나중에는 지도교수님도 한 번 모시고 갔다. 그럴 때면 아버지는 자리를 피해주셨다. 동네에 가서서 한 잔 하실 때도 있었고 너무 늦게까지 안 들어오셔서 걱정이 되어 알아보면 서울에 가신 적도 있었다.

아버지 혼자 자취 생활을 하셔서 걱정이 되어 내려가면 우리가 아버지 식사를 챙겨드리는 게 마땅했지만 사실은 그렇지도 못했다. "아버지 카레라이스가 제일 맛있어요." 하면 석유난로에 납작한 냄비를 놓고 카레 가루와 밀가루를 잘 볶아서 물을 살짝 부어 부드럽고 맛있는 카레를 만들어주셨다. 음식을 하실 때의 손 움직임이 섬세하고 예술적이었다. 예쁘게 만들기 어렵다는 밀전병도 곱게 부치셨고 커피도 정성껏 갈아 내려주셨다.

덕소에 내려갔을 때 아버지가 술 드시러 어딘가 가시거나 안 계실 때 냄비를 열어보았다. 밥을 삼분의 일로 곱게 잘라 한 덩어리만 드시고 나간 걸 보고 아침은 드시고 나가서서 다행이라고 생각하며 그 예쁜 밥 덩어리를 보고 웃음이 난 적도 있다.

하지만 아버지는 덕소에서 반찬 없이 밥만 드시거나 밥도 안 드시고 술만 계속 드실 때가 더 많았다. 그나마 그 외딴 곳에 아버지가 얼굴이 길다고 면장面長이라고 부르는 분이 이웃에 계셔서 가족 대신 아버지를 많이 보살펴주셔서 다행이었다.

아버지의 덕소 시절은 동생 희순을 떼놓고 얘기할 수 없다. 예고 1학년이었던 동생 희순은 2년 동안 덕소에서 통학을 하며 아버지를 보필했다. 덕소는 비포장도로에 멀어서 덕소에서 새벽 일찍부터 준비를 해야 시청 앞에 있는 예고에 갈 수 있었고, 하교 후에 덕소에는 늦은 저녁 무렵에야 도착할 수 있었다. 아버지는 덕소에서 통학을 하느라 흙이 묻은 희순이의 운동화를 빨아놓으시기도 했고 도시락을 싸주시기도 했다.

그러니 우리 형제 모두 가장 아버지를 사랑하는 자식이었고 가장 아버지와 친했다고 모두 다투어 말할 법하다. 당시 아버지 제자 분들이 예고에 많았는데 아버지의 안부를 희순이가 전해드렸다.

아버지께서 덕소에서 그림 그리시는 모습을 많이 보지는 못했다. 실제로 그 시기의 그림들이 거의 없다. 외국에서 여러 화풍과 사조들이 물밀 듯이 들어오고 있었다. 1960년대 아버지는 붓을 든 채 벌을 서는 듯한 심정이었을지 모른다.

"나는 누구냐, 너는 누구냐."

덕소에 가면 아버지는 이 말을 자주 하셨다. 당신에게 맞는 그림, 당신만이 그릴 수 있는 그림, 그려도 되고 안 그려도 되는 그림이 아니라 반드시 당신이 그려야 할 그림을 만나기 위해서 자문하고 자신 속으로 파고들어야 했다. 덕소 시절에 아버지는 그 질문을 입에 달고 사셨는데 그만큼 그림에 대한 고민이 깊었다. 아버지는 당신과 그림의 정체성을 더 깊이 있게 묻고 계셨다.

그 시기에 그린 그림은 몇 점 안 되는 한편 돌에 그림을 그려 집 앞에 두신 게 굉장히 인상에 남는다. 얼굴 모양을 그린 돌도 있었고 약간 추상적인 모양이 그려진 돌도 있었다. 그 돌들을 하나도

〈어부〉, 캔버스에 유채, 20.5×33.5, 1968

가져오지 않고 그 집에 그대로 다 둔 것이 원통할 지경이다.

나중에 아버지께 여쭌 적이 있다.

"옛날에는 돌멩이에도 그림을 그리셨는데 요즘은 돌에 통 안 그리시네요."

"그거야 그게 거기 있었으니까 그렸지."

아버지는 대수롭지 않게 말씀을 하셨다.

아버지가 살아 계실 때도 그 돌들이 안타깝긴 했다. 그래서 수안보에 계실 때 아버지가 돌멩이에 그림을 그리셨다는 걸 후손들이 알게 하나 그려달라고 했는데 별 걸 다 그려달라는 식으로 받아들이셨던 것 같아서 죄송했다.

어느 날 돌멩이에 그린 그림을 보여주시지도 않고 신문지에 싸놓으신 걸 내게 주셨다. 사실 나는 아버지에게 그림을 부탁하거나 요구를 해본 적이 없다. 그런데 흔쾌히 그리신 게 아니라 억지로 부탁을 드린 거라 집에 가져와서 보니 그림이 마르기도 전에 싸서 물감이 신문지에 묻어 있었다.

아버지가 싫어하시는데 괜히 부탁했다고 후회하면서 다시는 이런 부탁을 드리지 말아야겠다고 다짐을 했다. 그래도 그 돌 하나라도 있어서 아버지가 돌에 그림을 그리셨다는 걸 남길 수 있어 다행이라고 위안을 삼기도 한다.

나는 대학교 방학 동안 연구소에 가서 일한 걸로 발표를 한 적이 있다. 성균관대학교 주최의 학생 발표회였는데 아침부터 발표해야 한다고 긴장하고 요란을 좀 떨었다. 발표를 하고 오니까 대회에 나간다거나 상을 받는 것에 관심이 없으신 아버지가 "잘 했니?"라고 물으셨다. 기분 좋게 자랑을 했다.

"아버지, 나 1등 했어요."

그리고 트로피도 받았는데 트로피는 학교에 줘야 하는 거라고 했더니 그러면 트로피를 들고 당장 사진관에 가서 사진을 찍자고 하셨다. 나는 아버지가 나를 자랑스러워한다는 그 느낌이 더욱 즐겁고 기뻤다.

외가가 전부 이과 쪽이라 그런지 나는 대학교에서의 전공이 재미있었다. 문과 쪽보다는 이과 쪽 성향이다. 하지만 친구들에게는 농담조로 나는 아버지의 예술적 감수성과 어머니의 이성이 다 있으니 내가 가장 완벽하다고 농담 삼아 얘기를 했다. 나는 자연스럽게 대학원에 진학을 했고 조교로 일을 했다. 당시 공릉동에 서울대학교 교양학부가 생겨 거기에 조교로 추천을 받아 이화여대가 아니라 서울대학교에서 조교 생활을 2년 정도 했다.

그러다보니 이른바 시집갈 나이가 넘었다. 후배들도 이제 조교를 그만두고 자기들한테 조교 자리를 넘기라는 말을 해댔다. 결혼에 대한 생각은 별로 없었지만 선을 한두 번 봤다. 여동생들이 자기들도 시집갈 나이가 됐는데 나 때문에 차례가 밀려서 시집을 못 간다고 괜히 툴툴거렸다. 그 원성과 스트레스에 선을 보기도 했고 소개를 받기도 했다.

내가 남자친구를 만나고 있으면 아버지께서 덕소로 데리고 와 보라고 하시거나 서울에서 만나보셨다. 내가 어떤 사람과 만나는

지 궁금하셨던 것이다. 만나고 난 다음에는 한 말씀씩 하셨다.

"걔는 나이에 비해 너무 늙은이 같다."

또 한 사람은 나와 같이 만나고 난 뒤에 내게 물어보셨다.

"경수야, 너는 그 사람이 좋아 보이니?"

이렇게 물어보신다는 건 무언가 아버지 마음에 들지 않는다는 것이다.

그림이든 사물이든 사람이든 안목이 보통 예민하신 분이 아니지 않은가. 한 마디만 들어도 아버지가 그 사람의 어떤 부분이 마음에 안 드셨는지 알 것 같았다. 아버지는 명쾌하고 담백하지 않은 걸 싫어하셨다. '척'하거나 '체'하는 걸 못마땅하게 여기셨다. 오죽하면 "겸손보다 자만이 낫다."고까지 말씀하셨겠는가. 좋게 말해서 유연성 있게 사회생활 잘하는 유형을 좋아하지 않으셨다.

한번은 선을 본 사람이 덕소에 연어를 사들고 아버지를 찾아갔나보다.

"생선을 사가지고 와서 날더러 어떻게 하라는 거냐?"

그때도 아버지의 마음을 금방 알아챌 수 있었다. 그다지 내키지 않으신 것이다. 아끼는 딸을 아무한테 시집보내고 싶지 않으셔서 더 까다롭고 날카롭게 사람을 보셨다.

그래도 내가 별로 결혼할 생각이 없다는 말을 했을 때 아버지께서 하신 조언이 생각난다.

"결혼이 다른 게 아니라 평생 네 편이 될 친구가 하나 생기는 거야. 평생 네 편이 될 친구. 신중하게 생각해서 친구로서 별 하자가 없으면 혼자인 것보다 나으니까 결혼을 하는 거다."

그 말씀에 결혼에 대해 조금은 가벼워졌고 다른 시각을 갖게 되었다. 내가 결혼에 대해 다급하게 여기지 않고 꾸물거리니까 학교 사람들이 먼저 발 벗고 나섰다.

나는 이과 대학 건물에서 근무했는데 문과 대학 건물에도 나처럼 결혼을 안 해서 동료들의 애를 태우는 노총각이 하나 있었나보다. 문과 대학에서 전임강사가 된지 얼마 안 된 사람이었다. 건물은 달랐지만 같은 직장 사람인 것이다. 이른바 사내 연애에 대해 나는 부정적이었다. 일하는 곳에서 연애나 결혼 상대를 만나는 것도 좋아 보이지 않았다.

아버지가 서울에 나오셨을 때 잠깐 그 사람을 보셨다. 보통 여자친구의 아버지를 만난다면 다들 정장에 말쑥하게 입고 나갈 것이다. 이 사람도 나름 깨끗하게 하고 나갔겠지만 아버지가 "그냥 수더분하고 깔끔을 떨지 않아서 낫더라."라고 말하셨다. 별로 그 사람에 대해서 싫은 말씀을 안 하셔서 아버지가 괜찮게 보셨다고 느꼈다. 아버지가 정확하게 봐서인지 아니면 아버지의 말 때문이었는지 그 사람과 자주 만나다가 결혼을 결정했다.

평생 내 편이 되어줄 친구를 찾는 거라고 말씀하셨지만 막상 내가 시집을 간다니까 아버지가 무척 섭섭하셨던 것 같다. 아버지가 매일 술을 잡수시고는 "경수를 어떻게 시집보내지? 경수를 어떻게 시집보내지?" 하면서 서운함을 술주정으로 토로하셨다. 내가 결혼하기 전까지 일부러 서울에 많이 와 계시기도 했다. 아버지의 그

애틋한 마음에 눈물이 나올 지경이었다.

나는 약혼식과 결혼식 등 의례들을 준비하느라 바빴다. 아버지도 나의 결혼 일정을 보시고는 치과에 다니셨다. 치아가 좋지 않으셨는데 내 약혼식 전에 틀니를 끼우시겠다고 치과에 다니면서 발치를 몇 개 하셨다. 신부 아버지로서의 준비를 당신 나름대로 하시고 싶으셨던 것이다. 순순히 그렇게 일이 끝나면 좋은데 나를 비롯해서 자식들의 결혼식마다 아버지는 인상적인 사건들을 연출하셨다.

발치 후에는 당연히 술을 드시면 안 되는데 아버지가 술을 잡수셔서 얼굴이 퉁퉁 부으셨다. 그러니 틀니를 끼우기까지 시간이 더 걸렸고 결국 약혼식에 치아를 다 뺀 상태로 오실 수밖에 없었다. 치아가 없으니 나이 많은 노인으로 보였나보다.

"신부가 장녀라는데 어째 아버지가 굉장히 늙어 보이네."

시댁 어르신들이 숙덕거렸다. 그런데 결혼식 날엔 양복을 멋있게 입으시고 부기가 가라앉고 치아도 다 해서 이번엔 "신부 아버지가 왜 이렇게 젊어지셨지?"라고 다들 말했다.

결혼을 하면서 나는 아버지와의 추억과 애정이 가득한 명륜동 이층집을 떠나 남가좌동에 신혼살림을 차렸다. 1972년이었다. 노처녀 언니 때문에 밀려서 결혼을 못한다고 원성을 쏟아내던 동생들은 몇 년 뒤에 약혼과 결혼을 했다.

동생의 약혼식도 나의 약혼식에 못지않은 일이 있었다. 이번에는 아버지가 만취 상태셨다. 사돈댁을 처음 뵙는 자리니까 차라리 안 가시는 게 낫겠다고 했지만 아버지가 안 계신 줄 알면 어떻게 하냐는 의견도 있어서 술에 취한 상태로 참석하셨다. 하지만 나는 그 자리가 불편하고 짜증이 나서 아버지께 화를 내고 말았다. 아버지가 어떤 분인지 잘 알고 왜 술을 드시는지도 알고 그걸 우리가 가장 잘 받아들여야 하지만 그럴 때는 화가 나서 잔소리가 입 밖에 나오고 만다.

다행히 동생의 약혼식에서의 일은 결혼식에서 만회했다. 양복을 잘 차려 입으시고 꽃을 달고 가셨다.

"장욱진 선생님에게 저런 면이 있었어?"

다들 놀라며 쳐다보았다.

아버지의 그림이라면 절대적으로 좋아하고 아버지와 가까웠기 때문에 명륜동 내 방은 아버지의 그림으로 가득했다. "아버지, 이 그림 내 거예요." 하고 가져다 걸거나 옆에 놓아서 아침에 눈을 뜨면 온통 아버지의 그림들이 나를 둘러싸고 있었다. 그 속에서 일어나는 게 늘 즐겁고 행복했다. 결혼을 하면서도 마찬가지였다.

"이 그림들 다 가져갈 거예요."

"그래, 너 가져라."

그런데 신혼여행이 끝나고 아버지가 꾸며주신 남가좌동 집에 돌아오니 그림이 걸려 있기는 한데 내가 가지고 있던 그림이 모두 걸려 있지는 않았다. 아버지의 그림을 내가 얼마나 좋아하는데 그리고 아버지가 결혼 선물로 특별히 그려주시기도 해서 아버지의 그림이 가장 소중한 나의 혼수였는데 얼마나 섭섭했는지 모른다. 내가 예상했던 그림들의 반밖에 남가좌동 집에 걸려 있지 않았다.

"아버지, 왜 그림을 다 가져오지 않으셨어요?"

나는 단박에 여쭸다. 아버지는 언제나처럼 평온하고 아무 일도 아니라는 듯 말씀하셨다.

"벽도 좁고 집도 좁은데 그걸 어떻게 다 거니?"

그러나 속상한 마음이 풀리질 않았다. 그래서 괜히 남편에게 집이 너무 조그마해서 아버지 그림을 조금밖에 못 가져왔다고 투덜거렸다.

결혼하고 용두동에 있는 서울사대에 실험 조교로 일을 했다. 종로쯤에 가면 내 동네에 온 것 같아 명륜동 집에 꼭 들러보고는 했다. 결혼을 한 후에도 명륜동 집이나 아버지와의 유대가 이어졌다. 떨어져 있으면 아버지의 그림들과 대화를 나누면서 아버지를 마음에 떠올렸다. 이건 나만이 아니라 아버지도 마찬가지였다.

"나는 누구보다도 나의 가족을 사랑한다. 그 사랑이 다만 그림을 통해서 서로 이해된다는 사실이 다를 뿐이다."

아버지는 말로만 하신 게 아니다.

결혼을 하고 첫 아이를 낳을 때였다. 병원에서 주사를 맞고 잠들었다가 눈을 떠보니 바로 앞에 아버지가 계셨다. 눈을 뜬 나를 보시고는 "경수야, 수고했다, 수고했다." 하며 내 손을 붙잡고 쓰다듬어주셨다. 보통은 남편들이 아내의 손을 붙잡고 제일 앞에 있다가 수고했다는 말을 하는 것 같은데 나는 아버지가 그러셨다.

그리고 아버지는 곧바로 "경수야, 힘들었지? 이제 그만 낳아라."라고 말씀하셔서 멀찌감치 뒤에 있던 당사자인 남편은 조금 불편했을지도 모른다. 아내가 깨어나길 침대 제일 앞에서 기다리면서 첫 아이를 낳자마자 당장 장인어른이 가족계획까지 세우셨으니 말이다.

〈부엌〉, 캔버스에 유채, 22×27, 1973

하지만 나는 속정 깊고 잔정 많은 우리 아버지다운 행동이라고 느꼈고 아버지와 애틋한 관계여서 나온 말이었다고 생각했다. 그리고 아버지가 천식으로 자주 병원에 입원했을 때는 내가 주로 병원에 있으려고 했다. 성격상 내가 상냥하거나 소소한 것까지 챙기지는 못해도 나를 편하게 생각하셨고 나 역시 그랬다.

아버지가 덕소 화실에서 1963년부터 1975년까지 지내셨으니 꽤 오랜 시간이다. 그동안 나는 대학교에서 대학원으로, 조교 생활에서 결혼 생활로 변화가 많았고, 아버지와 우리 집안도 많은 일들이 있었다.

아버지는 1964년에 이대원 선생님이 반도호텔에서 시작한 반도화랑에서 전시회를 열었다. 1974년 공간사랑에서 개인전도 있었고 국립현대미술관에서 주최하는 두 번의 전시회에 작품을 내시고 1973년에는 '앙가주망전'에도 참여하셨다.

덕소 집도 변화가 있었다. 처음에 지은 열일곱 평짜리 콘크리트 집 옆에 한 칸짜리 한옥을 새로 지었다. 주말이면 반찬을 들고 가시는 어머니의 공부방이기도 했다. 그 방에는 봉덕사 종 탁본과 외할아버지와 이희승 선생님의 붓글씨가 붙어 있었다.

겨울 한강 가의 추위는 여전하여 한겨울에는 서울에 올라오셔서 지내셨다. 1970년이 시작되고 있었다. 어머니는 언제나처럼 새벽에 일어나 불경을 읽으셨고 아버지는 옆에서 가만히 어머니를 지켜보고 계셨다. 그러다 갑자기 그림 그릴 게 생각났다며 덕소로 급하게 내려가셨다. 그때가 1월 3일이었으니 겨울 중에서도 가장 추울 때였다.

덕소 화실 한옥 방에서

아버지는 일주일 만에 어머니를 그린 〈진진묘眞眞妙〉를 들고 다시 올라오셨다. 불을 때도 추운 덕소에서 제일 추울 때 불도 때지 않고 식사도 하지 않고 그림만 그리시다 올라오셨다.

덕소 화실 근처에서 아버지를 돌봐주시던 면장面長님이 걱정이 되어 살짝 봤더니 그림을 지운 신문지만 방에 가득하고 아버지가 너무 그림에만 몰두하고 계셔서 식사를 하시라는 말씀을 드릴 엄두가 나지 않았다고 한다. 냉골에 식음을 전폐하신 채로 그림만 그리신 것이다. 몸이 온전할 리 없었다.

명륜동 집에 들어오자마자 어머니께 '좋은 그림'이라고 말씀하시고는 그대로 쓰러지셔서 오래 앓으셨다. 아버지가 워낙 편찮으셔서 2월 20일로 예정된 다음 달의 오빠의 결혼식을 연기해야 할지 고민할 정도였다. 이런 상황을 그림 탓으로 돌리고 싶으셨는지 어머니는 그 그림을 더 이상 집에 두지 말아야겠다는 생각도 하셨다.

그 당시 동성고등학교 선생님이었던 분이 매일 출근 전에 어머니의 책방에 모닝커피를 보내고 아버지의 그림을 너무 좋아한다고 해서 그분에게 〈진진묘〉를 드렸다. 그분은 월급봉투를 놓고 가셨다.

아버지는 그 그림을 판 것을 참 안타까워하셨다. 하지만 한편으로 어머니가 어떤 마음이었는지도 알 것 같다. 아버지가 처음 그리신 어머니의 초상인데 그걸 그리자마자 심하게 앓으셨으니 말이다.

'진진묘'는 어머니의 법명이다. 어머니가 네 살 때 명주 목도리를 메고 외할아버지, 외할머니와 함께 금강산 석왕사에 갔을 때의 모습과 너무 닮아 놀랐다는 말을 어머니에게 들었다.

그때의 모습이나 상황을 아버지에게 말씀하신 적이 없으셨다. 아버지가 어머니를 보고 떠올려 어머니의 법명을 딴 제목으로 그린 어머니의 초상이지만 당시 어머니의 모습과 닮은 건 아니었다. 아버지께서 보신 어머니의 내면과 정신의 모습이 바로 〈진진묘〉였다.

간결한 선과 담백한 색으로 그려져 있는데 그래서 더욱 순도 높은 경건과 순수, 선정의 고요를 느낄 수 있다. 아버지가 자주 말씀하신 '심플'은 그저 단순·순진·순수를 뜻하는 것이 아니었을 것이다. 나는 그 심플을 〈진진묘〉에서 느낀다. 그리고 〈진진묘〉인 우리 어머니에게서 느낀다.

자식이 여럿 있으면 유독 아버지와 친한 자식이 있고 어머니와 친한 자식이 있다. 나는 평생 아버지 편이었고 아버지가 외로워 보

〈진진묘〉, 캔버스에 유채, 33×24, 1970

이고 가여웠다. 아버지와 같이 있었던 시간도 많았고 성격이 잘 맞았다. 아버지 얘기도 잘 알아들었고 말씀마다 그렇게 재미있었다. 다른 사람들은 아버지의 유머를 잘 알아듣지 못했지만 "아버지 너무 위트 있고 재밌어요."라고 맞장구를 쳤다.

나는 아버지를 많이 이해하고 죽이 잘 맞았다고 생각한다. 아버지도 그걸 잘 아셔서 내가 아버지를 뵙고 가면 어머니에게 늘 "경수가 다녀가면 냉수 한 사발 마신 것처럼 속이 시원해." 하고 말씀하셨단다. 나와 아버지는 일일이 말하지 않고 표현하지 않아도 서로 알아듣고 알아서 말할 수 있었다.

나는 동생들이 사춘기가 되면서 아버지에 대해 잘 이해하지 못하거나 무서워하면 어떻게 하나 걱정을 했다. 바로 밑의 동생 희순은 아버지를 무척 좋아했다. 그리고 막내는 새침한 구석이 있는 아이였는데 어릴 때는 아버지를 무서워했지만 아버지에 대한 사랑이 지극했다. 그러다 아버지가 술주정을 하면 한 소리씩 해댔는데 막내라서 그런지 아버지도 그 동생이 뭐라고 하면 쩔쩔매셨고 다른 데 가시면 우리 막내 윤미가 귀엽다고 말씀을 많이 하셨단다.

아버지는 우리를 참 골고루 예뻐했는데 막내는 아버지와 지낼 시간이 많지 않아서 그 점이 참 안됐다. 혜수는 아버지가 술을 많이 드셔서 어머니가 고생하고 너무 불쌍하다고 자기라도 엄마 편을 들어야겠다며 항상 어머니 편에 섰다. 혜수는 지금도 백 세의 어머니를 아침저녁으로 찾아뵙는다. 효녀 중 효녀다.

내가 결혼을 하면서 내 살림에 신경을 쓰게 되니 우리 집안의 복잡한 일들을 조금씩 잊었다. 내 일로 바쁘다가 친정에 와보면 예전의 지난한 일들이 여전히 계속되고 있었다. 아버지의 술과 관련된 일이었다. 그 상황들을 보면서 어머니가 참 안됐다는 생각이 많이 들었다.

남편이 평생 술 때문에 문제를 일으키면 아내로서 견디는 것도 엄청난 고난과 고통이다. 어릴 때도 어머니가 힘드신 건 잘 알았지만 결혼을 하고 아내와 남편, 부부라는 새로운 관계를 알게 되면서 아버지를 남편으로 둔 아내로서의 어머니, 여자로서의 어머니가 다시 보였다. 강하고 이성적이고 담대한 분이셨지만 애처로웠다. 시집을 가면 친정어머니를 많이 이해하게 된다는데 나도 예외는 아니었다.

아버지에 대한 사랑과는 별개로 어머니에 대한 새로운 이해 방식이 생겼다. 아버지가 평범한 생활인이 아니셨으니 어머니도 일찌감치 보통 아녀자로서의 생활과는 거리가 먼 삶을 살아야 했다. 오로지 그림을 그리기 위해서 당신 생을 다 쓰는 분을 남편으로 두고 술도 많이 드셔서 그때마다 일이 많았다. 평생 가장으로서의 책임으로 줄줄이 다섯 명의 자식들을 공부시키고 산다는 건 대체 어떤 걸지 곰곰이 생각했다.

나와 동생들은 예술가가 아니라 생활인으로 충실한 남편과 살다보니 어느 날 왜 이렇게 일이 없냐고 어머니에게 얘기했을 정도로 아버지와 함께 사는 집에는 늘 긴장감이 있었다. 아버지와 술의 관계가 깊을수록 어쩔 수 없이 어머니도 술과 떼려고 해도 뗄 수 없는 관계가 되어버렸다.

하지만 나는 아버지에 대해 잘 알지 못하면서 우선 술 얘기부터

하는 것이 마땅치 않다. 아버지에 대해 깊이 이해하지 못하는 사람일수록 술 얘기가 많기도 하다. 당시에도 미술대학을 다닌 사람들은 아버지가 술만 먹는 사람이 아니라는 걸 알아 덜했지만 동숭동 문리대, 의대, 법대에 다닌 사람들이야 아버지가 술을 드시고 혜화동 근처에서 왔다 갔다 하는 것만 봤으니 편견이 심했다.

하기야 내 남편도 학교에 다니면서 학림다방에서 낮부터 취해 있는 저 사람이 누군가 이상하게 생각하며 본 적이 있다고 했다. 그분이 자신의 장인이 될 줄은 꿈에도 몰랐을 것이다.

아버지의 술 때문에 가족 중에서 가장 괴로운 것은 어머니였다. 아버지와 관련된 가장 큰 골칫거리가 술이었는데 그 뒤를 우리 어머니가 아니면 아무도 감당할 수 없었고 어머니가 가장 많이 감당해야 했으니까. 어머니는 종교의 힘으로 많이 참고 또 참는 공부를 일생 하셨다. 매번 아버지의 술주정에 뭐라고 하진 않았지만 도저히 안 되겠다 싶으면 한 마디 큰소리를 하셨다. 아버지도 어머니가 늘 인내하신 걸 아셔서 그럴 때면 꼼짝없이 조용해지셨다.

그리고 아버지가 "산다는 것은 소모하는 것", "죽는 날까지 그림을 위해 다 써버려야겠다."라고 말씀하셨는데 진짜 그대로 온몸과 마음을 다 그림에 바치는 동안 아버지의 생활과 가족의 생계를 모조리 짊어지고 가야 했던 사람이 우리 어머니였다. 그림에 대한 아버지의 투신만큼 어머니의 가장이자 아버지의 아내로서의 무게는 참으로 대단했다. 어머니가 아니었다면 아버지는 화가의 길을 가지 못했을 것이다.

3장

아버지와의 여행,
아버지로의 여행

7. 진진묘와 동양서림

어머니는 이李, 순舜자, 경卿자를 쓰신다. 1920년생이시니 아버지와는 세 살 차이다. 9월 3일 서울 계동에서 태어나셨다. 십 남매 중 셋째이고 첫딸이라 할아버지가 무척 예뻐하셨단다. 우리 외할아버지는 역사학자 이병도셨고 어머니의 형제들 중 박사에 교수가 아닌 사람은 어머니밖에 없다고 할 정도로 다들 학자의 길을 갔다.

어릴 때부터 활발하고 영리했다고 들었다. 외삼촌들은 조용하고 내성적인 선비 같았던 반면에 어머니는 명랑하고 자유롭고 쾌활하셨다고 한다. 아버지와 관련해서 어머니에 대해 쓴 글들을 보면 여장부, 여걸 같은 표현을 많이 한다. 가장으로서의 짐을 지고 가신 점에서도 그렇지만 성격적인 면에서도 맞는 말이다. 내가 뵌 어머니는 감성적이기보다는 이성적이고 논리적이시다. 그러면서 칼날 같은 면도 있다.

어머니는 경기여자고등학교의 전신인 경성여고보를 졸업하고 지금으로 말하면 서울사범대학교인 경성사범에 입학을 하셨다. 당시 밀려들기 시작한 서양식 교육을 가장 좋은 학교에 다니며 배우셨다.

똑똑하고 명석했지만 어머니 밑으로 동생들 일곱에 오빠가 둘이었다. 이미 큰외삼촌께서 일본 유학을 가서 공부를 계속할 의중을 내비치니 어머니까지 공부하기에는 외갓집 사정이 여의치 않았다. 누군가 공부를 그만하라고 해서가 아니라 당신이 여건을 보고 마음을 접으셨던 게 아니었을까. 그 시기부터 절에 다니면서 불교 공부를 열심히 하셨고 상명학교의 전신인 상명기예학교에 2년을 다니며 자수와 양재 등을 배워 조교 일을 몇 달 하셨다.

원래 외갓집은 용인에서 그 집 땅을 밟지 않고는 지나가지 못한다고 할 정도로 대단한 부잣집이었다. 그 집안의 막내인 우리 외할아버지께 큰댁에서 재산을 떼어주긴 했지만 평생 외할아버지는 재산을 늘리기보다 학자로 공부만 하면서 가난하게 사셨다.

공부를 하고 학회를 꾸리려 땅을 파시기도 하셨으니 재산이 늘기는커녕 연구를 하실수록 집안의 재산이 밖으로 나가는 형편이었다. 외할아버지께서는 돈은 모르고 글만 아는 선비셨다. 이모나 외삼촌들이 보고 자란 게 글과 공부하는 모습밖에 없어 모두 학자와 박사, 교수가 되었을 것이다.

외가 쪽 식구들을 만나면 우리 어머니가 어릴 때 영특하고 똑똑했는데 장사를 하신다고 안타까워했다. 외삼촌 말에 의하면 공부를 해도 분명히 잘 했을 테지만 어머니가 어릴 때도 학교에서 뭔가 배우면 곧장 그걸 만들어 팔아서 장사도 잘할 거라는 생각은 하셨단다. 물론 장사라고 해봤자 학교에서 배운 비누 만드는 법으로 팥비누를 만들거나 입욕제를 만들어 외삼촌들에게 파는 게 다였지만 말이다. 그래서 외삼촌들이 한강 물은 말라도 우리 어머니 주머니에 돈은 마르지 않을 거라는 농담도 했다.

여기에 어머니가 부산 피란 시절에 점을 본 얘기를 덧붙인다. 집 안에 장사를 해본 사람이 없어 두렵기는 했지만 뭐라도 팔지 않으면 굶어 죽을 게 뻔해서 신세 한탄하는 셈으로 점쟁이에게 장사를 해도 되겠냐고 물었다. 그러자 그 점쟁이가 깔고 앉았던 거적을 접더니 같이 장사를 하자고 졸랐다. 어머니 사주를 보니까 운이 굉장히 좋아 뭘 하든 자기랑 같이 하자는 것이다.

외삼촌들이 어머니가 어릴 때부터 사장님 기질이 있었다는 말을 하는 건 지금은 어쩔 수 없는 아쉬움을 달래기 위한 것이었다. 그럴 때면 나도 이모나 외삼촌들처럼 어머니가 계속 공부를 하셨으면 어떤 삶을 사셨을지 의미 없는 상상을 했다. 어머니가 고생을 할 때면 그 상상이 더더욱 떠오른 건 물론이다. 그랬다면 어머니는 다른 삶을 사셨을 건 분명하다. 그렇지만 어머니가 더 행복하셨을지는 잘 모르겠다.

지난번 어머니 생신 때 외가 쪽 친척들과 다 같이 모여 식사를 했다. 셋째 외삼촌과 이모, 이모부, 외숙모까지 다 오신 자리였는데 거기서 내가 짓궂은 질문을 했다.

"어머니가 결혼하실 때 반대하지 않았어요?"

어릴 때부터 참 이상하다고는 생각했다. 세속적으로 말해서 부잣집에 학식도 높은 집안의 큰딸이었고 어머니도 신식 교육을 받은 요조숙녀였는데 어떻게 화가인 아버지와 결혼하게 됐는지 궁금했다. 내가 어릴 때만 해도 예술가에 대한 존중이나 예우 같은 건 전혀 없었으니 말이다.

이모는 어려서 기억이 안 난다고 했다. 외삼촌 말씀으로는 할아버지께서 집안이 점잖고 그 자손도 점잖고 중간에서 소개를 주선한 이관구 선생님도 믿을 만하고 점잖은 분이라고 하시면서 허락을 하셨단다. 할아버지 말씀이라면 누구도 반대할 수 없었다.

우리 할아버지께서 점잖은 자손이라고 언급한 분이 큰아버지이니 그렇게 생각하실 만하다. 큰아버지와 큰외삼촌이 동기동창인데 두 분 다 학창 시절에 공부도 잘하고 성실하고 점잖았을 것 같다. 그리고 이관구 선생님도 당시에 유명한 지식인이었다. 그분의 성품도 외할아버지의 결정에 가산점이 되었을 것이다.

그런데 외할아버지와는 달리 외할머니께서는 결혼에 대한 현실적인 감각이 있으셨는지 걱정을 많이 하시며 결혼을 반대하셨다. 당시 아버지는 일본 유학생의 신분이었지만 그림을 그리며 살아가리라는 것은 이미 결정되어 있었다.

"예술가의 생활이 무척 가난하고 고달프다는데 괜찮겠니? 화가가 얼마나 힘들게 사는데…"

외삼촌의 기억으로는 어머니가 그런 가난쯤은 괜찮다고 대답했다는데 그런 대담한 말을 어머니가 하셨는지 아닌지 모르겠지만 어머니도 아버지가 싫지는 않았던 게 분명하다. 어머니는 학자 집안에서 커서 그림도 배고픈 공부 중 하나라고 생각했고 예술가라는 것에 대해 꺼려하지 않았다는 말씀은 하셨다. 게다가 우리 아버지가 훤칠하고 체격도 좋으시고 순한 성격이었으니 젊을 때 꽤 멋

있어 보였을 것이다.

어머니와 큰외삼촌이 함께 명동에 있는 청목당이라는 찻집에서 아버지를 만났다. 어머니는 당신 오빠를 보는 것처럼 친근한 느낌이었다고 하셨다. 두 분 다 서로 좋은 첫인상을 가졌던 것 같다. 그리고 다음에 만날 약속을 하고 들어오셨다.

그런데 외할머니가 두 분의 만남을 적극 반대하셔서 어머니가 약속에 나갈 수가 없었다. 맏딸이라 더 좋은 곳에 시집을 보내고 싶었고 점을 보면 어머니는 공부를 시키면 좋지만 시집을 가면 운다고 했다고 한다. 나도 자식을 둔 처지에서 할머니의 마음이 십분 이해가 간다. 물론 여기서 끝났다면 어머니와 아버지의 결혼은 이루어지지 않았을 것이다.

아버지를 만날 수는 없지만 신식 교육을 받고 예의 바르게 자란 어머니 생각에 아무 얘기 없이 약속에 나가지 않는 것은 도리가 아니었다. 아버지에게 편지를 썼다. 집안의 반대로 약속에 나가지 못했다고 말이다.

이 편지가 문제였다. 여자 쪽에서 편지를 보냈다는 것 자체가 사건이 될 만한 시대였다. 아버지가 편지를 받은 것을 보고 큰아버지가 친구인 외삼촌에게 전하고 외삼촌은 다시 외할아버지께 이 사실을 전했다. 그 편지를 연애편지로 여긴 것이다. 외할머니께서 반대를 심하게 했지만 결국 그 편지 때문에 결혼을 하게 됐다. 외할머니는 어머니를 시집보내고 난 다음에 많이 우셨다고 한다.

어머니와 아버지는 1941년 4월 12일 YMCA에서 신식으로 결혼을 올리셨다. 어머니 말씀으로는 결혼식 날 비가 참 많이 내렸다고 한다. 그리고 온양 온천으로 신혼여행을 가셨다. 어머니가 스물둘, 아버지가 스물다섯이었다. 아버지도 훤칠하지만 어머니도 늘씬하게 크신 편이다. 그래서 두 분이 막연하게 서울역 앞에서 만나자고 해도 금방 찾을 수 있었다고 한다.

"그런데 아버지가 그때도 고집이 셌어요?"

어머니께 물었다. 그러면 결혼하자마자부터 많이 힘드셨을 것이다. 하지만 신혼 초기에 아버지는 술도 잘 드시지 않았고 가끔 밖에서 술을 드시면 양치질을 하고 방에 들어오실 정도로 점잖으셨단다. 양복을 단정하고 깨끗하게 입고 다니셨고 흐트러진 모습이 거의 없었다고 들었다.

그림을 그리지 않을 때에는 방안에서 어머니와 함께 책을 읽으셨다. 아버지는 미술 서적을 읽고 어머니는 불경을 읽었다. 아버지가 그림을 그리실 때는 어머니에게 밑그림을 그려주면서 어머니에게 수를 놓으라고 하셨다. 방에서 조용히 사이좋게 같은 일을 하며 지내신 것이다. 그 후 오빠가 태어나고 내가 태어났다. 오빠는 유치원에 다녔다. 오붓하고 평화롭고 따스했다.

술도 모르고 조용하고 온화했던 아버지가 폭음을 하시고 많이 변한 건 잔인한 시대 때문이라고 어머니는 속상해하셨다. 아버지처럼 순수한 분일수록 상처가 많을 수밖에 없는 시대였다. 만약 아버지가 평온한 시대를 만났더라면 어땠을까. 그랬다면 아버지의 그림은 어땠을까.

부모님의 결혼식

부모님의 신혼 시절

내수동에서 장씨 집안이 모여 살 때였다. 어머니는 시어머니를 모시고 살아야 했지만 어머니와 할머니의 관계가 돈독하고 좋았다. 육촌들 말로는 어머니가 신여성에 늘씬하고 고와서 아버지와 어머니의 신혼 방을 흘긋거리면서 어머니를 보고 싶어 했단다. 나중에 우리 어머니 같은 아내를 얻겠다고 마음을 먹기도 하고 말이다. 젊은 조카들의 선망의 대상이 될 만큼 어머니가 예쁘셨다.

그래서 외가가 있던 성북동의 동네 사람들은 이렇게 예쁜 색시를 맞이하는 복덩이 신랑이 도대체 누군지 궁금할 수밖에 없었다. 아버지가 인사를 가는 날 구경하러 모여들었다. 어머니 같은 미인을 데려가는 사람이니 대단한 미남일 거라고 기대했던 모양이다. 그런데 아버지가 인물은 둘째 치고 얼굴이 조금 까무잡잡해서 동네 사람들이 실망을 했다는 얘기를 들었다.

인물 말이 나온 김에 덧붙이자면 나와 여동생들은 어머니의 미모를 빼닮았으면 좋았을 텐데 그렇지를 않았다. 외모는 엄마를 닮았으면 다들 미인 소리를 들었을 텐데 말이다. 이 점은 조금 속상하다. 외할머니가 우리가 어머니를 닮지 않아 한탄을 하셨다는 게 수긍이 간다.

젊은 시절의 어머니가 뛰어나게 예뻤다는 걸 말해주는 일화가 있다. 신혼 초에 아버지가 화신백화점 앞을 지나다가 커다란 사진이 붙어 있는 걸 봤는데 어디서 많이 본 얼굴 같아 다시 봤더니 어머니 사진이었다. 어머니가 미인이라 화신백화점 사진관에서 찍은 사진을 본인에게 물어보지도 않고 크게 확대해서 홍보용으로 썼던 것이다. 초상권이라든가 하는 단어조차 없던 시절이긴 했다. 아버지가 그걸 보고 그냥 지나칠 리 없었다. 당장 올라가서 사진을 내리라고 했단다.

할머니도 어머니를 많이 예뻐하셨다. 할머니가 딸이 없어서 그랬는지 목욕탕도 데리고 다니시면서 딸처럼 다정하게 대하셔서 어르신들이 며느리에게 흠뻑 빠졌다고 흉을 볼 정도였다. 할머니는 말년에 우리 집에서 십 년 정도 계시다가 돌아가셨는데 오랫동안 어머니가 할머니와 정이 많이 들어 할머니께서 돌아가시고는 슬픔에 몸이 오래 편찮으셨다.

할머니는 쭉 시골 넷째 작은아버지 댁에서 지내시다가 넷째 작은아버지가 취직을 하셔서 도시로 나가시게 되어 그다음에는 큰아버지 댁에 계셨다. 큰아버지 댁에 며느리가 들어오면서 며느리가 시할머니까지 모시는 건 힘들다고 하셨다. 할머니께서 우리 집으로 오셔서 돌아가실 때까지 함께 지내시게 된 것이다. 내가 보기에 어머니와 할머니의 관계는 좋았지만 오히려 아버지는 할머니를 냉정하게 대하시는 것 같았다.

언젠가 술을 드시고 할머니한테 주정을 하셔서 내가 중간에서 아버지에게 그러지 마시라고 소리치기도 했다. 할머니도 이 집에서 저 집으로 옮겨 다니시면서 몸도 힘들고 마음이 많이 불편하셨을 텐데 아버지가 대체 할머니에게 왜 저렇게 투정을 부리시는지 알 수 없었다.

어머니가 나를 데리고 가서 조용하게 말씀하셨다.

"아버지 그냥 내버려둬라. 돈도 잘 못 버는데 할머니가 큰집이 아니라 우리 집에 와 계신 게 미안해서 저러시는 거야."

나는 여러 집안 상황들을 조망하기에는 어린 나이였다. 아버지에게 그런 마음이 있으셨을지 모른다는 걸 자라면서 이해했다. 아버지에게 더욱 연민의 감정을 가졌다.

장남인 오빠 장정순은 아버지가 일본 유학을 하고 계실 때인 1942년에 태어났다. 그 뒤로 내가 태어났고 세 여동생인 희순은 1947년, 혜수는 1951년, 윤미는 1954년에 태어났다. 첫 아이인 오빠는 어머니와 아버지에게도 특별한 경험이었을 것이다. 오빠가 태어나 자라면서 달라지는 모습을 어머니는 어떻게든 일본에 계신 아버지께 보여주고 싶으셨을 것이다. 통신이나 영상을 보낼 수 있는 시대가 아니었다.

그래서 생각해내신 것이 오빠의 첫 손톱과 발톱을 조금 길러서 깎은 걸 넣은 편지였다. 아버지에게 어떤 식으로든 첫 아이가 잘 자라고 있다는 걸 보여주고 싶어 고심 끝에 짜낸 아이디어였다. 그런데 아버지는 편지 속에 뭔가 바삭바삭한 것이 들어 있어 봤더니 손톱이라 놀랐다고 하셨다.

피란 시절부터 어머니는 가계를 전부 책임져야 했다. 막내 외삼촌[11]이 명륜동 집에 아버지와 우리가 어둠 속에 쪼그리고 앉아 눈만 반짝이면서 굶어죽지 않고 겨우 연명하는 걸 보고는 우리 집안

---

11 이본녕: 하버드대학교 물리학 박사, 전前 사우스캐롤라이나주립대학교 교수.

경제의 심각성에 놀라고 화가 났다고 들었다. 예쁘고 똑똑했던 누나가 고생하는 것이 불쌍하고 안됐고 고생할 게 뻔한 예술가에게 시집을 보낸 외할머니와 외할아버지에게 서운했단다. 그러고 나서 현실적이고 실질적인 고민을 하셨다. 우리 가족이 먹고 살아가려면 뭐라도 해야 한다는 생각을 하셨을 것이다.

그렇지만 먹고 살 '뭐'가 대체 무엇인지 어머니도 막내 외삼촌도 고심할 수밖에 없었다. 당장 할 수 있는 건 장사일 텐데 그러면 무엇을 팔아야 할지도 고민하셨다. 아무것이나 손에 잡히는 대로 갖다 팔 수는 없지 않은가. 어머니는 음식 장사가 빨리 쉽게 할 수 있다고 했지만 고명한 학자 집안에 양갓집 규수로 자랐는데 음식을 파는 건 아니라고 외갓집에서 모두 반대했다.

장사를 해야 한다면 그래도 책을 파는 게 낫다고 했다. 외할아버지께서는 글과 책을 귀하게 여기셔서 신문지도 밟지 못하게 했으니 어머니에게 책은 친근하면서도 소중하고 일상적인 것이었다. 그리고 책을 파는 것은 사회에도 이익이 된다는 생각을 하셨다. 여러 의논과 회의 끝에 어머니께서 시작한 것이 혜화동 서점이다.

1953년이었다. 처음에는 주변 학생들 상대로 참고서와 영어 사전 같은 것을 팔았다는데 파는 것보다 잃어버리는 게 더 많았다. 그러다가 혜화동 로터리쯤에 자리가 좋은 곳을 빌려 1954년에 다시 시작하셨다.

'동양서림'이라는 이름은 외할아버지께서 지어주셨다. 막내 외삼촌이 서울대학교 문리대에 다니고 있어서 매일 학교 가는 길에

서점에 들러 그날의 매상을 확인하고 서점 일에 대해 얘기도 나누면서 적극적으로 도와주셨다.

어머니가 장사가 익숙하지 않아 책방 구석에 수줍게 가만히 앉아 있기라도 하면 그래서 어떻게 책을 팔겠냐며 서서 움직이고 손님이 없으면 어떤 책을 어디에 쌓고 어디에 꽂았는지 외우고 먼지라도 털라고 잔소리도 많이 하셨다. 교과서를 팔아보라는 조언도하고 교과서 회사에 가서 거래를 튼 것도 막내 외삼촌이었다.

동양서림 근처에는 다행히 학교들이 많았다. 대학만 해도 서울대학교와 성균관대학교가 있었고, 보성고등학교·경신고등학교·동성고등학교도 있었다. 교과서를 도매로 팔면서 서점의 이익이많아져 서점도 더 커졌다. 그때는 점원들이 혜화동 서점 이층에서먹고 잤으니까 어머니가 서점 분들 이불이며 아버지 화실 이불에기숙사에서 생활하는 동생 이불까지 합쳐 백 채는 충분히 만들었

동양서림

을 거라는 얘기를 하셨다.

아버지가 덕소에 계시면 주말에 덕소에 반찬을 싸들고 갔다 오셔야 했고 나머지 시간들은 서점 일로 바쁘셨다. 동숭동에 있던 외가의 일도 돌봤다. 두 집 살림 정도가 아니라 서너 집의 일을 돌보신 것이다. 우리 집의 식사와 서점 분들 식사는 일하시는 분이 해주셨고 나는 주로 동생들을 돌봤다. 이게 당시에 우리 집안이 돌아가는 모양새였다.

전쟁 직후라 밥을 주고 잘 곳만 있으면 일하겠다는 젊은 사람들이 많이 있어 서점 점원도 세 명이 있어서 나까지 서점에 나가서 도울 일은 없었다. 책이 무거워서 오빠는 조금 도와주기도 했다. 나는 일을 도와드리러 가지 않았다.

책을 마음껏 많이 볼 수 있는 것은 좋았다. 지금처럼 책이 흔하지 않고 아주 귀한 물건이었다. 새로운 책이 나오면 갖다 보고 다시 꽂아 놓으면 되니까 다른 친구들보다 만화책에서 문학 전집까지 다방면의 책을 일찍 접할 수 있었다. 동양서림은 어머니에게 참 많은 땀과 고된 노동을 바쳐야 했던 대상이었지만 책방 덕에 우리는 책을 많이 접할 수 있었다.

당시에는 여자가 나서서 장사를 하거나 바깥일을 보는 것이 자랑할 일이 아니었고 오히려 탐탁하지 않게 보는 시각들이 많았다. 우리도 친구들에게 어머니가 서점을 한다는 걸 얘기하지 않았다. 하지만 어머니는 얌전하고 예쁘고 일도 척척 잘해서 주변의 평판이 좋았다.

한편으로 집안 꾸릴 걱정만 하고 아버지의 술주정만 보고 있는 것보다는 서점에 나가서 다른 일에 집중할 수 있어 다행이라고 생각했다. 집에만 계시기엔 재능도 많고 성격도 활달하셨다. 집에 계셨다면 마음에 병이 더 심하지 않았을까. 이것 역시 어머니의 고생에 대해 자식이 죄송한 마음을 대신하려는 과거 미화나 방어일 수는 있다.

아버지가 덕소에 계시다가 갑갑하고 외롭거나 가족이 보고 싶으시면 술을 드시고 동양서림으로 오셨다. 술을 드셨을 때만 올라오셨으니 그때마다 어머니가 고생을 하셨다. 나중에는 멀리서 술에 취해 슬리퍼를 끌고 오는 아버지 모습이 보이면 점원에게 아예 셔터를 내리라고 했다.

책을 보고 있는 사람에게 시비를 걸거나 무안한 일이 일어날 수도 있어 문을 닫고 얼른 어머니가 아버지를 모시고 가야 했다. 어머니가 아니면 아버지는 당신 몸에 손도 못 대게 했으니 아버지가 술 드시고 덕소에서 서점에 올라오신 날은 아버지의 도착 시간이 서점 마감 시간이 되었다.

아버지가 그렇게 술을 드실 때마다 어머니는 마음을 굳혔다고 한다.

'다음날은 도망가야지, 꼭 도망갈 거다.'

그러나 막상 다음 아침에 되면 아버지가 불쌍해 보이고 어린 우리가 눈에 밟혔다. 어머니가 없으면 어떻게 될지 생각만 해도 마음이 아파 도망갈 엄두가 나지 않았다고 한다. 어머니는 불교에 더욱 심취하며 마음을 달래셨다. 아침마다 예불을 올리고 불경을 외우셨다. 〈진진묘〉가 어느 날 갑자기 탄생한 것이 아니다.

어머니는 여러 고생들을 하셨지만 그래도 영락없이 아버지의 천상배필이라는 생각이 든다. 아버지가 술주정을 해도 다 받아들이면서 불쌍히 여기신 것도 그렇고 아버지가 그림에 열중하시는 모습도 그렇게 좋아하셨다. 술은 아버지가 드셨지만 술과 씨름을 했던 분은 정작 어머니였는데도 말이다. 술은 아버지에게 휴식이었고 어머니에게는 인연의 시련이었다.

그리고 화가 장욱진의 아내 아니랄까봐 어머니도 그림 작품으로 돈을 벌겠다는 생각은 한 번도 한 적이 없으셨다.

"작품이 돈이 된다고 생각했으면 서점 일을 하지 않았을 거야."

그림 팔아서 돈 만드는 것 아니고 돈 벌려고 그림 그려서도 안된다는 예술가의 신념이 어머니도 있으셨다.

그림과 돈을 연결시키지 않는다는 신념이 오해를 받았던 사건이 있었다. 그림을 크기에 따라 가격을 매기던 시절이었다. 공간사랑 전시회 때 기자들이 어머니에게 왜 그림을 팔지 않느냐고 질문을 던졌다. 아버지가 쪼그려 앉아 땀을 흘리며 혼신을 다하며 그림을 그리는 걸 다 아는 어머니로서는 그림과 돈을 같은 저울에 놓는 것도 못마땅했지만 아버지의 그림을 크기에 따라 매기는 건 더더욱 가당하지 않다고 여겼다. 어머니가 기자들에게 말씀하셨다.

"손바닥 반 정도의 그림 그리느라 긁어낸 물감이 한 움큼인데 그렇게 애쓴 것을 어떻게 팔겠어? 많이 주면 모를까, 안 판다."

그림을 안 판다는 뜻으로 말씀하신 것을 아버지의 그림은 비싸다는 내용으로 신문에 났다. 어머니께서는 아버지를 잘 아시고 아버지의 그림에 대한 이해도 깊으신 분이다. 물론 참은 게 아까워서 한 번 더 참게 된 거라고 불평 섞인 말도 툭툭 하셨지만 당신이 힘들어도 시련 많은 인연을 따라간다는 마음으로 사셨다.

아버지가 돌아가신 직후에 어머니는 "너희 아버지가 나한테 해줄 건 다 해줬다. 아버지에 대해서 험담하지 마라. 술 얘기 같은 거 하지 마라."라고 단호하게 말씀하셨다.

어머니가 견딜 수 있었던 건 거의 오십 년 결혼 생활 중에 떨어져 계신 기간이 반이나 됐다는 것도 있었다. 어머니 말씀으로는 오십 년 중 함께 사신 기간은 이십오 년 정도라고 하셨다. 아버지가 직장을 다니시는 게 아니라 집에서 작업을 하셨으니 매일 함께 계셨다면 두 분 다 견디기 힘드셨을 것이다. 덕소 화실을 짓고 가 계시는 동안 조금은 숨통이 틔지 않았을까. 아버지도 자유롭고 어머니도 해방감을 느낄 수 있고 두 분 모두 애틋함이 더해졌을 것이다.

다른 한 가지는 근본적으로 아버지가 가지고 계시는 어머니와 가족에 대한 사랑이었다. 평생 경제적으로 풍족하게 해주지 못했지만 우리가 원하는 걸 기억하고 있다가 돈이 생겼을 때 선물을 해주신 것처럼 어머니에게도 정성을 쏟았다.

어머니의 시계와 반지 같은 장식품들은 늘 아버지가 직접 제일 예쁜 것들로 골라서 선물하셨다. 다른 건 다 잊어도 어머니의 생신과 결혼기념일은 절대 잊지 않고 행사를 해주셨다. 그렇다고 큰 잔치를 직접 열어줄 수는 없으니 아버지의 전시회를 항상 결혼기념 일이 있는 4월과 어머니의 생신이 있는 9월에 여셨다. 가족 누구든 아버지가 화가 장욱진이라 힘들기는 했지만 아버지가 아니라면 누구에게서도 받을 수 없는 특별한 사랑을 받았다.

어쨌든 어머니는 서점 덕에 살림을 꾸릴 수 있었고 아버지의 술 뒤처리에서 벗어날 수도 있었다. 1968년에는 출판문화공로상을 받으셨다. 여자로서는 최초라고 당신 자신도 자랑스러워하신다.

어머니에게 또 한 명의 자식과도 같았던 지배인에게 서점을 넘기면서 어머니가 단 하나 당부하신 것은 서점을 계속 유지해달라는 것이었다.

지금 그분과 그 따님이 동양서림을 운영하고 계시다. 우리 집안과 떨어질 수 없고 많은 추억이 깃든 곳이 사라지지 않고 오래된 서점으로 서울시 미래문화유산으로 지정되어 다행이다.

명륜동 집이나 내수동 집터는 달라졌다. 사람은 아직 그곳을 기억하고 그곳에서의 일도 생생하지만 자리가 예전과 달라 섭섭하다. 그러나 동양서림은 아직 책도 품고 사람도 품고 나의 기억도 품고 있다. 동양서림이 있어 그곳을 지날 때마다 잊고 있었던 명륜동에서의 기억들이 한 가지씩 스쳐 지나간다.

아버지는 시골에서 대부분 생활하시고 어머니는 바깥일을 하셨지만 우리 형제들은 어디에서든 예의 바르게 잘 자랐다는 소리를 들었다. 내 친구들도 나를 인사를 잘 하는 아이로 기억하고 있다.

친구 집에 놀러갔을 때는 그 댁 웃어른부터 깍듯하게 인사를 드리고 부엌에 가서 일하는 아주머니에게도 인사를 하고 들어가서 놀았다. 집에 있는 사람에게는 꼭 인사를 하고 나가고 들어오라는 말을 어머니에게 어렸을 때부터 들어서 다른 집에 가면 그 집 강아지한테만 인사를 하지 않고 일일이 인사를 했다.

집에서 나갈 때도 내가 어디에 가고 지금 나간다는 인사를 하고 나갔다. 오히려 곧이곧대로 너무 철저하게 원칙을 지켜서 문제였다. 어릴 때 무언가 밖에서 사올 것이 있었는데 인사하고 나갈 사람이 집에 없어서 나가지 못하고 꼼짝 못한 적도 있었다.

나뿐만 아니라 우리는 대체로 얌전하고 착한 모범생으로 자랐다. 아버지는 한 번도 우리를 야단치지 않고 잔소리를 하시지도 않았다. 늘 함께 있지는 않았지만 우리는 아버지와 어머니를 보는 것만으로도 세상의 큰 지혜를 거저 얻은 셈이다.

사람으로 지켜야 할 도리와 존중을 배우고 다른 사람의 마음과 자신의 마음을 함께 놓고 돌아보는 눈을 가질 수 있었다. 어머니가 곧은 집안에서 성장해서 대대로 몸에 밴 태도와 행동이 있다. 그걸 보고 자라면서 우리에게도 그 자세가 마음에 붙은 게 아닐까.

하지만 아버지 제자 분들은 어머니가 가장 노릇을 하고 아버지한테 술을 못 드시게 해서 아버지가 그림을 오랫동안 못 그리신다고 투덜거렸다.

"선생님께서 저희와 술을 드셔야 그림에 대한 발상을 하실 텐데…"

"술을 못 드시게 해서 그림을 못 그리시는 겁니다."

어머니가 술 때문에 제자 분들에게 화도 내고 아버지를 찾아오는 걸 따돌리기도 했으니 그 분풀이로 그런 말을 했을 것이다. 그러더니 나중에는 어머니가 아버지를 다 살리셨고 아버지가 인복이 많으셔서 어머니를 아내로 맞으신 거라는 소리를 했다.

한편으로 외가에서는 아버지가 경제를 책임지지 않고 술로 일어나는 사건들을 어머니가 치다꺼리를 해야 했으니 어머니를 고생시킨다고 대놓고 말들을 쏟아냈다. 아버지와 우리 외가는 가까울 수 없었다. 기본적으로 외가는 어머니 편일 수밖에 없고 분위기상 예술가에 대한 이해도 없었다. 선비의 이성이 예술가의 자유분방과 맞을 리 없다. 외할아버지께서는 아예 아버지에게 세배도 오지 말라고 했다.

아버지도 외가 쪽 사람들에게 데면데면 대했다. 학자 집안의 근엄하고 점잖고 예의 차리는 분위기도 좋아하진 않았다. "거기에는 사람은 없고 박사들만 있어."라는 말로 뼈 있는 농담을 종종 하셨다.

자식으로서 나는 두 분이 함께하신 게 어머니의 복인지 아버지의 복인지 말할 수 없고 사실 알 수도 없다. 어느 분의 복이 더 커서 어느 분이 득을 보고 어느 분이 많이 잃었는지의 관계가 아니니까. 세상에서는 한 사람과 한 사람의 결합으로 보겠지만 나의 지금 생각으로는 두 분이 만드신 하나가 아닐까. 그 이상은 생각할 수 없다. 아버지의 삶도 아버지의 그림도 어머니의 삶도.

우리가 명륜동에서 살 때 외갓집이 동숭동에 있었다. 외할머니가 연세가 많으셨지만 외할아버지의 뒷바라지로 집안일들은 늘 쌓여 있었다. 외할머니의 뒷바라지를 나는 잘 알지는 못했지만 듣기만 해도 학자라는 게 혼자 공부를 해서 될 일이 아니란 걸 느꼈다. 그 정도로 일이 많았던 것이다. 그걸 다들 아는지 그 고생에 대한 보상인지 모두 척척 박사에 교수가 되었고 외할머니는 제1회 장한 어머니 상을 받으셨다.

그렇게 일이 많은 외할머니를 큰딸인 어머니가 가만히 두고 볼 수가 없었다. 외할머니가 안쓰러워 짬이 날 때마다 동숭동 외갓집에 가서 일을 도와드렸다. 외할머니께서 일찍 돌아가신 후에는 큰딸로 외할아버지의 말동무도 되어드리고 조금이라도 챙겨드릴까 싶어 외갓집에 자주 가셨다.

아버지는 당신의 처가가 불편했는지 아니면 어머니가 힘들까봐 그랬는지 아니면 둘 다였는지 모르지만 동숭동에서 시집간 딸에게 너무 일을 많이 시킨다고 툭 하고 한 말씀 던지기도 했다. 하지만 내가 결혼한 다음에 아버지를 뵈러 들르면 어머니 닮아서 내가 친정에 자주 온다고 그건 좋아하셨다. 어머니가 외갓집에 자주 가시는 것 자체는 아버지에게 그다지 불만은 아니었을 것이다. 어쨌든 당신은 처가에 가지 않으셨으니까.

외가와 아버지의 불편한 관계는 오래 지속되었지만 1974년과 1979년에 아버지의 전시회에 외할아버지께서 친구 분들과 함께 오셨다. 거의 왕래를 하지 않았으니 놀랄 만한 일이었다. 아버지는 그 자리가 어려워 피하려고 했는데 외할아버지가 아버지 그림을 칭찬하셨다.

〈자전거가 있는 풍경〉, 캔버스에 유채, 30×15.5, 1955

"그림 참 좋다, 그림 참 좋다."

연세가 많이 드신 후라 너그러워지신 건지 아니면 화가와 예술가가 학자와는 다르지만 학자만큼이나 대단한 사람이라는 걸 인정하신 건지 모르겠다.

외갓집 분들 중에 아버지를 좋아했던 사람은 둘째 외삼촌[12]밖에 없는 것 같다. 아버지가 일본 유학 시절에 이미 결혼을 한 상태였는데 그때 둘째 외삼촌이 일본 규슈농과대학에서 유학을 하고 있었다. 외갓집 분들 다 만나지 않고 맞지도 않았지만 둘째 외삼촌과는 잘 맞았다. 처남·매부 사이이자 동갑내기로 아버지가 일 년에 한 번 정도는 하숙방에 초대해서 만났다고 한다.

둘째 외삼촌은 아버지의 하숙방에는 다다미가 깔려 있고 작은 책상 하나에 술병 하나가 전부였다고 하셨다. '심플' 그 자체인 방이었단다. 아버지는 둘째 외삼촌에게 그림 〈자전거가 있는 풍경〉 등을 두 점 선물하시기도 했다.

아버지가 나의 외갓집에 대해 좋은 소리를 하신 적은 없지만 나중에 어머니에게 외할머니가 일찍 돌아가셔서 어머니가 좀 편해지신 걸 못 보고 가신 게 안됐다는 얘기를 하셨다고 한다. 속정이 깊고 인간에 대한 연민이 깊은 분이라 형식적인 예의를 따지고 딱딱한 걸 싫어하셨을 뿐이었다.

외할머니가 조금은 생활 형편이 나아진 어머니를 보지 못하신

---

12 이춘녕(1917~2016): 서울대 농과대학 교수 역임.

건 안타깝지만 어머니가 아버지의 그 깊은 마음을 잘 알 수 있도록 아버지가 그 말씀을 한 마디 해주신 게 감사하다.

어머니의 동양서림과 아버지의 덕소 시절의 중간쯤인 1964년에 지금은 없는 막냇동생이 태어났다. 어머니가 이미 사십 대 중반을 바라보고 있었고 아버지는 술을 너무 많이 드셨다. 동생은 우리 가족에게 큰 공부를 시키려 그랬는지 백혈병에 보통 아이들보다 더디고 지능 면에서 성장을 하지 못했다. 항렬자가 순이라 홍순이라는 이름을 붙였는데 나중에 형구라는 이름으로 바꿨다.

우리 모두 형구를 예뻐하고 귀여워했다. 나도 밑으로 여동생들만 셋에 남동생은 처음이었다. 늦둥이에 막내인데 사랑스러울 수밖에. 그러나 아픈 자식을 둔 부모는 아무리 최선을 다해도 마음 아픈 건 어쩔 도리가 없다고들 하지 않는가. 어머니와 아버지는 형제들인 우리와는 마음이 달랐을 것이다. 우리가 형구에게 애정을 쏟았다고 해도 어머니와 아버지의 마음은 모를 일이다. 아버지와 어머니께서 어떠했을지는 물어볼 수도 없고 물어볼 필요도 없다. 침묵보다 무겁고 사랑보다 더 깊은 그것.

형구는 관상을 보고 약을 짓는다는 곳에서 약도 지어먹었다. 우리 집에 오시던 스님이 형구를 동자승으로 출가를 시키도록 했고 항암제도 썼다. 어린애가 그렇게 독한 치료를 받았으니 머리카락이 다 빠질 수밖에 없었다. 그리고 형구를 생각하면 희순의 남편인 제부가 마음을 쓰고 애쓴 이야기를 안 할 수 없다. 제부는 소아과

의사였는데 백혈병에 좋다는 새로운 약과 의술로 형구를 치료하려고 최선을 다했다.

휴일이면 형구를 데리고 일하시는 분이나 어머니가 꼭 조계사에 데리고 갔다. 동그란 까까머리에 검푸른 먹물 들인 승복을 입으면 동자승 인형 같았다. 노보살님들 눈에도 형구가 얼마나 귀엽고 깜찍했겠는가. 한 번 와서 얘기도 해보고 장난도 하고 싶었을 것이다. 노보살님들이 형구에게 웃음을 지으며 합장을 하고 "스님, 어느 절에서 오셨어요?"라고 말을 걸며 스님 놀이를 해보고 싶으셨나보다.

아무것도 모르는 형구가 노보살님들의 질문에 당황하지도 않고 대답했다.

"응, 명륜동에서 왔지."

제법 스님 놀이가 될 것 같았는지 어느 보살님이 나섰다.

"스님, 법문 좀 해주세요."

편안하게 대화하는 것도 힘든데 법문이라니, 그러나 형구가 마치 늘 있는 일이라도 되는 것처럼 턱 하니 앉았다.

"모든 생각이나 모든 물건이나 다 허망하다."

진짜 법사님처럼 말했다. 사람들이 놀라면서 어디서 아이가 한 구절 외워왔다고 생각했는지 "스님, 그 뜻이 무엇인지 풀어서 해설 좀 해주세요." 하며 졸랐다.

"응, 죽었다 살았다 똑같아."

형구가 태연하게 말해서 옆에 계시던 스님이 이게 깨달은 거라며 무릎을 치셨다.

나에게도 참 신비로운 일화다. 집에 있으면서 형구가 매일 아침 어머니의 불경 소리를 듣기는 했지만 글씨도 모르고 몇 백 번 들어도 모른다는 『금강경』의 중요한 구절을 어떻게 외웠을까. 그 뜻은 어떻게 풀었을까. 지금까지도 묘하다. 세상의 이치와 법이라는 게 속세의 먹물만 잔뜩 집어넣는다고 되는 게 아니라는 건 나도 들었다. 형구처럼 문자와 개념과 세속적 규칙에 찌들지 않고 모든 걸 있는 그대로 보고 느끼고 말하는 게 어쩌면 경지일지도 모른다.

어머니가 법당처럼 꾸민 방에서 새벽에 불경을 외우실 때면 형구가 먼저 법복을 입고 나와서 목탁을 쳤다는데 어머니가 바깥일로 피곤해서 졸기라도 하면 뭐하는 거냐고 야단을 쳤다. 그래서 우리는 매번 "형구스님, 형구스님" 하고 불렀는데 정말 우리 집안에 큰 가르침을 주러 오신 스님이셨다.

우리 가족이 최선을 다했지만 형구는 1979년 2월 18일에 우리의 곁을 떠났다. 어머니는 지금도 형구가 당신의 스님이셨다고 말씀하시고 어머니와 아버지를 깨치기 위해 오신 도인이라고 믿으신다. 어머니뿐 아니라 우리 가족 모두 형구를 통해서 죽음과 삶과 덧없음과 일상의 경계를 왔다 갔다 하며 어떤 책과 학교에서도 배울 수 없는 마음의 공부를 했다. 마음 한 구석이 아프지 않은 날이 없었지만.

우리가 그 후로 어떻게든 하루하루 생활을 해나갔다고 하는 건 적절하지 않다. 어머니는 불심으로 견디셨고 아버지는 그림으로 견디셨다. 우리 집 예쁜 차남 형구를 먼저 보내고 아버지가 사망신고를 하고 오실 때 미술사학자인 김철순 선생님을 길에서 마주쳤다고 한다. 선생님이 아버지께 어디 다녀오시냐고 했더니 막내아들 사망신고를 하고 온다고 말끔한 표정으로 말씀하셔서 놀랐다고 하셨다. 그 일화가 나에게 놀랍지는 않다. 워낙 내색을 하지 않으시는 분이니까.

그러나 깊고 깊은 아버지의 마음의 길을 숨죽이고 따라가다보면 새어 나오는 사랑과 연민과 따스함을 나는 잘 알고 있다. 아버지는 그 누구보다 이전에도 이후에도 형구에게 많은 애정을 가지고 사랑하고 예뻐하셨다. 그 방식은 물론 우리와 같지 않았다. 어머니는 신심이 강하신 분이지만 아버지는 불교 신자라고 말하기는 어려운데 그 후 아버지 그림에서 어머니께서 한 편의 경전을 읽고 기도를 듣는다고 하셨다.

형구를 아버지가 화장을 해서 유골을 뿌리고 난 다음에 우리에게 당신이 죽으면 화장을 해서 형구를 뿌린 곳에 뿌리라고 하셨다. 그 말씀에 담긴 아프고 깊은 마음을 잘 알 것 같다. 결국 그렇게 해드리지는 못 했지만 아버지의 마음과 그림은 훨씬 그 이전부터 형구에게 닿아 있었으니 우리의 마음도 조금은 이해해주실 것 같다.

형구가 우리 곁을 떠난 다음 아버지의 그림에서 형구를 자주 만난다. 얼굴이나 모습이 같다는 게 아니다. 이곳의 물이 들지 않은 천진난만한 형상, 동자승 같은 아이의 모습, 세상은 하나도 모르지만 세상을 다 품어버린 표정, 그리고 생사 없는 것 같은 분위기.

8. 까치가 머물 곳

1970년대부터 경제개발이라는 이름으로 전국적으로 건설 사업이 이루어졌다. 여기저기 도로를 깔고 아파트를 짓는다고 모래와 돌과 자갈들을 강에서 다 퍼냈다. 한적하고 고요했던 덕소도 예외는 아니었다.

덕소에 전기가 들어왔다. 덕소의 강에서 자갈들을 건져 올려서 그 자리에서 분쇄를 하는지 자갈을 긁어 올리는 소리에서부터 자동차 모터 소리까지 여러 가지 소음이 심했다. 가뜩이나 아버지는 소리에 예민하신데 시끄러워서 더 이상 덕소에 계실 수가 없었다.

그리고 예순을 바라보는 연세에 자취 생활을 하시면서 섭생을 잘 하시지 못해 건강이 안 좋아지셨다. 십이 년 동안 계시던 덕소를 정리하고 명륜동 집으로 다시 올라오셨다.

어머니도 옆에 계시고 식사도 제때 드실 수 있어 나도 마음이 편했다. 아버지도 집 뒤쪽의 한옥을 사서 흙을 파고 마당의 우물 자리에 작은 연못을 만드셨다. 사랑채를 작은 화실로 만들고 작은 나무도 심었다. 연못에 어울리는 자그마한 초당을 만들기도 하시며 집을 고치는 즐거움을 누리셨다.

국어학자 이희승 선생님이 그 초당에 '관어당觀魚當'이라는 이름을 붙여주셔서 아버지가 그림글자로 현판을 만드셨다. 눈과 귀 모양으로 관觀, 물고기 모양으로 어魚, 초가지붕 모양으로 당螢을 만들어 붙였다.

그런데 집을 파실 때 현판을 떼어 오지 않고 그대로 두었다. 그래서 우리가 현판을 똑같이 하나 더 만들어 신갈 집 초당에 붙였다. 아버지의 멋스러움과 풍류와 여유가 느껴져 우리 가족뿐 아니라 그곳을 찾는 분들이나 어린아이들도 어려운 한자를 그림으로

명륜동 초당(관어당)에서

새로 꾸민 명륜동 아틀리에 한옥 마당

만끽하면서 즐거워한다.

명륜동으로 돌아오셔서 아버지는 오랜만의 서울 생활을 즐거워하셨다. 그리고 그사이 나에게 아이들이 생겼다. 아버지가 덕소에 계실 때도 가끔 아이들을 데리고 갔지만 서울에 계셔서 더 자주 아이들이 할아버지를 만날 수 있었다. 어린아이들은 그 사람이 자신을 좋아하는지 아닌지를 감각적으로 잘 느끼는 것 같다.

아버지가 아이들을 참 좋아하시는 걸 아이들도 너무 잘 알아 할

명륜동 다실

아버지를 따르고 좋아했다. 애들과 시끌벅적 함께 놀아주지는 않으셨지만 애들이 놀고 있는 걸 미소를 띠고 하염없이 쳐다보셨다. 아이들의 흥과 재미를 잘 이해하시고 아이의 마음을 언제나 예뻐하셨다. 어떤 이들이 아버지의 그림을 보고 어린아이가 그린 것 같다고 하는데 아버지가 아이의 마음을 잃지 않고 그 마음이야말로 우리가 가닿아야 할 경지라고 여기셨기 때문일 것이다.

명륜동 한옥의 부엌 자리를 응접실처럼 쓰면서 어머니와 아버지와 소소한 이야기들을 하며 차를 마셨던 기억이 떠오른다. 거기에 자그마한 찻상이 하나 있었다. 그런데 어느 날 아버지가 찻상을 덮는 수건에 아크릴로 그림을 그려 넣으신 걸 보았다. 누가 모르고 아버지 그림이 그려진 수건으로 무심하게 상이라도 닦으면 어쩌나 싶었다. 그대로 상 위에 두면 젖을지 몰라 내게 달라고 해서 액자에 넣어 보관하고 있다. 수건에 그린 아버지의 그림은 그게 유일하다.

덕소와는 달리 명륜동에 오셔서는 서울에서만 누릴 수 있는 잔잔한 즐거움들을 맛보셨다. 손주들도 자주 보고 술을 드시고 인사동에도 가시고 제자들도 집으로 놀러 왔다. 인터뷰나 짧은 글들도 그 시절에 많이 쓰셨다. 아버지의 그림을 좋아하는 사람들이 아버지를 찾아오기도 했다.

이런 일들이 잡다하고 그림 그리는 시간을 많이 뺏기는 하지만 먼 시골에 홀로 계실 때보다 가족들은 안심할 수 있어 좋았다. 반면에 시위가 많던 시절이라 성균관대학교에서 시위를 하면 최루탄 연기가 우리 집까지 들어왔다. 소음은 둘째고 천식이 있었던 아버지에게는 치명적이었다.

그 시기에 중광도 집으로 찾아와 교류를 했다. 중광은 걸레스님으로 이미 유명했는데 어느 날 이상하게 옷을 입고 겉에 브래지어를 하고 나타났다. 아버지가 버럭 소리를 치시며 문지방을 넘지 말라고 하셨다.

"너는 그렇게 남한테 돋보이는 게 좋으냐? 눈에 띄는 게 그렇게 좋으냐? 꼴이 그게 뭐냐!"

아버지가 호통을 쳐서 내보냈다. 그다음부터는 걸레스님답게 허름하게는 입어도 이상한 걸 걸치는 일은 하지 않았다. 그런 일들이 있고 난 다음에야 선문답을 하는 식으로 얘기도 주고받고 술과 글도 주거니 받거니 하면서 굉장히 친해지셨다.

명륜동과 가까운 인사동은 아버지의 휴식처였다. 아버지는 인사동까지만 나가셨다. 다른 곳이라면 화구를 사러 가는 명동 정도가 예외였다. 인사동은 아버지가 아는 사람들이 많이 있어서 늘 술을 마시러 가는 곳이었다. 술을 드시고 쓰러져 있어도 누구든 명륜동 집까지 모셔왔다.

여러모로 인사동은 아버지에게 편했다. 대학에 나가실 때도 집에서 학교까지 왔다 갔다 하는 게 종로 5가까지여서 항상 아버지는 "종로까지가 내 라인이다."라고 하셨다. 2017년 여름에 아버지의 탄신 100주년을 기념하며 인사동 인사이트센터에서 열린 전시회의 제목이 '장욱진 백 년, 인사동 라인에 서다'인 것도 그러한 내력을 담고 있다.

오랜만에 아버지와 어머니가 함께 보내는 시간이 많아졌다. 아버지께서 서울에 계시니 어머니께서 책방 일은 지배인에게 맡기고 집에 많이 계시게 되었다. 그런데 갑자기 많아진 시간에 무엇을 할지는 정하지 않으셨던 것 같다. 어머니가 무료해하니까 아버지가 불교 경전을 사경해보라고 먼저 권하시고 인사동에서 붓과 벼루를 사서 어머니에게 드렸다. 하지만 어머니가 붓으로 글씨를 쓰는 것이 익숙하지 않아 한 달 이상 망설이시자 아버지가 먼저 붓을 잡고 시범을 보이셨다.

"이렇게 쓰면 되지."

그러다가 "서양 붓을 오래 들어서 그런지 우리 붓도 자유롭더라." 하시며 그리기 시작한 것이 먹그림이었다.

어머니의 불경 사경에서 출발한 붓과 벼루는 어느덧 뜻하지 않게 아버지의 그림 도구가 되어 있었다. 어머니가 천식에 좋지 않은 테레빈유를 써야 하는 유화보다 먹을 쓰는 걸 은근히 권하기도 하셨다.

아버지의 먹그림은 생생한 기운이 넘치면서 자유로웠다. 하지만 아버지는 먹그림을 외부에 발표하려 하지 않으셨다. 동양화와 서양화를 뚜렷하게 구별하고 도구와 화풍도 확실하게 선이 그어져 있던 시절이다.

동양화와 서양화의 구분은 그림 자체에 아무 의미도 없고 오히려 그림을 갑갑하고 재미없게 만드는 개념이지만 가끔 아버지에게 거북한 소리가 들려왔다. 예를 들면 "장욱진은 서양화가인데 왜 동양화도 손을 대고 그래?"라며 은근히 싫은 말을 내비치는 분위기가 있었다. 아버지도 필요 없는 설명들을 구구절절 하고 싶지 않으

〈도인한거〉, 한지에 먹, 92.5×47, 1979

셨다. "내 그림은 동양화가 아니라 먹으로 그린 먹그림이다."라거나 "붓 장난"이라고만 얘기를 하셨다. 성가신 게 싫으셨다.

아버지는 화백이나 화가라는 말도 받아들이시지 않는 분이다. 동양화가와 서양화가와 한국 화가가 따로 있지 않았다. 어디에서부터 어디까지가 서양화이고, 어떤 도구로 그리는 것이 동양화인가. 캔버스가 아니라 화선지에 그리면 동양화라는 것이 아버지에게는 의미도 없었고 경계도 없었다. 원래 그림이라는 것에는 경계가 없는 게 아닐까. 그런 경계야말로 아버지는 경계하셨고 그렇기에 아버지의 그림은 경계가 없다는 무한無限이라는 말과 가까운 것이다.

당시에 백성욱 박사님[13]이 『금강경』으로 법문을 할 장소를 구하고 계셨다. 어머니가 이층에 있는 아버지의 화실에서 법문을 하시기를 권했다. 많은 신도들이 와서 듣고 어머니도 들으셨다. 아버지는 거의 자리를 피하셨지만 한두 번 법문을 듣기도 하셨다. 어머니가 우리에게도 귀한 말씀이니 와서 들으라고 해서 나도 참석했다. 아버지께서는 당신의 종교가 무엇이라고 말씀하신 적이 없다. 굳이 말씀을 하지 않으셔도 아버지의 종교가 그림이라는 걸 다 알고 있긴 했다.

아버지는 불교 신자라고 밝히시진 않았지만 만공스님을 비롯해서 여러 스님들과 인연이 깊었고 아버지에게 영향을 많이 끼친 발산할머니와 할머니, 어머니 모두 불심이 두터운 분들이셨다. 어머니는 아침마다 예불을 드리고 불경을 꼭 읽으셨으니 불교적인 분

---

13 백성욱(1897~1981): 큰스님, 교육자, 동국대학교 총장과 내무부 장관 역임.

〈산과 나무〉, 캔버스에 유채, 33×24, 1984

위기가 익숙했다.

아버지가 절에 들르신다고 법당에 들어가 절을 올리지는 않았지만 스님들께는 절을 올리고 공경했다. 그래서인지 스님들과 선문답도 많이 하셨고 제자 분들과 담소하신 이야기를 전해 들으면 스님들이 선에 대해 주고받는 장면 같았다.

일일이 하나하나 설명하고 토를 다는 게 아니라 외마디로 한 말씀 툭 던지실 때가 많았는데 보통 사람이 예상할 수 없는 깊은 통찰의 끝에 나오는 허를 찌르는 말씀이었다. 여러 의미가 들어간 말이라 어떤 사람들은 갸우뚱하기도 했지만 아버지의 그 말씀을 전해 듣고 나는 어떤 맥락에서 그런 말씀을 하셨는지 알 것 같아 혼자 고개를 끄덕이며 웃고는 했다.

아버지가 예순 한 살 여름에 양산 통도사에서 어머니와 함께 경봉스님[14]을 뵐 일이 있었다. 새벽에 첫 예불을 드리시고 경봉스님이 경내를 돌다가 방에 불이 켜 있고 커다란 신발이 놓여 있으니까 "이 큰 신발의 주인은 누구인고?" 하고 관심 있게 물어보셨다.

"네, 접니다."

"뭐하는 사람인고?"

"그림을 그리는 사람입니다."

"그림이라… 노래하는 새하고 웃는 꽃을 그리는가? 그거 못 그리면 붓대 꺾어."

14　1892~1982. 큰스님, 통도사 극락암에 머물며 우리나라 선불교에 힘쓰셨다.

"저는 까치를 그립니다."

그리고 스님이 아버지가 어떤 그림을 그리시나 보시더니 무릎을 탁 치면서 "얘 봐라, 여기 아무것도 없는 것 같아도 우주가 있네."라고 말씀하셨다는 얘기를 들었다.

그러면서 "절에 들어왔으면 딱 좋았을 텐데."라고 하시며 비공非空이라는 법명을 주셨다. 맑은 사람이 맑은 사람을 알아본다고 공력 높은 스님일수록 아버지를 좋아하셨던 것 같다. 그런데 그런 법명을 주신 건 무슨 뜻일까. 비공, 공하지 않다는 뜻일까, 불교에서는 세상이 공空이라는 말을 많이 하는데 아버지의 그림이 보통 사람이 보면 공하겠지만 온 우주가 들어 있다는 뜻일까.

그때 어머니가 "스님, 제가 불교는 더 많이 믿고 공부도 더 많이 하는데요." 했더니 경봉스님이 왜 그렇게 치마에 바람을 넣고 왔다 갔다 하냐고 하셨단다. 어머니는 서점을 운영하시느라 동으로 서로 바쁘셨으니까 말이다. 그리고 스님께서 어머니의 법명인 진진묘眞眞妙를 진묘자眞妙子로 바꾸어주셨다.

우리 아버지는 절에 신자로 다니지는 않아도 큰스님들이 아버지에게 호의를 가지고 좋아하셨다. 우리 집에서 『금강경』을 강의하시던 백성욱 선생님께서도 아버지에게 절을 하나 지을 수 있는 사람이라고 하셨다. 경봉스님이 말씀하셨던 것처럼 아버지의 그림에 우주가 들어 있다면 그 그림들이 걸려 있는 아버지의 전시관이 절이 아닐까. 누군가는 무리한 비약이라고 말하겠지만 나는 그런 의미에서 스님들의 말씀이 결국 다 맞았다고 생각한다.

백성욱 선생님께서는 우리 집에서만 강의를 하신 게 아니라 문경새재 너머 수안보 미륵사지 근처에 있는 절에 공부방을 만드셔서 거기에도 법을 전하러 왔다 갔다 하셨다. 어머니는 백성욱 선생님께 많은 도움을 받고 마음을 많이 의지하셨다.

아버지와도 몇 번 그곳에 가셨다. 아버지가 그곳을 보시더니 조용하고 풍광이 좋아서 거기에 집을 하나 가질까, 하는 말씀을 하셨다. 뒤로 산도 높고 물도 있으니 시골의 고즈넉한 고요를 느낄 수 있는 풍경이었다.

원래 일이 되려고 하면 애쓰지 않아도 착착 진행이 된다는데 수안보 시골집이 그랬다. 때마침 나온 농가가 하나 있었다. 수안보에 집을 얻으려고 돌아다니신 게 아니라 백성욱 박사님의 법문을 들으러 다니시다가 마침 나온 집이 있어 1980년에 집을 마련하고 수안보에서 생활을 하시게 되었다.

수안보 집은 온천리 이화령 밑 탑동에 있었다. 밤나무가 있었고, 집값이 싼 만큼 허름했다. 이미 허물어지고 있어 지붕이 곧 떨어져 내릴 것 같았다. 근처에 인가도 없었다. 깊숙한 시골에 도배와 장판만 하고 침대 하나만 들여놓았다. 우리 가족은 아버지가 다시 혼자 계실 것이 염려가 되었다. 식사를 드실지 안 드실지도 걱정이었고 술을 매일 드시는 것도 걱정이었다. 덕소에 내려가실 때와는 달리 건강을 신경 써야 할 연세였다.

그런데 그 동네에 계신 어떤 분이 "장 선생님 식사는 우리 집에서 하면 되니까 그런 거 걱정하지 마시고 가세요." 하고 자신 있게 얘기해서 어머니는 그러면 되겠구나, 하고 올라오셨다. 그 동네 분이 우리 아버지가 술을 무척 드신다는 걸 몰랐을 때 얘기다.

진지는 잡숫지 않고 매일 아침부터 술만 드시니 어떻게 해야 할지 난감했을 것이다. 걱정 마시라고 호언장담을 했는데 이러다 아버지가 크게 편찮으시기라도 하면 어쩌나 염려가 되었을 것이다. 그렇다고 밥 제때 드시고 술을 드시지 말라는 말을 아버지가 순순히 들을 리 없다.

결국 이웃에 계신 분이 아버지를 돌봐드리는 걸 두 손 두 발 들

수안보 사립문을 나서고 있는 아버지

고 포기하셨다. 처음엔 수안보에 가실 생각이 없었던 어머니가 내려가시기로 했다. 그동안 우리 식구들을 먹여 살린 동양서림을 가족 같은 지배인에게 넘겨주고 수안보로 향하셨다. 지난해 죽은 형구에 대한 아린 마음도 가시지 않을 때라 수안보에 아버지와 함께 계시는 게 좋겠다는 생각도 하셨을 것이다.

우연히 수안보를 택하신 거지만 주변 경관은 아름다웠다. 몸도 마음도 자연의 위로를 받을 수 있고 공기도 맑아 아버지는 새벽에 일어나 그림을 그리신 다음에는 어머니와 함께 걸어서 온천까지 산책을 다녀오시곤 했다. 근처에 있는 절에도 두 분이 같이 다니셨다. 아버지는 이미 수안보 집 주변에 둘러쳐진 시멘트 담장을 뜯고 흙담을 만들고 싸리문을 달아 시골의 풍취가 느껴졌다. 집 자체는 워낙 낡은 옛날 시골집이지만 그냥 들어가 사시기로 했다.

하지만 새로운 고생거리들이 널려 있었다. 어머니가 물을 길어 와야 했고 아궁이에 불을 때야 난방도 하고 밥도 지을 수 있었다. 수안보는 서울보다 몇 도 이상 낮고 바람도 세차서 안팎으로 비닐을 쳐도 부엌이 꽁꽁 얼어붙었다. 새벽에 안채와 떨어진 동굴 같은 부엌에 모자에 장갑을 끼고 솜바지까지 겹쳐 입지 않으시면 나갈 수가 없었다. 거기에서 쪼그려 솔가지로 불을 때는 것부터 일과를 시작하셨다.

어머니께서는 그해 환갑이셨다. 불편하고 새로운 생활을 꾸리기에는 연세가 많으셨다. 그런데 상황이 참 만만치 않았다. 화장실도 멀리 떨어진 바깥에 있었다. 주위에 풀들이 있어 어머니가 싫어하는 뱀도 나오고 모기가 들끓었다. 한밤중에 화장실에 가시는 것도 무서워서 꺼리셨다.

수안보 집은 덕소보다 더 열악했다. 내가 수안보 집에 처음 갔을 때 어머니가 화장실이 저쪽 아주 멀리 있다고 해서 지나쳐버린 적도 있었다. 그만큼 어머니에겐 심리적으로나 정서적으로 그 화장실이 멀게 느껴졌던 것이다. 나중에는 불 때는 것은 일도 아니라고 하셨지만 서울에서 살림도 안 하시고 사시다가 늘그막에 오래된 농가로 옮기셨으니 처음에는 부엌살림부터 물 긷기, 화장실까지 더욱 불편하셨다.

아버지가 보시기에도 얼어붙은 부엌에서 밥을 하는 어머니가 안쓰러웠다. 부엌 구조상 허리를 폈다 굽혔다 하고 쪼그려서 일을 하셔야 하니 아버지가 집에서 밥을 해먹지 말고 점심은 밥집에서 사먹고 아침은 빵, 저녁은 국수를 먹자고 하셨다.

그런데 수안보에 가셨다고 아버지가 술을 끊으신 건 아니었다. 밥집에서 밥을 드시고 술을 드시기 시작하면 딱 삼십 분만 있다가 들어오신다고 말은 해도 한밤중에야 오시기 일쑤였다. 어머니가 불경을 읽고 또 읽어도 아버지는 깊은 산속 한가운데 있는 집에 돌아오지 않았단다.

하루 종일 외딴 집에서 혼자 불경을 외우며 염려와 화를 삭이셨으니 속세를 떠나 절간에 간 스님이 따로 있는 게 아니었다. 매일 집안일을 하면서 지낸 게 아니라 바깥일로 쉴 틈 없이 사셨던 분이 갑자기 한가롭고 적적해져 낯설고 힘드셨다. 아버지는 돌아오지 않고 우두커니 어머니 혼자 있으면 형구가 떠올라 많이 우셨다고 한다.

어머니는 서울에 있는 자식들에게 전화도 하고 보러 오고 싶으셨지만 아버지가 자식에 집착하지 말라고 해서 전화를 안 하셨다. 서울에 일이 있어 올라오셔도 자식들을 만나지 않으셨다. 어떻게 그렇게 몰래 다녀가시냐고 화를 내기도 했다. 우리가 어머니에게 전화를 했다.

아버지가 서울에 있는 자식들에게 자꾸 전화하지 말라고 한 것도 있겠지만 어머니가 우리와 전화를 하면 아무래도 아버지 때문에 속상한 일이나 어려운 사정들을 얘기하게 되니 우리까지 덩달아 괴로울까봐 전화를 삼가셨다. 대신에 백성욱 박사의 제자 분 중 한 분과 장거리 통화를 오래 하시면서 쌓인 일들을 풀고 세상 얘기도 들으셨다고 하셨다.

나는 일주일에 한 번은 어떻게든 수안보에 내려가려고 했다. 당시 동아일보 편집국장으로 계신 분이 자가용이 있어 나를 데리고 가셨다. 그렇지 않으면 마장동에서 시외버스를 타고 갔다. 가도 오래 머물지는 못했다. 먼 길을 흔들리며 가자마자 수안보에 온천이 좋으니까 온천욕을 하라고 하셔서 갔다 오면 어느새 돌아갈 시간이 되어버렸다.

돌아오는 시외버스를 탈 때마다 불편한 오지에 어머니 아버지를 내버려두고 오는 것 같았다. 아버지는 당신이 그곳이 좋다고 하시니까 마음을 조금 덜 수 있었지만 어머니를 그곳에 두고 나만 올라오는 게 죄송했다.

그나마 다행인 것은 아버지가 인복이 많은 분이라는 것이다. 덕소에는 면장님이 계셨고 수안보에 계실 때는 마음 좋은 택시 운전기사 분이 있었다. 그분이 아버지의 심부름도 해주시고 술집 앞에서 아버지를 지키고 있다가 술자리가 끝나면 경사진 산비탈을 아버지를 업고 집에 데려다주셔서 아버지 걱정을 덜 수 있었다.

덕소에서 올라왔던 이유와 같은 이유로 아버지는 수안보를 떠나셨다. 덕소에는 12년 계셨고 수안보에는 6년 계셨다. 산업화와 도시화가 빨라지고 있었다. 수안보를 관광지로 개발한다며 도로를 닦고 건설 현장의 소음이 하루 종일 들렸다.

그리고 더 심각한 이유가 있었다. 아버지가 천식이 시작되면 숨을 잘 못 쉬시니까 빨리 병원에 가야 하는데 수안보에서 차를 불러서 보건소까지 너무 시간이 오래 걸려서 위험한 순간들이 있었다. 아버지가 돌아가시는 줄 알았다면서 어머니의 걱정이 이만저만이

아버지, 어머니와 함께

아니었다.

"여기는 아니다. 여기 계속 있으며 안 되겠어. 아버지 큰일 나신다".

일단 수안보 농가를 팔고 서울에 와서 병원이 가까운 근교를 찾아보기로 했다.

수안보 농가를 판 건 돈이 필요해서는 아니었다. 사실 동생이 그 집을 참 좋아해서 우리가 동생에게 주라고 말씀을 드렸는데 아버지가 그냥 팔아버리셨다. 처음에는 '굳이 파실 필요가 있으셨을까. 어렵게 말씀드린 건데 그냥 주시지. 그걸 또 파시네.'라고만 생각했는데 당신은 장고 끝에 파셨다는 걸 나중에야 알았다.

아버지가 수안보 집을 왔다 갔다 하시면서 그 길에서 교통사고가 일어나는 걸 많이 보셨단다. 워낙 좁고 꼬불꼬불한 길이었다. 그러니까 당신 생각에 동생에게 그 집을 주면 거기를 보존한다고 오가면 위험해서 안 된다고 말씀하셨다는 걸 후에 어머니에게 들었다. 깊이 생각하시고 우리를 아끼는 마음으로 결정하셨다. 그러나 나는 어쨌든 수안보 집을 파실 때도 서운했고 새로운 집이 들어선 것도 서운하긴 했다.

우리는 새로 집을 마련하기 위해 분주하게 여기저기 다녔다. 나와 남편과 집안 식구들이 서울 근교를 돌아다니다가 아주대학교 병원이 가까운 수원 영통으로 가는 게 어떨지 의견을 모았다. 그때 어느 분이 안성에 문화인촌을 만든다는 말을 했다. 거기 화가들도 있으니 어떠냐고 추천해서 안성에 가보기로 했다.

그런데 아버지가 아무런 말씀도 안 하시고 가만히 계시다가 딱

한 마디를 하셨다.

"그렇게 모여 사는 게 좋아?"

'아, 맞아. 아버지는 이런 건 아니지.'

그래서 안성에 간 김에 그 근처의 호젓하고 조용한 시골을 찾아봤다. 마침 산속에 집이 하나 있긴 했는데 무당이 살던 집이었다. 터가 너무 좋아서 아버지같이 기가 센 사람은 거기도 괜찮겠다고 했지만 어머니는 이제 늙어서 이런 데는 못 산다고 하셔서 그 집은 포기하고 다시 주변을 돌아다녔다.

나이가 들수록 시설들이 잘 갖춰진 도시가 편하다고 하지만 아버지는 그 반대였다.

"나는 문명으로 표기된 도시가 싫다."

자꾸 깊숙한 시골로 들어가시니까 불편하고 힘들지 않으시냐고 걱정하자 오히려 반문하셨다.

"시골 싫어하는 사람 있어? 자연 싫어하는 사람 있어?"

병원이 가까운 서울 근교면서 시골 같은 곳을 찾아 헤매야 했다. 그러다 예전에 백성욱 박사님과 같이 공부하던 분 중에 신갈 깊숙한 곳에 살고 계신 분이 있었는데 거기를 들렀다 가시는 길이었다. 아버지께서 낡고 허름한 한옥 한 채를 발견하시고는 그 집이 마음에 드신다고 하셨다. 팔려고 내놓은 집도 아니었는데 아버지가 마음에 드신다고 하셔서 신갈에 사시는 분께서 그 집을 샀다가 아버지에게 주셔서 살게 된 집이 바로 신갈 집이다. 아버지가 좋아하시는 아름답고 조용한 시골의 정취가 가득했다. 그리고 병원도 가까

신갈 한옥

웠고 우리가 서울에서 뵈러 가기에도 멀지 않았다.

신갈 집은 1884년에 지어져 거의 기둥만 남아 있고 많이 훼손되어 있었다. 고치지 않고는 생활할 수 없었다. 안채와 사랑채를 고쳤고 작은 정자를 지었다. 아버지는 집을 구상하고 꾸미고 고치는 걸 좋아하시니 오히려 잘된 일이기도 했다. 1986년 봄부터 신갈의 한옥을 고쳐서 7월에 어머니와 아버지가 이사를 하셨다.

일 년쯤 지난 후에는 옆에 양옥을 자그마하게 짓기 시작하셨는데 어머니께 재미있는 집이 좋은지 편리한 집이 좋은지 먼저 물어보셨단다. 어머니가 어떻게 대답하셨는지 모르겠지만 아버지는 재미있는 집에서 살고 싶다고 하시고 이층 양옥을 지으셨다. 한옥은 안채와 사랑채와 광과 작은 오두막으로 이루어져 있고 이층 양옥은 일

〈자동차 있는 풍경〉, 캔버스에 유채, 40×30cm, 1953

층과 이층이 각각 스물다섯 평으로 아담하다. 이층에는 한 칸짜리 아버지의 작업실이 있었고 일층에는 거실과 벽난로가 있었다. 신갈 양옥은 1953년에 그리신 〈자동차가 있는 풍경〉의 집과 닮았다.

지금은 개발로 산이 반 도막이 났지만 아버지는 앞의 나지막한 야산을 진달래산이라고 부르면서 그 산을 좋아하셨다. 시냇물도 흘렀고 그 뒤는 논이었다. 처음 신갈로 아버지가 이사하실 때만 해도 그 동네는 한적한 서울 근교의 시골이었다. 우리가 주말에 아버지를 뵈러 갈 때도 시골에 간다고 하고 다녔다.

하지만 그 집으로 이사를 가자마자 집 뒤로 길이 나서 집의 뒷면을 부서야 할지 모르는 일도 있었지만 많은 사람들의 도움으로 그 상황은 모면했다. 아버지께서 돌아가신 후에는 더 심각한 일들이 있었다. 근처에 분당 신도시가 생기면서 아파트들이 밀려들었다. 사람들은 여기도 다 밀어버리고 아파트가 들어서길 바랐다. 지정문화재로 신청을 심의를 하는 과정에서 반대하는 의견들이 있어 신청이 보류되었다.

문화재로 지정을 하면 주변 300미터까지 집을 새로 짓기 어려우니 개발을 못한다고 생각하는 통에 사람들이 몰려왔다. 이곳을 아버지의 미술관으로 하고 싶은 마음이 있었지만 어려웠다. 오래된 한옥과 아버지가 지으신 양옥이 대한민국근대문화유산으로 지정되어 다행이다.

그림의 양이 중요한 것은 아니지만 아버지는 평생 그리신 그림의 1/3을 이 집에서 그리셨고 마지막 그림도 이 집에서 그리셨다.

장욱진 가옥 양옥 전면

그 이후로 어머니가 사시다가 언덕을 올라 다니기 힘드셔서 여든 살이 되시던 해에 다른 곳으로 옮기셨다. 아버지가 그림을 그리시면서 사시던 집들 중에서 유일하게 남은 집이 신갈 집이다. 명륜동 집도 없어지고 덕소와 수안보 집도 없다. 그러니 우리는 신갈 집이나마 아버지의 추억을 담은 그 모습 그대로 유지하고 싶었다.

9. 아버지와의 여행, 아버지로의 여행

　나는 지금 다시 아버지와 여행을 하고 있는 것 같다. 아버지는 가족 여행을 참 좋아하셔서 우리가 어릴 때 여행을 많이 데리고 가셨다. 내가 결혼을 한 다음에 아버지와 한 여행 중 가장 마음에 남는 건 파리와 인도다.

　1980년에 남편이 교환교수로 프랑스 파리에 갔다. 고생하지 않게 딱 하나만 낳으라는 아버지의 바람과는 달리 나는 이미 초등학

유럽 여행, 1983

교 3학년과 1학년 두 아이의 엄마였다. 프랑스에 가서 조금 안정이 되고 좋은 곳들을 알면 어머니와 아버지를 얼른 모셔야겠다고 생각했는데 아버지는 생각을 하시면 금방 실행을 하시는 분이시다. 편지를 올리자마자 어머니와 아버지가 불현듯 프랑스에 오셨다.

나는 학창 시절에 독일어만 공부했기 때문에 프랑스어를 처음부터 배우느라 학교에 다녀야 했고 지리는 당연히 낯설던 때였다. 지리는 잘 몰라도 내가 아버지를 모시고 다니고 싶었지만 학기 중이라 오전 내내 수업을 들어야 했다. 결석을 할 수 없어 난처했다.

주말에는 내가 모시고 다니고 주중에는 남편이 짬이 날 때 두 분을 모시고 다녔다. 이때를 생각하면 원통하고 죄송한 마음이 그지없다. 아버지와 다정하고 한가로운 시간을 많이 가질 수 없었던 것이다. 새로운 곳에서 아버지와 새로운 일들도 함께 경험하고 이것저것 잘 챙겨드리고 즐겁고 따스한 시간을 많이 가졌어야 했는데 그러지 못한 것 같아 지금도 마음이 아프다.

우리는 파리에 2년 정도 있었고 아버지와 어머니는 한 달 조금 넘게 계셨다. 부모님이 파리에 오신 첫 날이 기억난다. 잔뜩 들떠서 공항에 나가 기다리다가 어머니와 아버지의 모습이 보이는 순간 너무 반갑고 기뻐서 호들갑을 떨었다.

아버지와 프랑스의 지하철을 탔다. 아버지는 양복을 입고 나오셨는데 지하철 안에서 프랑스 사람들을 가만히 지켜보시더니 다음 날 머플러를 한 장 사셨다. 눈썰미가 보통이 아니시라 머플러에 담뱃대를 척 물고 베레모를 쓰고 계시니 전생에 프랑스 사람이셨나,

하고 생각할 정도로 파리지앵의 분위기가 났다.

"커피를 뭐라고 그러냐?"

"카페요. 그리고 앙코르encore, 하면 한 잔 더 달라는 거고요."

"알았다."

그러고는 카페로 가셨는데 파리의 카페에 앉아 계신 아버지는 참 멋있고 분위기 있었다. 편안하게 파리의 카페 문화를 즐기시는 것 같았다.

아버지를 모시고 프랑스의 오래된 그림들을 직접 많이 보고 싶었다. 아버지가 그걸 제일 즐거워하실 거라고 여겼다. 차를 빌려 그림이 걸려 있는 작은 성에 들어가자고 했다. 아버지는 카페에 앉아 계시겠다고 했다.

"내가 거기에 들어가서 볼 게 뭐가 있겠어? 나는 여기에 앉아 있을 테니 너희들끼리 들어가."

우리만 있으면 상관이 없지만 우리를 그곳에 일부러 데리고 온 분에게 미안했다.

"아버지, 여기 있는 그림은 중세에 그린 것들이래요."

한 번 더 말씀드렸다.

"중세에 그린 거면 윗사람이 그리라고 해서 그린 그림이니 자유롭지 못한 그림인데 내가 볼 필요가 있겠니."

담담하게 말씀하셨다.

마지못해 성에 들어가시면 성의 크기나 다른 사람들이 집중해서 보는 것을 함께 보시지 않고 문고리 같은 장식품을 유심히 들여다보셨다. 아버지는 어린아이든 그림이든 찬찬히 오래 보고 지켜보는 분이다. 사실 아버지는 수학여행의 박물관 견학처럼 짧은 시간 안에 지나치면서 보는 걸 못 견디하신다. 그림 보는 게 의미 없는 게 아니라 그림을 그렇게 보는 게 의미 없었던 것이다. 그러고는 그냥 잔디밭에 앉아 계셨다. 자연을 즐기려는 프랑스 사람처럼 말이다.

우리는 아버지와 바티칸의 박물관에도 갔다. 거기에서는 미켈란젤로, 다빈치, 라파엘로 등을 굉장히 세세하게 열심히 보셨다. 너무 많이 보셨는지 아버지가 눈이 너무 피곤해서 일찍 주무셔야겠다고 하실 정도였다.

"내가 바티칸에서 본 걸로 끝이다. 내가 루브르까지 볼 필요가 있겠냐. 이 나이에 내가 그걸 봐서 뭐 하겠냐."

루브르박물관에는 가지 않으시겠다고 거절하셨다. 조금 놀랐다. 화가라면 모두 루브르박물관에 갈 거라고 생각했다. 그래도 루브르박물관에 가서 〈모나리자〉는 보자고 했는데 그 앞에서의 소란스러움에 아버지를 놓치고 말았다. 결국 우리는 루브르박물관을 포기했다.

아버지는 당신의 주관과 관점이 늘 있으셨고 거기에 따라 움직이고 말씀하셨다. 아버지는 루브르 대신 파리의 카페를 즐기셨다.

"포도주를 뭐라고 그러니?"

"뱅vin."

프랑스의 카페에서는 포도주를 파니까 아버지는 아침마다 카페에 가서서 "뱅."과 "앙코르."를 말하시고 다음 날은 그 다음 카페에서 "뱅."과 "앙코르."를 외치시며 파리의 생활을 즐기셨다.

어느 날은 아침에 일어났더니 어머니와 아버지 두 분 다 보이지 않았다. 깜짝 놀라서 밖에 나가서 찾아보나, 누구에게 물어보나, 어디에 도움을 청해야 할까 등등 허둥거리고 있었다. 벨소리가 나서 나가보니 아버지가 겨드랑이에 바게트 두 개를 끼고 태연하게 서 계셨다. 어떻게 알고 나가서 바게트를 사오셨냐고 했더니 아침에 창밖을 보니 프랑스 사람들이 바게트를 사서 집으로 가기에 당신도 그렇게 했다고 말씀하셨다.

부모님은 오래된 물건들을 파는 곳을 돌아다니시면서 옛날 프레임도 몇 개 사시고 자잘한 소품들도 사셨다. 작고 귀엽고 예쁜 것들을 참 좋아하셨다. 우리 아이들이 소꿉장난하면서 접은 종이 집 같은 것도 예쁘다고 좋아하시면서 당신도 하나 사줄 수 있냐고 하실 정도니까 말이다.

그런 곳들을 다니시며 매직이나 마커로 그림을 그리셨다. 파리 여행 스케치라고 할까. 동생네 회사가 영국에 있어 영국에 갔을 때도 종이에 작은 그림을 하나 그리셨는데 자세히 보니까 비행기 속에 좁쌀보다 작은 사람이 하나 들어 있었다. 이게 뭐냐고 여쭤보니까 당신이라고 하셨다.

파리에서 아버지가 카페에 매달려 있는 술통을 보시고는 꼭지가 달린 작은 술통을 사달라고 하셨다.

"매달아놓고 들어가면서 한 잔, 나가면서 한 잔 하면 얼마나 좋겠냐."

그걸 사서 이삿짐에 꼭 넣어서 가져오라고 하셨다. 내가 "아버지!" 하고 소리치고는 안 사다드렸다. 그게 지금까지도 얼마나 후회스러운지 모른다.

그리고 지나가시다가 어느 고물상에서 고흐 그림에 나오는 것과 똑같이 생긴 걸상과 대야와 주전자를 보셨다. 그게 참 예쁘다고 하셨는데 왜 그걸 안 사가지고 왔는지 그것도 시간이 흘러도 후회가 되고 속상하다. 지나간 일들에 대해 이렇게 자책하는 것도 아버지는 집착하는 거라고 뭐라고 그러시겠지만 쉽게 내가 왜 그랬을까, 그러지 말았어야 했는데, 하는 안타까움이 수그러들지 않는다.

원래 아버지가 더 계신다고 하셔서 나는 강좌가 끝나면 부모님과 즐거운 시간을 제대로 만끽하겠다고 결심했다. 그런데 내 강좌가 끝나는 날 갑자기 떠나신다고 말씀을 하셨다. 그 나이에 눈물을 흘리면서 가지 마시라고 우기고 칭얼거려도 소용이 없었다. 강좌가 끝나기만 하면 내가 아버지랑 여기도 가고 저기도 갈 거라고 얼마나 계획을 세우고 들떠 있었는데 벼락같은 소리를 하신 것이다.

결혼하고 난 후로 아버지와 매일 매일을 같이 보내는 시간이었는데, 강좌만 끝나면 그 매일을 온전히 함께 더 즐겁게 지낼 수 있는데 아버지는 불쑥 오신 것처럼 가실 때도 불쑥 가셨다. 오실 때처럼 가실 때도 일단 생각이 나면 그대로 행동으로 옮기셨다.

너무 서운하고 한스러워 나중에 어머니께 왜 그렇게 갑작스럽게 떠나셨는지 여쭤봤다. 내가 자꾸 안돼 보이고 더 있고 싶은 마음이 드는 건 애착이 생기는 거라 마음이 들러붙기 전에 얼른 떠나야 하겠다고 결심하셨단다. 다음날 비행기표가 준비되는 대로 가시겠다고 했다.

나도 어머니의 불경 소리를 듣고 자라고 경전 공부도 따라다녀서 어머니가 하신 말씀이 무엇인지는 안다. 수안보에서 아버지가 우리에게 자꾸 전화하지 말라고 하시고 형구에 대한 생각을 견디실 수 있으셨던 것도 집착이나 애착을 갖는 것이 얼마나 어리석은지 아시기 때문이다.

아버지는 무언가에 끈적거리며 들러붙는 걸 질색하시는 걸 알지만 그땐 그런 게 하나도 생각나지 않고 눈물이 계속 났다. 그날 아침에 식사를 하시고 가신 자리를 치우지 않고 하염없이 울었다. 서럽고 외로웠다.

그뿐 아니라 내가 아버지에게 해드리고 싶었던 걸 미뤄둔 걸 오래 후회했다. 좀 더 일찍 아버지에게 이런 일을 해드렸어야 했는데, 저런 곳에 갔어야 했는데, 그때 당장 그걸 사드렸어야 했는데, 왜 그러지 못했을까 후회가 됐다.

그날 원래 차를 빌려준 사람에게 점심을 대접하기로 했지만 내가 너무 울어서 점심은 안 되겠다고 저녁을 먹자고 했다. 그러나 저녁까지 내가 계속 울어서 결국 그 사람이 그냥 갈 수밖에 없었다. 어쩌면 이런 것을 아버지와 어머니는 경계했던 게 아니었을까. 즐겁고 같이 있는 것이 너무 익숙해서 변하고 사라지고 헤어지는 것에 분노하면서 과거에 들러붙는 것. 그러나 그 뜻이 깊고 크고 옳아도 나는 역시 서럽고 후회스럽고 슬프다.

부모님이 떠나시고 나는 일상생활을 계속해야 했다. 아이들은 프랑스어를 모르는 채로 학교에 다녔다. 신경이 많이 쓰였다. 다행인 것은 프랑스엔 에트랑제 클래스라고 부르는 외국인을 위한 반이 있어서 어느 정도 언어 연습을 하고 수업을 들을 수 있었다. 어려서인지 금방 따라하는 걸 보니 조금은 안심이 되었다.

그런데 둘째 아이가 큰아이와 같은 반에 들어가서 수업을 듣게 되었다는 소리에 걱정이 되었다. 둘째가 수학적인 감각이 있긴 한데 수학 문제를 잘 풀었다고 학년을 올리겠다니 오히려 따라가지 못할까봐 염려였다. 엄마가 되니 잘한다고 해도 걱정이었고 어디선가 못한다는 소리를 들어도 신경이 쓰였다.

이런 일로도 이렇게나 마음을 쏟는다. 그러니 내가 아버지와 더 있지 못해 섭섭하다고 했을 때 아버지는 이미 오래전부터 마음을 쓰셨던 게 아닐까. 그러다가 진짜 헤어지기 싫고 함께 하루라도 더 있고 싶어지면서 집착에 끌려다닐까봐 내 수업이 끝나자마자 당장 프랑스를 떠나신 게 아닐까. 내가 그럴 정도면 아버지는 얼마나 어려웠을까. 죄송스럽다.

어릴 때부터 지금까지 아버지를 좋아하고 아버지의 그림을 좋아했지만 내가 아버지의 삶을 다시 그려보는 이 자리에서, 아버지의 삶의 그 끝자리에서 나는 스스로에게 묻는다. 아버지의 그림을 우리는 그대로 정말 잘 들여다볼 수 있을까.

사실 나에게 아버지와 아버지의 그림은 하나의 대상에 대한 두 개의 이름이다. 나에게는 분리되지 않는다. 그런데 많은 사람들은 딸로서 아버지의 작품 세계에 대해 물어보거나 그림에 대해 어떻게 평가하는지 자주 묻는다. 나는 미술 평론가나 미술사가가 아니어서 아버지의 작품 세계에 대해 전문가적 시각으로 적확하게 얘기하기는 어렵다. 그리고 미술사적인 평가만이 제대로 된 평가라고도 생각하지 않는다.

다만 나는 아버지의 그림에 대해 단 하나의 태도는 가지고 있다고는 말할 수 있다. 나는 아버지가 오로지 그림만을 위해 생을 다 쓰고 몰두하시는 모습을 쭉 보고 살았다. 그래서 나는 아버지의 그림을 함부로 대하는 것은 절대로 할 수가 없다. 나뿐만 아니라 우리 가족 모두 아버지의 그림에 대해서는 절대적인 태도를 가지고 있다. 아버지를 보고 자란 사람으로서 지켜야 할 태도라고도 생각한다.

일생을 걸고 그림을 그린다는 건 작품이 많다거나 꾸준히 일기 쓰듯이 그렸다는 뜻이 아니다. 평생 붓대를 놓은 적이 없다는 당신의 말씀은 작품 수가 많다는 게 아니다. 오로지 그림만을 위해 숨 쉬고 그림에만 몰두하셨다는 것이다. 당신이 반드시 그려야 할 그림이 아니라면 그리지 않으셨다.

그림이 안 되면 고통스럽게 4년이나 그리지 못하셨지만 쉽게 여기저기 휩쓸리지 않으셨다. 이게 일생을 걸고 그림을 그린다는 뜻이다. 그림을 못 그릴 때만큼 아버지에게 고통스러운 시기가 어디 있었겠는가. 그렇다고 붓을 놓으신 게 아니다. 대충 붓을 잡지 않고 기다리고 노력하고 모색하셨다. 오로지 그리기 위해서 안 그리셨던 것이다. 진짜 그리기 위해서 그릴 수 없었던 것이다.

아버지는 그림 이외에는 다른 것에 한눈 한 번 팔지 않고 흔들리지 않았다. 당신 고집대로 끝의 끝까지 밀고 나가셨다. 그림 그리는 게 좋다고 누구나 철저하게 자신을 몰아넣고 눈치 안 보고 그 오랜 세월을 몰입할 수 없다고 나는 확신한다. 아버지가 살아 계시는 동안 지나간 무수한 화단의 유행과 화풍들, 사조들을 생각해보면 당신만의 세계를 끝까지 추구하는 것이 얼마나 고독하고 결연했을지 상상하기조차 힘들다.

그림을 호수로 따져서 큰 그림이 돈이 되던 시절에도 아버지는 당신의 그림이 원하는 크기만을 고집하셨다. 당장 돈이 되고 유행에 따라 남들이 좋아하는 그림을 그리신 게 아니다. 오롯이 홀로 당신의 그림에 집요하게 몰두하신 삶을 봤는데 어떻게 그렇지 않겠는가.

우리 형제들은 모두 아버지와 가까웠기 때문에 아버지의 그림에 대해 어쩌고저쩌고 말을 늘어놓는 것을 굉장히 싫어했다. 그리고 아버지의 삶을 보면서 살아온 나로서는 아버지의 그림이 반드시 크게 평가를 받을 것이라고 믿었다. 미술사적인 부분을 떠나서 일생을 그림에만 건 분에 대해 그렇게 해야 마땅하다고 생각한다.

"아기나 어린이 같은 그림을 그렸는데 너희 아버지가 평가를 받을 거라고 생각했니?"

누군가 나에게 물으면 나는 언제나 최고의 화가이자 최상의 화가라고 말한다. 어릴 때도 아버지가 큰 평가를 받을 거라는 생각을 했었냐고 물을 때도 당연히 그랬다고 대답한다.

아버지의 그림에 대해 엉뚱한 이야기를 하면 단호하게 말했다.

"자세히 봐라, 더 잘 보고 이야기해라."

아버지는 일생 그림 하나밖에 없었던 분이었다. 그런 그림에 대해 한 번 보고 하는 말들을 좋아할 수가 없다.

나는 아버지의 그림을 아버지처럼 생각한다. 그래서 그림을 잘 보존하고 있기도 하고 우리가 돈을 더 갖고 잘살려고 아버지 그림을 파는 일은 있을 수 없다는 생각이 가족 사이에 있기도 하다. 아버지가 일생 '심플'을 그렇게 강조하시고 생활도 스님처럼 단출하게 하셨는데 우리가 그럴 수는 없다.

만약 당장 먹고살 수 없다면 아버지에게 '그림 하나 팔아도 될까요?' 하고 허락을 구하겠지만 그렇지 않다면 안 되는 일이라는 분위기가 있다. 아버지의 그림에 대해서도 그렇지만 당신이 살면서 보여주신 행동이 우리들이 살아가는 데도 영향을 끼쳤다. 우리 가족들은 밥 먹고 집 있으면 되지 화려하게 살려고 하지 않는다. 그러기엔 보고 느끼고 받은 것이 너무 많다.

바로 밑의 동생 희순에게 물어보았다.

"너는 남들처럼 화려하게 살고 싶다는 생각을 하니?"

"그런 건 아닌 것 같아."

"그래, 아버지가 심플하게 사셨는데 우리가 허황된 부를 좇아서 산다는 게 이상하지."

나도 고개를 끄덕이며 얘기했다.

아버지의 그림을 아버지라고 여기는 것처럼 아버지를 아버지의 그림으로 여기고 화가 장욱진의 예술 세계를 대신하려 한다. 어떤 미술 평론가와 화가, 아버지 제자들은 아버지의 그림에서 어린아이와 같은 순수함과 천진함을 본다고 한다. 아버지의 작품들이 아버지를 떠나 생각할 수 없고 내가 본 아버지 장욱진을 생각해봤을 때 그러한 이야기들이 아버지의 일부분이라고 느꼈다. 실제로 어린아이 같은 성정도 있으셨다.

조그맣고 여린 것을 좋아하고 장난기와 유머 감각도 있고 담백한 분이셨다. 좋은 것과 예쁜 걸 보시면 아기 같은 웃음을 지으시면서 "좋다, 그치?"라고 할 때면 동심의 세계와 순수함을 이야기하는 것이 어긋난다고 볼 수 없을 것이다. 순진하고 깨끗하셨다.

그러나 만약 나에게 아버지라는 세계에 대해 어떻게 생각하는지 하나의 단어로 말하라고 한다면 나는 주저 없이 '자유'라고 할 것이다. 아버지는 자유인이셨다. 우리와 같은 생활인은 아니셨다. 세속적인 이익이나 눈에 당장 보이는 이해관계를 쫓아 허덕거리며 사신 적이 없다. 돈을 추구하며 사셨다면 화가 장욱진의 예술 세계는 없었을 것이다.

누군가 아버지의 그림을 파울 클레와 비슷하다는 식으로 단순하게 툭 던졌는데 아버지는 그 말을 듣고 당장 그리던 그림을 다 지워버리셨다. 예술적 자유는 지독한 고독을 견뎌야 가능하다는 걸 나는 아버지를 통해 비로소 알았다. 그리고 아버지가 주장하시는 말 중 하나가 "비교하지 마라."였다.

누군가 당신 그림을 좋아하거나 아버지가 마음에 들면 나눠주기는 해도 그림이 돈으로 환산되는 무엇이라는 것은 상상조차 하지 않으셨다. 아버지가 바라는 것은 잘 팔리는 화가가 아니라 당신이 그릴 수밖에 없는 그림이었으며 당신만이 그릴 수 있는 그림이었다.

아버지는 생활인이 아니라 처음부터 끝까지 자유로워야 하는 그림 그리는 사람이고자 했다. 생활인으로서의 예술가 혹은 예술도 사회생활의 일부라는 식으로 예술을 하는 생활인이라는 건 꿈도 꿔본 적이 없다. 그림은 자유로워야 하고 자유롭다는 건 돈과 명예와 허례허식으로부터 자유롭다는 것이 아닐까. 아버지는 자유롭기 위해 얼마나 외롭고 힘들고 고달팠을까.

한편으로 아버지는 자유인이었기 때문에 천진성을 가지고 계셨고 자유인이기 때문에 굉장히 단호하고 단순하기도 했다. 누구에게도 지위나 명예 때문에 굽실거린 적이 없었고 그럴 필요도 없었다. 보통 사람들이 요란을 떠는 어려운 일들에 대해서도 대수롭지 않게 보고 초탈하셨다. 그래서 죽음까지도 "누구나 당하는 일이지."라는 식으로 여기셨던 것이다. 대인배의 관점이고 초월적인 부분이 있으셨다.

세상을 보는 시각이 우리들과 달라 사람들이 아버지에 대해 신선 같다거나 기인이라는 말을 썼던 것 같다. 이런 분을 누가 이해했을까. 그러니 아버지는 말로 표현은 안 하셨지만 속이 많이 상하고 힘든 일도 많았을 것이다. 아버지가 예외적인 분이시고 이렇게 가여운 분이셔서 나라도 보호하고 잘 대해드리고 싶었다. 아버지의 따스함이 나에게 전해진 만큼 나의 마음이 아버지에게 잘 전해졌었기를 바랄 뿐이고 그 마음을 전하는 일들이 내가 앞으로 할 일이다.

자유인이라는 맥락에서 아버지는 불의를 보지 못했고 적당히 타협하는 게 없었다. 어느 화랑 주인이 아버지에게 잘 보이려고 다른 화가에 대해서 이러쿵저러쿵 얘기한 적이 있었다.

"○○○은 말이지요."

이런 식으로 말이다. 그 화랑 주인과 이야기하실 때는 내색을 하지 않으셨지만 그 화랑 주인이 간 다음에 단호하게 말씀하셨다.

"그 사람하고는 이제부터 말 안 한다. 그 화랑하고는 손을 끊어라."

아마 그 화랑 주인은 왜 아버지가 갑자기 냉담해지고 관계하지 않는지 모를 것이다.

"나한테 와서 그 화가가 좋고 나쁜 것을 얘기하질 않나, ○○○ 씨도 아니고 ○○○이라고 말하고. 이런 사람을 상대해서는 안 되지. 이런 사람은 다른 데 가서는 '장욱진이'라고 아무렇지 않게 떠들 사람이다."

그러고는 그 화랑에는 더 이상 관계하지 않으셨다.

단호한 것도 그렇고 남의 이야기를 하거나 남의 흉을 보거나 험담을 하는 것도 질색하셨다. 우리에게도 남의 얘기를 하는 사람을 경계하라고 하셨고 그런 사람은 다시는 집에 오지 못하게 하셨다. 아버지가 남의 이야기를 하시는 것도 들은 적이 없다. 누구의 그림이 어떻다는 말이나 평가를 하지 않으셨다. 뒤에서 말하고 앞에서는 굽실대는 걸 제일 싫어하셨다.

아버지의 개인전에 오셨던 분이 전시를 하면 예의상으로 들러 줘야 하는데 그 앞까지 같이 가도 마지막까지 망설이셨다.

"내가 안 보면 안 되니? 꼭 그림을 봐야 하니?"

나는 아버지가 들어가서 보셔야 한다고 했는데 이건 사회 활동을 하는 사람의 태도로서는 맞지만 사실 예술가의 태도는 아닐 것이다. 보시고도 그림이 나쁘다거나 좋다는 말씀을 하지 않고 그다지 끌리지 않으면 눈이 피곤하다고만 말씀하셨다. 그리고 누군가 아버지에 대해 이러저러한 이야기들을 늘어놓으면 딱 한 마디만 하셨다.

"난 그림 그린 죄밖에 없다. 난 술 마시고 그림 그린 죄밖에 없다."

물론 그 술이 너무 대단하신 게 탈이기는 했지만 말이다.

아버지는 돈이나 이득을 따라 다니지 않고 그림에만 마음을 기울이면서 깨끗하게 사셨다. 그래서 이익을 따라다니는 사람들을 금세 알아챌 수 있었다. 우리 집에 스님들이 많이 찾아오셨는데 절에 일이 있을 때 그림을 그려주시기도 했고 좋은 일에 쓰는 거니까 스님들의 청을 많이 들어주셨다.

어느 날 스님 한 분이 오셨는데 갑자기 아버지가 화를 내셨다.

"중놈 소리 듣게 일하지 마라! 스님 소리 듣게 해라!"

크게 소리치셨다. 내가 아버지의 손을 잡고 "스님한테 왜 그렇게 말씀하세요?" 하고 말렸는데 그 스님이 넙죽 절을 하셨다. 어린아이 같다가도 강하고 단호할 때는 누구 앞에서도 눈치 안 보고 칼같이 대하셨다.

명륜동에 살 때 주위에 넝마주이와 거지들이 많이 있었다. 가끔 꼬챙이를 들고 다니면서 사람들에게 행패도 부려서 아이들에게 그들을 주의하라는 소리를 많이 했다. 그중에서도 특히 으스대면서 골목을 군림하는 넝마주이가 하나 있어서 다들 무서워하고 피해 다녔다.

그런데 어느 날 아버지가 그 사람을 보고 다가갔다. 나는 아버지가 꼬챙이에 맞거나 찔릴까봐 무서워서 어쩔 줄을 몰랐다. 그것도 그냥 지나치려는 게 아니었다. 눈을 똑바로 뜨고 넝마주이의 팔을 붙잡고는 "너, 왜 이렇게 행패를 부리고 다녀!"라고 소리를 지르는 게 아닌가. 그랬더니 갑자기 그 넝마주이가 꼼짝을 못하고 얌전하게 인사를 하고는 지나갔다.

아닌 일을 보고는 그냥 못 지나가는 성격이셨다. 정치적인 발언을 하시는 일은 일절 없었지만 군사정권 때 군인이 싫긴 싫으셨던 것 같다. 술을 드시고 가다가 군인을 냅다 발로 차서 아버지 제자들이 그 일을 수습하느라고 굉장히 애를 먹었다는 이야기를 들었다.

하지만 이런 일화들과는 전혀 다른 일들도 있었다. 아버지가 술 잡수실 때 거지들이 다니면 한 잔 주기도 하고 잘 대해주셨단다. 어느 거지가 장 선생님이 하도 착하셔서 자기를 거두어줄 줄 알고 여기서 잔다면서 추운 겨울에 우리 집 앞에서 자다가 죽은 적이 있었다.

밖에서의 술자리나 모임에 내가 끼지 않아서 모르겠지만 집에서 아버지가 가족들을 대한 것만 생각해도 따스하고 정이 깊은 분이시라는 걸 알겠다. 사람을 지위나 가진 걸로 대하지도 않으셨다.

그냥 있는 그대로 보고 그대로 대하셨다. 윗사람 눈치 보고 아랫사람을 깔보는 생활인들의 눈으로 아버지를 봐서 아버지가 오히려 특이하게 보이는 게 아닐까. 거지든 스님이든 그 사람이 어떤 지위인지가 아니라 어떻게 하는지를 늘 보셨고 작고 미미한 것들에게도 늘 따스한 시선을 두셨다.

세상과 자연을 맑고 깊은 시각으로 꿰뚫어보셨지만 일어났다 사라질 세속적인 일들에 대해서는 무심하기도 했고 전혀 물들지 않으셨다. 아버지의 세계에는 돈과 명예와 식욕과 같은 보통 사람들이 추구하는 것들이 들어 있지 않았다. 그 세계에는 돈 많은 부자도 없었고 떵떵거리는 지위도 없었다. 예술을 하는 사람은 돈이 많으면 이득이 되는 게 아니라 오히려 해악이 된다고까지 말씀하셨다.

아버지는 돈을 경계하셨다. 아버지가 돈을 즐기시는 순간은 가족에게 좋은 선물을 할 때가 유일했다. 아버지는 돈과 명예를 추구하기는커녕 가까이 하지 않아 당신만의 그림을 그릴 수 있었지만 그만큼 외로우셨다.

다행히 아버지는 생애 후반기에 우리에게 예쁜 선물들을 안겨줄 만큼의 여유는 되어서 작은 행복을 느끼셨다. 내가 파리에서 돌아온 후 1980년대 초에 아버지의 그림이 팔렸다고 우리에게 다 모이라고 하셨다.

기분 좋게 갔더니 아버지가 700만 원이라는 돈이 생겼다며 통장이나 아버지 주머니에 들어갈 틈도 없이 우리에게 척척 100만원 한 다발씩을 나누어주셨다. 그러고는 너무 기뻐하셨다. 아이가 제일 좋아하는 놀이를 했을 때의 모습 같았다. 어머니가 "나는?"이라고 하셔서 남은 돈을 어머니께 드리시고는 끝이었다. 그림을 팔아서 돈을 만들었다는 게 기쁜 게 아니라 무언가 우리에게 선물을 줄 수 있다는 그 마음 자체로 신이 나셨던 것이다.

나는 아버지가 주신 돈에 보태서 포니라는 자동차를 사고 "아버지가 주신 돈으로 나 자동차 샀어요."라고 했더니 아버지가 흐뭇하고 뿌듯해하셔서 나도 기뻤던 기억이 난다. "내가 우리 딸내미 자동차 사줬다."라고 사람들에게 자랑을 하시기도 했다니 그동안의 가장으로서의 미안한 마음을 아버지가 덜 수 있어 얼마나 다행인지 모른다. 그러나 아버지는 근본적으로 돈에 대해서는 아는 게 없으시다. 아버지는 술값까지 외상으로 해두면 어머니가 나중에 외상값을 지불하셨다.

가족이 오순도순 모이는 자리를 참 좋아하셔서 서울에 올라오신다고 하면 어떻게든 다들 뛰어나가서 아버지와 시간을 보내고 다 같이 차도 마시고 점심도 먹었다.

그런데 한번은 아버지가 계산대에 가시더니 돈을 꺼내셨다. 아버지가 돈을 내시는 거냐고 여쭸더니 지갑을 보여주시면서 이제 어머니께 지갑에 10만 원을 넣어달라고 하신다고 했다. 우리와 밥을 먹고 아버지가 계산하는 모습을 보여주고 싶으셨던 것이다.

왜 안 그렇겠는가. 평생 그러지 못하셨다는 걸 알아 그동안의 아버지의 모습들이 다시 떠올랐다. 가엾은 우리 아버지에게 그때 더 잘 해드렸어야 했는데, 하면서 아버지의 뿌듯해하는 모습에 마음이 아릿했다.

그런데 멋지고 세련된 지갑에 10만 원을 넣어 다니면서 계산대에 척 내는 게 다였다. 일단 돈을 무조건 10만원을 내시고 그다음에 거스름돈이나 이런 건 어머니가 받아서 정리했으니까. 그러다 어느 날이었다.

"얘, 종이 돈 같은 것도 받니?"

슬쩍 내게 물으셨다. 아버지는 안목만 높은 게 아니라 눈이 예민하고 빠르신 분이니 계산대에서 누군가 10만 원짜리 수표로 계산하는 걸 보신 모양이다. 당연히 받는다는 내 대답을 들은 다음부터는 10만 원짜리 수표 한 장을 넣어달라고 하셨단다. 마치 처음으로 돈이라는 걸 배우는 어린아이처럼 돈에 대해서는 하나부터 열까지 익숙하지 않으셨다.

용인 신갈에 집을 지었을 때 건넌방에 놓을 작은 시계를 사신다고 나에게 같이 나가자고 하셨다. 어머니와 아버지와 함께 기린백화점이라는 곳에 갔다. 아버지께서 조그맣고 예쁘장한 시계를 하나 고르시고는 호기롭게 예의 10만 원짜리 수표를 올려놓으셨다. 10만 원짜리 수표로는 뭐든지 다 계산할 수 있는 어마어마한 돈이라고만 생각하신 것이다.

하지만 그 시계가 10만 원이 넘는 가격이었다. 점원이 더 내셔야 한다고 하자 어머니가 뒤에서 당신이 낼 테니까 아버지를 가시게 해달라고 했다. 어떻게 그 정도로 돈이라는 걸 모를 수 있을까.

돈에 대해서라면 확실히 아버지가 순진하다는 말밖에 할 수 없는 것 같다.

아버지가 술을 그렇게 드셔도 사위들이나 자식들과는 술을 하지 않으셨다. 사위에게 하대나 반말도 하지 않는다. 그러다가 하루는 인사동에서 사위들 셋에게 술을 사준다고 만났다. 거기에 술을 따라주던 여자들이 있었나보다. 술을 마시고 난 다음에 그 사람들에게 팁을 줘야한다는 걸 아버지가 들으셨다. 그런데 나오시면서 만 원짜리 하나를 꺼내서는 세 명한테 "너희들 셋이 사이좋게 나눠 가져."라고 해서 사위들이 어쩔 줄을 모르고 자기들이 돈을 더 주고 왔다는 얘기를 들었다.

그저 재미있는 이야기일 수도 있지만 이런 이야기들엔 아버지의 삶의 태도가 배어 있다. 그 삶의 태도는 그림을 대하는 자세와 다름 없다. 그림을 그리기 위해 가난할 필요는 없겠지만 자기 세계만을 파고들면서 그림을 그리다보면 가난해질 수밖에 없지 않을까.

내가 대학교 진로를 결정하기 전에 막연하게 나 자신도 그림을 그리겠다고 생각했지만 역시 그 길을 가지 않게 아버지가 조언해주신 게 고맙기만 하다. 아버지의 그림을 사랑하고 아버지를 사랑하지만 그래서 아버지처럼 혼자 이 세상에 자신의 길을 뚫고 나간다는 건 나로서는 감당할 수 없을 것 같다. 아버지는 당연히 그 길을 아셔서 당신의 딸에게는 그 길이 아닌 길을 가길 바라셨을 것이다.

명예에 대한 욕망도 없으셨다. 그랬다면 애초에 다른 길을 가셨을 것이다.

"환쟁이가 붓대를 이런저런 말에 휘둘리게 되면 붓대를 꺾어야 해."

그러나 사람들은 이런 사람을 가만히 두질 않는다. 1980년대 후반에 『경향신문』에서 우리나라 최고가最高價의 화가로 아버지를 꼽은 적이 있었다. 아버지의 귀에 들어가서 좋을 일이 없었다. 우리가 그 기사를 보고 아버지한테는 감히 말하지 못하고 어머니에게만 살짝 얘기를 했다. 그러나 화랑에서 가만있을 리가 없었다. 작품의 가격을 매기고 그림 값이 오르고 있다는 등의 말을 아버지께서 들으셨다.

"그림에 가격을 매기다니 난 슬퍼."

아버지가 굉장히 힘들어하셨다.

남들은 다 받기를 원하는 유명한 상이나 명예직에 대해서도 오히려 재수 없다고 일갈하셨다. 돈이나 명예도 그렇고 음식이나 당신 건강에 대해서도 항상 철저하게 일관된 입장이었다. 몸은 다 쓰고 가야 하는 거라고 말씀하시면서 몸에 좋다는 걸 챙겨 드시거나 보약을 드시지 않았다.

아버지가 약을 지으신 건 술을 잘 먹기 위해서였을 때뿐이었다. 아버지가 일흔 즈음엔 건강상 이유로 술과 담배를 다 끊어야 했는데 술 좀 먹을 수 있는 약을 지어달라고 한의사에게 얘기했다니 그게 보약을 지어달라는 건지 아닌지 구별이 되지 않는다. 내 남편이 언제부터 아버지께서 몸에 좋다는 걸 절대 안 하시게 됐냐고 물은 적이 있다. 그러나 아버지께서 말씀 자체가 없으신 분이고 일일이 설명을 보태는 분도 아니니 언제부터인지 모르겠다. 아버지 삶의 태도가 아니었을까.

그런 분이 고급스럽고 맛있는 음식을 찾을 리 없다. 음식에 대해 불평을 하는 일이 없었다. 밥상에 어떤 음식이나 반찬이 나와도 있는 그대로 드셨다. 밥상에서 누군가 짜다거나 맵다거나 더 가져오라고 하면 당신이 얼른 물에 말아서 밥을 드시고 나가셨다. 그런 말들이 오가고 음식에 불만을 가지는 것도 질색을 하셨다. 있는 걸로 다 같이 맛있게 먹으면 그게 좋은 식사였다.

할머니께서 우리 집에서 같이 사실 때 아버지에게 잘해주고 싶은 마음에 음식을 밀어주고 더 먹으라고 하시거나 아버지가 드실 게 별로 없어 부엌에 뭔가를 가지러 가시면 숟가락을 놓고 얼른 나가셨다.

아버지를 보고 나는 남자들은 음식에 대해 불평을 안 하는 줄 알았다. 오빠도 음식에 대해서는 말없이 맛있게 먹었다. 오빠가 어찌나 맛있게 먹는지 내가 밥맛이 없었을 때 먹는 음식을 한 숟가락만 달라고 한 적도 있었다. 그러니 내가 시집을 간 후에 음식이 달다거나 짜다는 말을 듣고 놀랄 수밖에 없었다. 여자들은 간을 보느라 짜다, 싱겁다, 달다는 얘기를 하지만 남자가 음식에 대해 그런 말을 할 줄 몰랐다.

아버지가 술은 참 많이 드셨지만 맛있는 음식을 탐하거나 욕심을 부리거나 불평을 말한 적이 없었다. 항상 그냥 있는 대로 잘 잡수셨다. 사실 식욕은 커다란 쾌락이고 당연한 욕망이지만 아버지는 그런 욕망에 휘둘린 적이 없었다. 술을 드시면서 안주를 별로 안 드셨다. 그냥 소금만 찍어 드실 때가 많고 있는 대로 드셨다.

연세가 많이 드신 후에 천식과 폐기종으로 건강이 좋지 않으셨다. 술과 담배를 끊으셔야 했다. 평생 그림 아니면 술이었는데 술을 끊으시니 갑자기 텅 빈 느낌이었을 것이다. 어머니가 다리가 안 좋으셨지만 쉬지 않고 여기저기 함께 여행을 많이 다니셨다. 어머니가 병이 날 지경이었다. 어머니가 아버지께 피곤하지 않으시냐고 물었더니 답답하다고 하셨단다.

"술이 날 얼마나 도와줬는지 알고나 있어?"

"알아요."

술과 그림을 빼고는 상상할 수 없는 아버지에게서 술이 빠졌으니 무척 힘드셨을 것이다.

겨울 찬바람이 천식에는 좋지 않아 따스한 곳을 찾다가 발리에

동남아 여행, 1988

간 적이 있었다. 그곳에서 쉬시긴 잘 쉬셨지만 특유의 냄새가 아버지가 견디기 힘들어하셔서 오래 계시진 못했다.

1988년 초에 아버지와 함께 인도에 여행을 갔다. 나와 올케언니가 불교문화원에 강의를 들으러 다녔는데 그 모임에서 인도 여행을 간다고 했다. 어머니는 독실한 불교 신자시니까 불교 성지인 인도에 가실 것이고 내 생각에는 아버지도 안에는 불교적인 사상이 있으시니 모시고 가면 좋을 거라고 생각했다. 그래서 얼른 아버지와 어머니 성함을 써서 신청을 했다.

하지만 가족의 반대가 심했다. 그때만 해도 인도라고 하면 불결하고 힘든 곳이라는 인상이 강했다. 아버지의 건강도 좋지 않은데 어떻게 그런 곳에 모시고 갈 생각을 하느냐고 동생들은 물론이고 의사인 제부까지 "큰언니 좀 이상한 거 아니야?"라며 야단이었다.

나는 만약에 아버지가 거기에서 돌아가시면 화장을 해서 갠지

동남아 여행, 1988

스강에 뿌릴 생각까지 하고 모시고 간 것이다. 정작 당사자인 아버지는 무표정하게 가시겠다고 하셨다. 어머니는 올케언니가 맡고 나는 아버지를 맡기로 하고 인도 여행에 올랐다.

물론 멀리 걸어간다든가 산에 올라가야 할 때 나와 아버지는 아래에 남아 있거나 릭샤라는 인력거를 탔다. 영취산은 높아서 아예 나와 아버지는 아래에 남아 있기로 했다. 우리 주위로 잔뜩 날아다니고 있는 커다랗고 새까만 새들을 아버지가 하염없이 바라보시다가 내게 물어보셨다.

"이 새가 좋은 새지?"

"인도에서는 길조라고 한대요."

"복을 가져다주는 새라는 거구나."

인도에 다녀오신 다음에 아버지의 그림에서 새가 크고 더 검어

태국에서 인도로 가는 중

졌다. 그리고 인도 여행 이후로 그림의 색조에도 변화가 있었다. 그 여행이 아버지에게 영향을 끼쳤다고 말씀을 하시진 않으셨지만 그림을 보면 느낄 수 있었다.

우리가 따라 올라가지 못하고 가만히 앉아 있는 것이 안됐던지 어느 인도 사람이 홍차를 끓여서 가져다줬다. 고마웠지만 잔이 지저분하고 더러웠다. 입술 닿는 곳만 닳아서 반질거렸다. 그걸 아버지에게 드리면 배탈이 나거나 큰일 날 것 같아서 내가 두 잔을 다 마시기도 했다. 인도는 우리나라와는 위생에 대한 개념이 달라 면역력이 없는 사람은 자칫 병에 걸리기 십상이었다. 내가 아버지에게 가자고 했으니 더욱 신경이 많이 쓰였다. 꼭 생수를 두 병씩 들고 다니면서 양치도 생수로 하시라고 했다. 다행히 인도에서 큰 병이 나지는 않으셨다.

대탑에 오르는 날이었다. 높고 가팔라서 나와 아버지는 나무 그늘에 앉아 있었다. 맞은편 멀리에 흰 옷을 입은 사람이 끊임없이 땅바닥에서 절을 하며 가는 오체투지를 하고 있었다. 아버지께서 가만히 보고 계셨다.

"경수야, 저 사람 뭐하는 거냐?"

"오체투지라고 절을 하는 거예요."

아버지는 그 모습을 한참 보셨다.

"저렇게 온몸으로 기도를 하는구나."

그리고 한국에 오셔서 흰 옷을 입은 여인이 하늘에 떠 있는 그림을 그리셨다.

"이 그림 처음 보는 그림이에요."

"〈기도하는 여인〉이지."

그렇게 온몸으로 기도하는 모습이 인상적이었나보다.

우리가 묵었던 호텔 지하에는 골동품과 소품들을 파는 가게가 있었다. 작고 독특하고 예쁜 걸 좋아하시는 아버지가 마음에 드는 물건이 있었던 것 같다. 하지만 계산을 할 줄 모르시는 분이라 나를 부르셨다. 인도 여행을 가기 전에 사람들에게 인도에서는 관광객들에게 바가지를 씌우니까 무조건 반의 반값을 불러야 한다는 말을 들어서 일단 반값으로 깎아달라고 얘기했다.

그런데 주인이 절대로 깎아줄 수 없다고 잘라 말했다. 아버지가 이 가게에서 제일 아름답고 좋은 것만 골랐기 때문에 깎아줄 수 없다는 것이었다. 그러면서 아버지가 진짜 좋은 걸 보는 눈이 있는데 대체 뭐하는 사람이냐고 물었다.

아버지는 인도 여기저기에서 예쁜 것들을 고르는 재미도 많이 느끼셨다. 그리고 인도의 실크 머플러를 나에게 선물로 주셨다. 그 머플러의 색을 아버지는 인도의 색이라고 생각하셨는지 인도 여행을 하신 다음에 그린 그림들에서 자주 쓰셨다.

무엇보다 아버지와 갠지스강에 갔을 때를 잊을 수가 없다. 찬찬히 하나하나 정성을 들여 바라보시는 분이지만 갠지스강의 풍광을 지켜보실 때 아버지의 눈빛은 굉장히 심오하고 깊었다. 아버지의 눈빛에서 생과 사가 일어나고 있는 것 같았다. 오랫동안 열심히 들여다보시던 아버지의 눈빛이 아직 생생하다. 아버지의 그림과 아

〈기도하는 여인〉, 캔버스에 유채, 42×33.5, 1988

버지에게 인도가 분명히 좋은 영향을 끼쳤다.

그러나 좋은 일들만 있었던 건 아니었다. 청결과 위생 문제도 있었지만 여행 후반부에는 체력적으로 많이 지쳐 힘들어하셨다. 일흔이 넘으셨고 여행이라는 것 자체가 피로한 일이기도 하다. 당시에 나는 정말 아무것도 모르고 아버지를 모시고 갔는데 생각해보면 아버지께 굉장히 무리가 아니었을까 하고 죄송한 마음이 든다.

인도에서 인상적인 일이 있었다. 그날은 멀리까지 갔다가 저녁 늦게 돌아오는 일정이었다. 아버지와 나는 일정을 포기하고 호텔에 머물러 있기로 했다. 사실 나는 그곳에 가고 싶은 마음이 있던 터라 조금 실망하고 있었다.

그때 한국 스님 한 분이 지나가시다가 한국말을 듣고 우리에게 다가오셨다. 나도 반가웠다.

"스님, 어디 가세요?"

혜초스님처럼 인도를 순례하고 계시다고 했다.

"오늘 우리 아버지의 친구가 되어주실 수 있으세요?"

얼른 여쭤보았다. 그랬더니 스님이 흔쾌히 말씀하셨다.

"여기저기 다니면서 목욕을 할 수가 없는데 호텔에서 목욕을 하면 얼마나 좋아. 하루 종일 아버지의 친구가 되어주고 말고."

스님께서 부탁을 들어주시면 나는 버스를 타고 여행지에 가면 되겠다고 생각했다. 간단명료하고 빠르게 아버지에 대해 스님께 설명을 하고 버스를 타야 했다.

"우리 아버지는 말 많은 사람을 좋아하지 않으니 아버지한테 말을 걸지 마세요. 아버지가 해달라는 것만 해주시면 돼요. 혹시 길을 잃어버리면 큰일이니까 호텔 문밖에 나가지 않고 호텔 안에만 계시도록 해주세요. 호텔 안에 정원이 있는데 거기까지는 가셔도 되고요."

급하게 부탁을 드리고 나는 버스를 타고 여행지로 향했다.

국경을 넘는 일정이라 예상보다도 훨씬 오래 걸렸다. 돌아오는 길에는 아버지가 어떻게 계실지 염려가 되어 버스 안에 가만히 앉아 있을 수가 없었다. 처음 보는 분인데 아버지를 혼자 두고 그냥 가셨으면 어쩌나, 아버지는 어떻게 하시고 있나 등등 걱정이 꼬리를 물고 이어졌다. 버스가 호텔에 도착하자마자 내가 제일 먼저 "아버지!" 하고 뛰어내렸다.

그런데 그 스님이 "너 이리 와!"라고 말하며 나를 붙잡는 게 아닌가. 순간 뭔가 나쁜 일이 일어났을 거라는 생각에 다급하게 "왜 그러세요?"라고 물었더니 나에게 조용히 할 얘기가 있다고 하셨다.

"너는 너희 아버지의 진가를 어쩌면 그렇게 모르냐. 나는 네가 굉장히 이상한 사람인 것처럼 얘기해서 오늘 하루 종일 이상한 사람과 지낼 거라고 생각했는데, 세상에, 나는 일생에 이런 도반을 만난 일이 없다. 너희 아버지와 선문답을 했는데 그렇게 좋더구나."

그리고 이렇게 덧붙이셨다.

"네가 너희 아버지를 너무 평가절하를 해서 이 얘기를 꼭 하고 싶었어."

속으로는 우습고 재밌기도 했지만 아버지에게 무슨 일이 일어나지 않은 것이 무엇보다 다행이었다. 사실 아버지를 짧은 몇 마디로 설명할 시간이 없기도 했고 뭐라고 설명하기도 어려웠다. 아버지가 화가라는 말부터 시작해야 할지 아니면 다른 것부터 이야기하는 게 나을지 생각할 시간도 없었다. 내가 없는 동안 스님과 아버지가 어떻게 지내셨는지 궁금했다.

"네가 그렇게 이상하게 얘기해서 네 아버지가 호텔에서 나갈까 봐 한 시간마다 방문을 열고는 잘 있나 봤지. 서너 번 그러니까 신경이 쓰였나봐. 갑자기 크게 소리를 지르잖아. '누구냐? 게 섰거라!' 하고 말이야. 나도 너무 놀라서 그 자리에 얼어붙어 서 있었지. 나를 보더니 잠깐 와보래. 그래서 또 주뼛주뼛 갔지. 그랬더니

인도 여행, 1988

나한테 돈 좀 있냐고 묻더라고."

그 스님이 말씀하시는 동안 아버지의 모습이 눈앞에 그대로 보여 웃음이 나올 뻔 했다. 예민하신 분이 누군가 방문으로 당신을 들여다보는 게 무척 신경 쓰였을 것이다.

그런데 딱 보니 스님이니까 크게 뭐라고 하지는 않으셨을 테지만 처음 보는 스님에게 첫 마디가 돈이 있느냐는 얘기였다니 말이다.

"아버지가 왜 돈을 찾으셨대요?"

"내가 무슨 돈이냐고 물었지. 그러니까 '맥주가 한 컵 먹고 싶은데 맥주 하나 살 돈 있어?' 이러시더라고. 내가 돈은 없지만 맥주 하나 살 돈은 있다고 하고 맥주 사드리고 서로 얘기했지."

스님은 그 대화가 참 멋졌다고 하시며 나한테 당신이 지니고 다니던 향목을 선물로 주셨다. 스님과 아버지가 어떤 선문답을 하셨는지 내용은 모르겠지만 스님뿐만 아니라 아버지도 꽤 뜻깊고 즐거운 시간을 가졌다는 것은 알 수 있었다.

인도 여행을 하는 동안 여행 자체에 신경을 쓰는 것보다 아버지가 몸 상하지 않고 편안하게 지내시도록 신경을 쓰는 일이 많았다. 그래도 결과적으로 아버지에게 뜻깊은 여행이 되어 그것만으로도 나는 피로를 잊을 수 있었다. 또한 인도 여행이 나에게는 아버지와의 마지막 여행이라 잊을 수 없는 여행이기도 하다.

내가 살아온 시간은 아버지를 향한 애틋함과 사랑의 시간이다. 아버지의 사랑을 많이 받기도 했고 어떻게 하면 가엾고 고독한 우

리 아버지를 조금 더 아끼고 소중하게 대할까를 고민하는 시간이
기도 했다.

아버지가 덕소에 계실 때 동생들을 데리고 시외버스를 타고 덜
컹거리는 시골 길을 다니며 왜 우리 가족은 다른 가족과 다를까,
나는 좀 커서 이 상황을 나름 받아들이는데 어린 동생들은 어떻게
생각할지 궁금했고 염려가 많이 되었다.

동생들은 초·중·고등학교를 다니는 사춘기 여학생이었다. 아버
지와 어머니는 떨어져 살고 계시고 큰언니라는 사람이 주말이면
아버지를 뵈러 시골에 가는 상황을 어떻게 정리하고 있을지 짐작
이 가지 않았다. 학교에서는 온 가족이 모여 사는 걸 표준 가족인
양 가르칠 것이고 동생들의 친구들도 대부분 그 가족의 테두리 안
에서 살고 있는 것 같았다.

덕소에서 우연히 동생들과 함께 앉아 이야기를 나누다가 내가
언젠가는 우리 가족과 아버지의 이야기를 글로 쓸 거라고 얘기했
다. 그랬더니 막내 윤미가 마치 기다리고 있었다는 듯이 "아냐, 언
니. 내가 쓸 거야. 언니는 이과고 내가 문과 성향이잖아."라고 말했
다. 윤미에게는 이과와 문과가 절대적인 기준이었고 글은 문과생
이 써야 한다는 생각도 절대적일 나이였다.

윤미만 그런 게 아니었다. 다른 동생들도 동시에 이러한 상황을
글로 남기고 싶다고 얘기했다. 아버지께서 얼마나 철저하게 사시
는 분인지, 그림에 대해 얼마나 절대적인지, 다른 사람들이 짐작하
는 것과 달리 얼마나 가정적이고 다정하신지 그리고 우리가 이렇

게 사는 것이 도대체 무엇인지에 대해 생각하고 쓰고 싶다고 서로 앞을 다투어 이야기했다.

우리가 쓰고 싶은 내용이 한두 가지가 아니었고 네 명이 한꺼번에 각자가 쓰고 싶은 걸 이야기하니 지금은 어떤 내용들을 말하고 싶었는지 모두 기억이 나지 않는다. 다들 감성이 풍부한 소녀 시절이라 감상적이고 감정적인 글들을 쓰고 싶다고 했다.

그리고 우리 모두 공통적으로 생각한 건 다른 사람들이 화제 삼아 아버지와 술을 점점 부각해서 얘기하고 재미로 그 이야기만 도는 게 부당하다는 것이었다. 술자리에서의 말씀이나 행동이 세간에서 볼 때 독특하기는 했겠지만 그런 말씀과 행동이 나오기까지 거슬러 올라가 아버지의 정신의 뿌리를 들여다보는 게 아니라서 화가 났다. 우리 모두 그랬다. 아버지가 그냥 술만 마시는 분이었으면 우리가 그런 생각을 안 했을 텐데 그렇지 않다는 걸 너무 잘 아니까 그건 아버지의 가장 중요한 부분을 놓치고 겉핥기만 하는 것이었다.

아버지에게 그림 말고는 삶 자체가 허공일 만큼 치열하게 그리셨다는 걸 말하고 싶었던 것이다. 물론 다른 사람들에게 널리 알린다기보다는 우리끼리라도 아버지의 진짜 모습과 사랑을 공유하자는 것이었다.

우리와 아버지의 관계에 대해서도 말하고 싶었다. 소녀의 감성적인 필체로 우리와 아버지에 대해 쓰고 싶었는데 나뿐 아니라 내 동생들까지도 이제는 사실 관계만 겨우 기억할 정도가 되었다. 아버지에 대한 우리의 사랑이나 아버지께서 쏟은 깊고 빛나는 정을 우리 모두 쓰고 싶었지만 다들 아버지는 자기를 가장 사랑한다고 믿고 있는 것이 달랐다.

자식마다 자신이 아버지에게 가장 많은 사랑을 받는다고 느낄 정도로 아버지의 사랑은 늘 넘치고 부드럽고 따스했다. 아버지뿐 아니라 우리 어머니의 이야기도 반드시 쓰고 싶었고 사이좋은 우리 형제들의 이야기도 쓰고 싶었다. 덕소에서의 일이 벌써 반세기 전의 일이다. 그때부터 지금까지도 변하지 않고 남아 있는 것은 아버지의 지독하다고 할 정도의 그림에 대한 집중과 가족에 대한 사랑이다.

경기도 양주에 아버지의 미술관이 생기면서 사람들을 만나보면 젊은 사람들은 장욱진이라는 사람도 모르고 그림에 대해서도 전혀 몰랐다. 아버지께서 살아 계셨을 때는 아버지의 외마디 말씀이 가진 깊이와 정신세계에 매혹되어 아버지를 기억하고 추앙하는 사람들이 많았다. 그런데 지금은 아무도 모른다는 사실이 기가 막히고 슬펐다. 심지어 미술대학교를 나왔는데도 장욱진에 대해 못 들었다는 학생을 본 적도 있다. 내가 아버지의 자식으로 할 수 있는 일을 해야겠다는 마음을 갖게 한 또 하나의 이유이기도 하다.

아버지에 대한 이야기를 쓸 줄 알았다면 아버지 생전에 채근해서 여러 가지 물어보고 확인했을 테지만 사실 아버지가 계실 때에도 나는 궁금한 일이 있어도 그러지 못했다. 아버지는 당신의 일을 이러쿵저러쿵 여쭤보는 것을 좋아하지 않으셨고 나는 아버지가 좋

〈가족도〉, 캔버스에 유채, 7.5×14.8, 1972

아하시지 않는 일은 하고 싶지 않았다. 아버지 생각을 먼저 하게
되고 아버지를 배려했다. 어떤 물음은 아버지에게 불편한 기억을
떠올리게 할 수 있어 여쭙지 않았다. 다른 사람 같으면 기록을 하
고 기록의 빈 부분들을 다시 물으며 확인했을 테지만 나는 그러고
싶지 않았다.

아버지가 우리 집에 오셨을 때 남편은 나에게 아버지에 대한 어
떤 이야기를 직접 물어보라고 했지만 나는 모처럼 오셔서 쉬시는
데 왜 물어보냐고 했다. 성가신 일로부터 아버지를 보호하고 싶은
마음은 어릴 때부터 지금까지 마찬가지다. 항상 나는 아버지의 편
이었고 아버지를 아끼고 좋아했으니까 그게 내가 할 일이었고 나
만이 할 수 있는 일이라는 자부심도 있다. 좋아하는 사람에게만 할

수 있는 '안 하는 일.'

　판화는 사인이 들어 있어야 가치를 인정받는다. 그래서 아버지께서 판화를 찍으시면 다섯 명의 자식들에게 먼저 사인을 해서 주셨다. 아버지는 사인도 대충 하시는 분이 아니다. 작품의 일부가 되면서 작품과 어울리고 사인 그 자체가 하나의 작품이면서 판화에 부담을 주지 않도록 하나하나 깊게 들여다보신 후에 정성껏 사인을 하셨다. 사인 하나도 작품이었다. 그러니 힘과 기와 정성이 엄청 들어가는 일이었다.

　나는 사인을 받는 것보다 아버지가 애쓰시고 힘들까봐 염려가 되어 늘 내 것에는 사인을 나중에 하시라고 말씀드렸다. 나중에 우리 집에 놀러 오시면 하시라며 사인 없이 그냥 받아왔다. 아버지가 힘드신 건 싫었으니까 그게 마음이 편했다. 아버지께서 우리 집에 자주 오셨지만 그때라고 사인해달라는 말이 나오지는 않았다.

　아버지를 힘들게 하고 싶지 않다는 애틋한 마음이 있었다. 그렇게 많이 오셨지만 그저 우리 집에서 편안하고 즐겁게 쉬다 가시기를 바랐다. 그래서 결국 나는 아버지가 돌아가실 때까지 사인을 받지 못했다. 하지만 나의 마음에는 누가 뭐라고 해도 부정할 수 없는 아버지 장욱진의 사인이 들어 있지 않은가.

　나는 장욱진의 딸로 아버지에게 받은 것이 너무 많다. 아버지에게 직접 받은 사랑도 있지만 인간과 사물을 대하는 마음, 예술의 세계와 맑고 숭고한 정신의 경지를 봤다. 그리고 장욱진의 딸이어서 다른 사람에게 나 자신을 소개할 때도 많은 이점이 있었다. 그래서 나는 동생들에게 늘 말한다.

"너희가 자랄 때 아버지 때문에 이러저러한 일들이 불편했다고 투덜거릴 수는 있어. 하지만 아무리 뭐라고 해도 우리가 훌륭한 아버지를 둬서 주변에서 받는 것은 아버지에게서 우리가 받은 무형의 큰 유산이야. 우리가 가난하게 살든 아니든 그런 걸 다 떠나서 아버지 덕분에 이렇게 살아갈 수 있는 거지."

동생들 역시 우리가 아버지 덕에 어디를 가든 예우를 받는 거지 우리가 어디에서 이런 예우를 받을 수 있냐는 얘기를 하며 나의 생각에 동의한다.

한 권의 책으로 말할 수 없는 정이 나와 아버지 사이에 있다. 한두 곳 아버지가 머물렀던 장소들을 아버지의 물건들과 그림들로 채워도 채워지지 않는 그윽한 인연의 향기라는 것이 있다. 그래서 딸로서 아버지의 이야기를 책으로 푸는 일을 미뤄왔다.

그러나 지금은 그런 두려움과 불안조차 안고 아버지와의 인연에 대한 감사와 보답으로 나는 이 책을 아버지께 바친다. 글을 쓰며 떠올린 아버지와의 추억들을 아버지가 듣고 "공연한 일 그만해라."라고 하실까, 아니면 그냥 말없이 미소를 지으실까.